Christoph Güsken

Das Wunder von Hiltrup

Bisher vom Autor bei *KBV* erschienen:

Der Tod fährt Rad

Christoph Güsken wuchs in Mönchengladbach auf, studierte in Bonn und Münster und war Buchhändler in Köln. Er verfasste Texte im Geist der legendären Monty Pythons, u. a. für die »Springmaus«. Seit 1995 lebt er als freier Autor in Münster, schrieb zahlreiche Krimis, einige wenig ernste Romane und Hörspiele. *Das Wunder von Hiltrup* ist der zweite Kriminalroman um den schrägen Ex-Hauptkommissar de Jong, der bei seiner Suche nach dem Sinn des Ganzen ständig über die schlimmsten Verbrechen stolpert.

Christoph Güsken

Das Wunder von Hiltrup

KBV

Originalausgabe

www.kbv-verlag.de
E-Mail: info@kbv-verlag.de
Telefon: 0 65 93 - 998 96-0
Fax: 0 65 93 - 998 96-20
Umschlaggestaltung: Ralf Kramp
unter Verwendung von: © Ig0rZh und © kamasigns
www.fotolia.de
Lektorat: Volker Maria Neumann, Köln
Druck: CPI books, Ebner & Spiegel GmbH, Ulm
Printed in Germany
ISBN 978-3-95441-383-6

Für den Chor *NCA*,
der mit seinem außerirdischen Groove
seit über zwei Jahrzehnten unterwegs ist,
neue Tonleitern zu erklimmen,
das Rauschen des Universums zu vernehmen
und Klangwelten zu erkunden,
die nie zuvor ein Mensch betreten hat.

Indem sahen sie wohl dreißig bis vierzig Windmühlen, die auf jenem Felde stehen, und sowie sie Don Quixote erblickte, sagte er zu seinem Stallmeister: »Das Glück führt unsre Sache besser, als wir es nur wünschen konnten, denn siehe, Freund Sancho, dort zeigen sich dreißig oder noch mehr ungeheure Riesen, mit denen ich eine Schlacht zu halten gesonnen bin und ihnen allen das Leben zu nehmen; mit der Beute von ihnen wollen wir den Anfang unseres Reichtums machen, denn dies ist ein trefflicher Krieg und selbst ein Gottesdienst, diese Brut vom Angesicht der Erde zu vertilgen.«

Miguel de Cervantes Saavedra

Und soll aller Musik Finis und Endursache anders nicht, als nur zu Gottes Ehre und Recreation des Gemüths sein. Wo dieses nicht in Acht genommen wird, da ist's keine eigentliche Musik, sondern ein teuflisches Geplärr und Geleyer.

Joh. Seb. Bach

1. Kapitel

Die Hiltruper Kanalinsel sollte man sich nicht so wie andere Kanalinseln vorstellen – wie Jersey beispielsweise, Guernsey oder Alderney. Und wenn doch, sollte man sich dabei wenigstens die wichtigsten Unterschiede zwischen Ärmelkanal und Dortmund-Ems-Kanal vor Augen halten. Am besten stellt man sich ein kleines, nicht besonders sehenswertes Stückchen Erdreich vor, das zwei dünne Wasserarme gerade so weit vom Festland abtrennen, dass man nicht mit Schwung hinüberspringen kann. Es gibt viel Gras, kaum Kühe, ein paar Häuser und wenige hundert Meter Straße. An der westlichen Spitze der Insel, dort, wo sich erste und zweite Fahrt – so heißen die dünnen Wasserarme – wieder zu einer Fahrt vereinen, befindet sich eine Kläranlage. Im Osten ist es bei schönem Wetter mit der beschaulichen Ruhe der Insulaner vorbei, dann kommen Ausflügler, um zu grillen und im Kanal zu plantschen.

Es war der 20. Mai im Jahre des Herrn 2016, als sich hier, auf jenem Flecken, von dem man zwar nicht sagt, dass Gott ihn vergessen habe, aber schon, dass es nicht der Ort sei, an dem er freiwillig Urlaub machen würde, Wundersames ereignete, jedenfalls wenn man einer frommen Legende Glauben schenken will. Malina Kerssenbrock, eine Viertklässlerin, befand sich auf dem Weg zur Schule. Zur Schule zu gehen gehörte nicht gerade zu den Dingen, die Malina am liebsten tat, sodass es ihr auch eigentlich egal war, welchen Weg zur Schule sie nahm und ob der jeweilige auch wirklich dorthin führte. Nur so erklärt sich im Nachhinein, was sie ausgerechnet um diese Tageszeit an dem Ort, an dem es wenig gab, aber am allerwenigsten eine Schule, zu suchen hatte. Wie immer war sie zu spät dran, wie immer hatte sie kaum gefrühstückt, und wie auch immer es sich zutrug, verirrte sie sich auf diese recht überschaubare Insel. Lustlos streunte sie umher, und selbst als ihr klar wurde, dass sie die erste Stunde schon so gut wie verpasst hatte und sich wohl auf eine Strafarbeit gefasst machen musste, machte ihr das nicht gerade Beine. Murrend über das miserable Wetter bestieg sie endlich ihr Fahrrad und bemerkte dann, dass sie obendrein einen Platten hatte. Jetzt begann sie doch, wütend vor sich hinzufluchen, weil sie nämlich zu spät zum Matheunterricht kommen würde, und der Mathelehrer reagierte bekanntlich besonders verschnupft auf Schüler wie Malina, die ständig zu spät kamen.

In diesem Augenblick des Ärgernisses stand plötzlich eine schöne Frau neben ihr, die trotz des Regens ein heiliger Schein umgab, und Malina ermahnte, nicht zu fluchen, da Gott der Herr von jedem Fluch Schluckauf bekomme und bei weltweit Millionen fluchender

Menschen mit dem Schluckauf gar nicht mehr aufhören könne und deshalb wohl kaum dazu komme, Gutes zu tun. Malina behauptete, sie habe nur deswegen geflucht, weil sie sich verirrt habe und nicht wisse, wie sie nach Hause, geschweige denn zu ihrer geliebten Schule finde. Worauf die schöne Frau überirdisch lächelte. Sie sei die Heilige Jungfrau Maria, sagte sie, welche man auch unbefleckte Empfängnis nenne. Ganz plötzlich, noch während sie dies sagte, hörte es auf zu regnen, die Wolkendecke riss auf, und die Sonne erstrahlte. Die Jungfrau Maria beachtete den Wetterumschwung nicht und ergriff stattdessen den Lenker von Malinas Fahrrad. Auf sanfte, elegante Weise lenkte sie es durch eine Pfütze – und siehe, im selben Moment war der Plattfuß wie weggezaubert!

»Zeig mir, wie du das gemacht hast«, verlangte Malina, aber anstatt dies zu tun, bat die Jungfrau das Kind um einen Gefallen.

»Ich hätte gern, dass hier, an dieser Stelle, eine Kapelle errichtet wird«, sagte die schöne Unbefleckte. »Damit Radfahrer aus aller Welt hier eine Stätte der Anbetung haben und Gott, den Herrn, lobpreisen können. Versprichst du mir das?«

Malina versprach es. Und die Unbefleckte, die nicht wissen konnte, dass Malinas Versprechen nie viel wert waren, half ihr auf das Rad und gab ihm einen Schubs, sodass es wie von selbst zur Schule rollte. Dort stellte sich heraus, dass der Mathelehrer krank war und Herr Schrubender, der Religionslehrer, die Vertretung übernommen hatte. So kam es, dass Malina weder Grinsen noch Kopfschütteln erntete, als sie von dem Grund für ihre erhebliche Verspätung berichtete, sondern auf offene Ohren und Münder stieß. Und die Kunde des Wunders von Hiltrup verbreitete sich über große Teile des westlichen Münsterlandes.

2. Kapitel

Niklas de Jong glaubte eigentlich nicht an schicksalhafte Momente. Er hielt allerdings Situationen für möglich, in denen man jemanden traf, von dem sich später herausstellte, dass man ihn besser nicht getroffen hätte – ob man das dann Zufall oder Schicksal nannte, war ihm ziemlich egal. So oder so wäre Mickie Kelzenberg ermordet worden, aber dass alles so kam, wie es gekommen war, hing damit zusammen, dass er, de Jong, an diesem Abend Penny kennengelernt hatte. Und das hatte er in gewisser Weise Mickie zu verdanken. Was natürlich nicht bedeuten sollte, dass Mickie an seiner Ermordung selbst schuld war.

Nur, von Schicksal zu reden, hielt de Jong für übertrieben.

Es war der Abend, an dem Küppers seine silberne Hochzeit feierte. Eugen Küppers, de Jongs Exkollege bei der Kripo, hatte sich nach einer kurzen, erfolglosen Fußballtrainerkarriere als Privatdetektiv in seinem geliebten Everswinkel niedergelassen. Und er wollte unbedingt, dass de Jong als sein Partner mit einstieg. De

Jong meinte dazu, dass er sich lieber in ein Zeugenschutzprogramm verpacken ließe und als namenloser Niemand am Ende der Welt vegetieren würde, als in eine Privatdetektei einzusteigen. So wie er das sagte, hörte es sich ein bisschen so an, als halte er die Arbeit von Privatdetektiven für moralisch verwerflich.

»Du machst dir ein völlig falsches Bild«, widersprach Küppers. »Weder Sam Spade noch Thomas Magnum haben jemals in Wirklichkeit existiert.«

»Das glaub ich jetzt nicht«, sagte de Jong. Immer noch, wenn auch in letzter Zeit seltener, trafen die beiden sich im *Knipperdolling,* einer reichlich piefigen Gaststätte, die in den Radwanderführern der Region als lohnendes Ausflugsziel genannt wurde. Heute aus gegebenem Anlass schon am Nachmittag.

»Für die Realität gilt: Es wird lange nicht so heiß gegessen, wie gekocht wird«, versicherte Küppers. »Mit Mordfällen hast du überhaupt nichts zu tun. Du fotografierst untreue Ehefrauen beim Sex und kassierst dafür beim Ehemann. Das war's auch schon.«

»Nein danke«, winkte de Jong ab. »Eine untreue Ehefrau reicht mir voll und ganz.« Womit er Giulia meinte, die schon lange nicht mehr mit ihm zusammen war, sondern mit einem Meditationsguru. Nicht, dass die beiden ein inniges Paar waren – sie stritten beinahe ununterbrochen und kamen doch nicht voneinander los.

Küppers konnte de Jong trotzdem zum Mitmachen überreden, weil er ihn nach all den Jahren recht gut kannte. »Falls du nämlich noch kein Silberhochzeitsgeschenk hättest«, sagte er.

»Was wäre dann?«, fragte de Jong.

»Ich hab dir doch erzählt, dass Millie und ich eine Hochzeitsreise machen. Sechs Wochen Kreuzfahrt. Das hat sie sich schon so lange gewünscht. Und ich dachte mir, wenn du mich vertrittst in der Zeit und den Laden schmeißt …«

Laden – so nannte Küppers sein Everswinkeler Detektivbüro. »Ich hätte einfach ein besseres Gefühl, wenn einer da ist, der sich um die laufenden Fälle kümmert, weißt du?«

»Und wenn ich doch schon ein Geschenk habe?«

Küppers machte ein Gesicht, als wäre das die schlechteste Lösung von allen. »Das ist natürlich etwas anderes«, sagte er.

»Immerhin soll es ja eine Überraschung sein«, meinte de Jong.

Klar, du hast recht. Dass du deinen besten Freund im Ernstfall hängen lässt, das ist ja wohl alles andere als eine Überraschung, sagte Küppers' Gesichtsausdruck. Der Exkollege zückte sein Portemonnaie und winkte der Kellnerin. »Zahlen, bitte!«

»Was für laufende Fälle hättest du denn so?«, erkundigte sich de Jong aus reiner Neugier.

Küppers zahlte erst umständlich und rechnete exakt zehn Prozent Trinkgeld aus. »Der Klient heißt Schimmeck«, sagte er. »Er hat Fotos bestellt, die liegen im Schreibtisch, oberste Schublade. Ich hab versprochen, sie ihm persönlich zu bringen.«

»Was für Fotos?«, fragte de Jong unschuldig. »Passfotos oder was?«

Küppers sparte sich sein saures Grinsen.

3. Kapitel

Everswinkel war eine kleine, unaufdringliche Gemeinde im Osten Münsters. Sie beherbergte eine katholische Kirche samt Friedhof, ein Gewerbegebiet, eine Waldorfschule und seit einiger Zeit das Detektivbüro Küppers, angeblich spezialisiert auf besonders vertrackte Ermittlungen. Auch de Jong hatte hier gewohnt, aber dann hatte es ihn für fast ein Jahr nach Sizilien verschlagen, und als er zurückkam, fand er seine alte Etagenwohnung anderweitig vermietet und bewohnt vor. Sein Vermieter, der aus Amsterdam stammte, hatte ihm ein vorläufiges Ausweichquartier zur Verfügung gestellt, ein ziemlich betagtes Hausboot mit dem Namen *Het Oude Meisje,* das er in Münster auf dem Kanal an der Anlegestelle Warendorfer Straße geparkt hatte. Meist roch es muffig, warmes Wasser gab es häufig, dafür tropfte es immer durchs Dach, wenn es regnete. De Jong hatte sich trotzdem in das *Alte Mädchen* verliebt, wenn auch hauptsächlich deshalb, weil er hoffte, Giulia eines Tages an ihrer romantischen Seite zu packen. Bis jetzt hatte sich diese Hoffnung noch nicht erfüllt. Romantische Gefühle, speziell was undichte Hausboote anging, waren nicht ihre Sache, sonst wäre sie wohl kaum mit einem Mann zusammen, gegen den sie einen erbitterten Kleinkrieg führte und dies eine »lebendige Beziehung« nannte.

»Weißt du, manchmal denke ich, mit uns könnte es noch mal klappen«, hatte sie de Jong erst neulich erklärt. »Wenn du wenigstens der wärest, der du sein könntest.«

»Was soll das denn bedeuten?«

»Wenn du dein Potenzial ausschöpfst, dann könntest du der Beste sein. Na ja, jedenfalls besser als jetzt. Aber so …«

»So? Was zum Teufel meinst du mit ›so‹?«

Darauf hatte sie nicht geantwortet, und er hatte wütend aufgelegt. Wütend und eingeschnappt war er gewesen und hatte seitdem das Eingeschnapptsein kultiviert – lange Abende verbrachte er allein auf dem Achterdeck seiner vorläufigen Behausung, trank Flaschenbier, blies Trübsal und grübelte über das »beachtliche Potenzial« nach. Er hatte damit angefangen, einen düsteren Roman zu schreiben, der davon handelte, dass ein zwangsläufig Verflossener seinen Nachfolger bei Giulia Tag und Nacht beobachtete, um ihn dann auf eine besonders langsame und grausame Weise umzubringen, worauf seiner Ehemaligen wie Schuppen von den Augen fiel, in was für einer pathologischen Beziehung sie gefangen gewesen war. Und dass sie jetzt alles dafür tun würde, mit ihm wieder zusammen zu sein, nur dass es dafür jetzt zu spät war …

An einem milden Spätsommerabend Anfang September schloss de Jong sein Fahrrad auf, um nach Senden zu radeln, zum Gasthof *Krone des Münsterlandes*, wo sein

Exkollege silberne Hochzeit feierte. Das Wetter konnte sich nicht recht entscheiden, tagsüber bescherte es sommerliche Hitze, des Nachts plötzliche Böen, die nach Herbstlaub rochen, oder tückische Regenschauer, die wie aus dem Nichts zu kommen schienen.

Es war eine lockere Silberhochzeit, ohne Tischkärtchen und feste Menüfolge, was de Jong sehr entgegenkam, denn er verfügte über wenig Erfahrung als Hochzeitsgast. Die üblichen Reden wurden natürlich gehalten, aber de Jong war seinem Freund zu Dank verpflichtet, dass er ihn nicht um eine gebeten hatte. So stand er eine geraume Weile recht unnütz herum – Small Talk mit dem Glas in der Hand war auch nicht seine Stärke – bis er wenigstens ein bekanntes Gesicht entdeckte.

»Dat nenn ich mal eine Überraschung«, freute sich das Gesicht, obwohl man es ja eigentlich keine nennen konnte. Hauptkommissar Merzenich, rheinische Frohnatur und schon vor Küppers' Ausscheiden einer der aufgehenden Sterne am Münsteraner Kripohimmel.

»Na, wie geht's voran in der Welt der vorsätzlichen Tötungsdelikte?«, erkundigte sich de Jong höflich.

Merzenich seufzte auf effektvolle Weise. »Tja, glauben Sie mir, wie gerne ich Ihnen sagen würde, dat ich nicht klagen kann.«

De Jong glaubte ihm, fragte aber lieber nicht nach. Der Hauptkommissar schien jedoch geradezu darauf zu brennen, seine Fähigkeit zu klagen unter Beweis zu stellen. »Morde sind heutzutage nicht mehr dat Problem, sondern Personal. Sie kriegen einfach keine guten Kriminalisten mehr. Wenn sie nicht auf Fortbildung sind, sind sie krank, so ist das.«

»Immerhin«, sagte de Jong.

»Leute wie Sie könnte ich gebrauchen. Händeringend.«

»Aber die gibt es ja nicht mehr«, erklärte sich de Jong. »Selbst händeringend.«

»Wat würden Sie davon halten, wieder einzusteigen?«

De Jong hielt nichts davon, aber Merzenich erzählte trotzdem, dass man beim städtischen Finanzamt bei ähnlich kritischem Personalstand dazu übergegangen sei, Ehemalige zu »reanimieren«, auf 450-Euro-Basis oder ehrenamtlich, viele Ruheständler seien schließlich dankbar dafür, im Alter noch eine Lebensperspektive zu bekommen.

Währenddessen pustete Küppers, der silberne Bräutigam, in das Mikrofon und erklärte dann den versammelten Gästen, dass er und seine geliebte Millie auf eine Mittelmeerkreuzfahrt gehen würden, weil Millie sich das schon so lange gewünscht habe. Sie nahm ihm das Mikrofon weg: Nein, sie beide hätten sich das so lange gewünscht, und dann er wieder: Na ja, jeder, der ihn kenne, wisse ja wohl auch von seiner Leidenschaft für die Berge. Applaus.

»Hab was läuten hören, dat Sie jetzt sein neuer Partner sind«, grinste Merzenich und stupste ihn in die Seite. »Privatschnüfflermäßig.«

»Wer immer Ihnen das geläutet hat, hat falsch geläutet«, sagte de Jong sauer. Er zwängte sich durch die Menge der Applaudierenden, verließ die Gaststätte und trat in den Garten zu den Rauchern. Auch hier blieb er nicht lange allein. Beim Wiederhineingehen stieß er praktisch mit einem Mann zusammen, den er auf Anhieb wiedererkannte, obwohl der ihn schlagartig in eine ganz andere Zeit und an einen ganz anderen Ort versetzte. Oder vielleicht gerade deswegen. Und dem Mann schien es genauso zu ergehen.

»Das ist ja ein Ding«, murmelte er und starrte de Jong an.

Monströse Brille, dicke Lippen, zwischen denen eine Fluppe qualmte: Das war unverkennbar Mickie Kelzenberg. Ein halbes Jahrhundert älter, und immer noch sah er so aus, als hätte er gestern erst auf dem Schulhof herumgestanden. Immer noch hielt er sich so ungeschickt, als hätte man ihn gegen seinen Willen in seine Haut hineingezwängt. »Niklas Jong, stimmt's?«

»De Jong«, sagte de Jong und grinste. »Und du bist Mickie.«

Kelzenberg war bis zur Zehnten sein Mitschüler gewesen. Nicht, dass de Jong viel mit ihm zu tun gehabt hätte. Keiner hatte so richtig mit ihm zu tun gehabt. Mickie hatte meistens allein abgehangen.

»Was hat dich denn hierher verschlagen?«, erkundigte er sich.

»Der Job, was wohl sonst?«

»Bist du wirklich Bulle geworden?«

Alle Achtung, dachte de Jong. Das hatte er sich also gemerkt. Er nickte. »Aber das ist inzwischen schon wieder Vergangenheit«, sagte er.

Sie traten aus dem Pulk der Raucher hinaus und gingen bis an den Rand eines kleinen Teiches. Dort standen sie nebeneinander und starrten auf die schwarze Wasseroberfläche.

»Hoffe doch, du bist nicht auch so geworden wie die«, sagte Mickie.

»Wie die? Wen meinst du?«

»Na, sieh sie dir doch an: Alle hier haben brav Karriere gemacht, ihr Potenzial ausgeschöpft, genauso wie man's von ihnen erwartet hat.«

»Hört sich so an, als würdest du was davon verstehen«, sagte de Jong, der bei dem Wort Potenzial hellhörig wurde.

Mickie schnaufte abfällig, als wäre das ja wohl das Letzte, wovon er etwas verstehen wollte. »Gesellschaft für Selbstoptimierung – kein Scherz, die gibt's wirklich. Zufällig kenne ich den Laden ziemlich gut. Die haben sich da richtig reingesteigert. Und das peinliche Ergebnis kannst du überall bewundern.«

»Aber was ist denn daran so falsch?«, wollte de Jong wissen.

»Tja, wenn dir das nicht klar ist ...«

De Jong fand das reichlich überheblich. »Und du hast den Stein der Weisen gefunden, oder was?« Dabei war ihm natürlich klar, dass man leicht zum Überheblichsein neigte, wenn man so betrunken war wie Mickie Kelzenberg.

Mickie rülpste. »Siehst du hier irgendjemanden, der glücklich ist? Oder anders gefragt: Bist du glücklich, Niklas?«

»Keine Ahnung«, sagte de Jong. »Wieso ist das anders gefragt?«

Kelzenberg wollte auf coole Weise Rauch ablassen, aber er verschluckte sich und musste husten. »Es ist eine klare und deutliche Frage«, sagte er. »Und zwar zielt sie auf Folgendes: Du brauchst im Leben gar keine Scheiß-Karriere.«

»Sondern was?«

»Einen Traum. Den Traum von etwas Außergewöhnlichem.«

»Und du hast so einen Traum?«

Mickie schnippte seine Kippe hinaus aufs Wasser und geriet dabei ins Schwanken. »Ich bin Musiker, Niklas, und ohne einen Traum von etwas wäre ein Musiker gar nichts.«

»Von was träumst du denn so?«, fragte de Jong, worauf der andere mit den Schultern zuckte, als hielte er es für sinnlos, das jemandem zu erklären, der nicht von selbst drauf kam.

Mickie stapfte zurück zu den anderen, und de Jong versuchte, in dem, was er gesagt hatte, einen Sinn zu entdecken. Jedenfalls so lange, bis Mickie mit zwei Bierflaschen zurückgekehrt war und sie mit dem Feuerzeug geöffnet hatte. Eine davon reichte er de Jong.

»Ich habe eine Oper geschrieben«, erklärte er circa eine Minute später stolz, als die Flasche schon wieder halb leer war.

»Eine Oper?«

»Eine Rockoper, die weltweit einzige in Masematte. Das ist eine alte Geheimsprache, die es nur in Münster ...«

»Klar, schon mal davon gehört.«

»Das Werk heißt *Der Tod macht blau.*« Mickie bot de Jong eine Zigarette an, und er nahm sie, obwohl er eigentlich mit dem Rauchen aufgehört hatte.

»Und das bedeutet auf Hochdeutsch?«

Mickie ignorierte die Spitze. »Es handelt von einem üblen Kerl, der für Geld Leute abknallt.«

»Wurde sie schon mal aufgeführt?«

Er nickte. »In Enschede auf dem Groote Markt. Kam ziemlich gut an. Trotz des Regens.«

»Es hat geregnet?«

»Hat leider die meisten davon abgehalten zu kommen.«

»Also eine Rockoper statt einer Doppelhaushälfte«, sagte de Jong. »Und das war's schon, oder was?«

Mickie starrte ihn konsterniert an, aber der Alkohol hinderte ihn daran, wütend zu werden. »Eben nicht«, stieß er trotzig hervor. »Früher hab ich das doch auch gedacht. Denkst du vielleicht, ich wäre eine Ausnahme? Aber das war mal. Jetzt weiß ich, dass ...«

»Was?«

»... dass das alles einen feuchten Fliegenschiss wert ist.«

»Das wäre ja immer noch mehr als gar nichts«, sagte de Jong nach einer Weile des Schweigens und Rauchens höflich.

»Also gut, Niklas, ich versuch dir das zu erklären: Zum Beispiel, du irrst stunden- oder sagen wir tagelang durch einen Wald, ohne Sinn und Verstand. Und dann plötzlich stehst du draußen, hast einen irren Ausblick über Wiesen und sanfte Hügel, so weit du gucken kannst. Und du weißt plötzlich: Das ist es. Hier wollte ich doch hin. Die ganze Rennerei hätte ich mir sparen können. Verstehst du jetzt, was ich meine?«

»Nein, überhaupt nicht. Wenn du da hinwolltest, wieso war dann die Rennerei umsonst?«

Mickie schnaufte unwillig. »Der Punkt ist doch der: Wenn du erst mal wirklich kapiert hast, worauf es ankommt – ich meine *wirklich* – dann brauchst du nicht so viel ...« Er sprach nicht weiter, holte noch eine Kippe aus der Packung und zündete sie an. Paffte zwei oder drei Züge, dann warf er sie ins Wasser. Und setzte sich unvermittelt ins Gras.

»Alles klar mit dir?«, erkundigte sich de Jong.

Kelzenberg war bleich wie der Tod und die Augen hinter seiner monströsen Brille flackerten bedrohlich. »Ich glaube, ich muss jetzt nach Haus.«

»Soll ich dich zum Klo bringen?«

»Penny kommt mich abholen. Kannst du mal sehen, ob sie schon da ist?«

»Wer ist Penny?«

Kelzenberg antwortete ihm nicht und starrte einfach ins Leere.

Also machte de Jong sich auf die Suche, obwohl er keine Ahnung hatte, wie diese Penny aussah. Er bahnte sich einen Weg durch die feiernde Gesellschaft, fragte den einen oder den anderen – ohne Erfolg. Aber er hatte unverhofftes Glück. Als er nach draußen auf die Straße trat, stieß er mit einer Frau zusammen, die auf dem Weg nach drinnen war. Ihr Autoschlüssel fiel auf den Boden, de Jong hob ihn auf. »Sind Sie Penny?«, riet er.

Sie war keine spektakuläre Erscheinung, ziemlich klein, selbst für eine Frau. Eine zierliche Person. Ihr Blick war etwas Besonderes. Es war ein Blick, der irgendetwas in ihm berührte, von dem er bisher nicht gewusst hatte, dass es in ihm existierte. Etwas wie Erinnerungen an Dinge, die er in Wirklichkeit nie erlebt hatte. Von denen er nur gehofft hatte, sie eines Tages zu erleben. Jedenfalls hatte de Jong zum ersten Mal an diesem Abend das Gefühl, seine Zeit nicht verschwendet zu haben.

»Ich wollte nur Herrn Kelzenberg abholen«, sagte sie.

»Kein Problem, ich bringe Sie zu ihm.« Sie folgte ihm. »Mickie ist drüben im Garten …«

De Jong fand ihn da, wo er ihn zurückgelassen hatte. Allerdings hatte er sich inzwischen übergeben und war auf dem Rasen eingeschlafen.

»Schätze, er hat zu viel getrunken«, sagte de Jong.

»Mickie verträgt so gut wie gar nichts«, fuhr sie ihm ärgerlich dazwischen. Dem Ton ihrer Stimme nach war sie kaum besorgt um ihn, nur genervt. Offenbar passierte das nicht zum ersten Mal. »Warum muss er sich trotzdem immer volllaufen lassen?«

»Vielleicht weil er nach einer Idee sucht«, vermutete er.

»Nach einer Idee?«

»Die Idee von etwas, damit man nicht untergeht. Das waren seine Worte.«

Penny schüttelte in einer abschätzigen Weise den Kopf.

De Jong half ihr, Mickie durch das Lokal nach draußen zu befördern und ins Auto zu hieven, das zum Glück über eine große Ladefläche verfügte.

»Danke für Ihre Hilfe«, sagte sie und stieg vorne ein.

»Übrigens, ich bin de Jong«, sagte de Jong. »Niklas de Jong.«

Kurz darauf war sie weg, und er war sich gar nicht sicher, ob sie ihn überhaupt gehört hatte.

Drinnen im Lokal hatte die Hochzeitsfeier ihren Fortgang genommen. Das Buffet lag geplündert da, die kargen Reste von Salaten, Käsen und diversen Süßspeisen sahen wenig einladend aus, sodass de Jong verzichtete.

Auf dem Weg zur Toilette kam er an einer Kammer vorbei, aus der erregte, gedämpfte Stimmen drangen.

»An unserem Hochzeitstag musst du dich vor allen Gästen aufplustern und behaupten, dass du dir aus Kreuzfahrten nichts machst.«

»Also jetzt mach mal einen Punkt. Ich habe nicht ...«

»... damit alle wissen, wenn du nicht mit einer alten Tante wie mir zusammen wärst, müsstest du dich nicht auf einem Liegestuhl zu Tode langweilen.«

»Aber das stimmt doch nicht, Millie, und das weißt du.«

»Jeder, der mich kennt, weiß, dass die Berge meine Leidenschaft sind. Warum ...?«

»Na, weil es ja eigentlich auch so ist. Nur ...«

»Nach all den Jahren. Warum tust du mir das an?«

»Aber, Millie ...«

De Jong war diskret und wollte nicht lauschen. Er blieb noch etwas auf dem Fest. Als Millie sich kurz darauf wegen angeblich plötzlicher Müdigkeit davonmachte, dauerte es nicht lange, bis sich auch die Verwandtschaft verabschiedete. Es folgten die langjährigen Freunde, Weggefährten und Kollegen. Am Ende blieben nur noch de Jong und der Gastgeber übrig, der düster in sein leeres Glas starrte. Und es war noch nicht mal zwei Uhr nachts.

»Fünfundzwanzig Jahre glückliche Ehe«, nuschelte er, »und dann das. Von mir aus soll sie sich die gottverdammte Kreuzfahrt sonst wo hinschieben.«

»Vielleicht wird es ja doch ganz schön«, meinte de Jong. Er suchte schon längst einen geeigneten Zeitpunkt, sich zu verdrücken, fand aber keinen. »Sag mal, woher kennst du eigentlich Mickie Kelzenberg?«

»Wen?« Eugen Küppers schätzte es nicht, mit unwichtigen Fragen belästigt zu werden, wenn er gerade dabei war, sein gesamtes Leben zu bilanzieren.

»Er war einer der Gäste. Ein schlaksiger Typ in meinem Alter mit Achtzigerjahrefrisur …«

»Nie gehört. Da musst du Millie fragen.« Küppers schüttelte den Kopf. »Und ich hab mir eingebildet, nach so vielen Jahren kennt man sich einigermaßen.«

»Weißt du was?«, sagte de Jong. »Ich werde mich mal langsam auf den Weg machen.«

»Quatsch! Wir trinken noch einen letzten …« Eugen Küppers machte sich auf die Suche nach einer Flasche, die noch nicht leer war. »Was ist jetzt mit meinem Laden. Du machst das doch für mich, oder?«

»Ehrlich gesagt, Eugen, glaube ich nicht, dass das eine gute Idee …«

»Schimmeck, mein Klient, das ist so ein Karrierefuzzi bei der GSO. Gesellschaft für Selbstoptimierung – esoterischer Kram, wenn du mich fragst. Aber egal, du musst ihm nur ein paar Fotos bringen, dann ist er zufrieden …«

De Jong war schon auf dem Weg zur Tür gewesen, weil er sich jetzt wirklich verabschieden wollte. Dann blieb er doch noch einmal stehen. Mickie Kelzenbergs überhebliches Geschwafel ging ihm durch den Kopf. Und Giulias überflüssige Bemerkung.

»Also gut«, sagte er. »Schließlich war das ja mein Geschenk.«

Eugen war noch nicht so betrunken, dass er nicht überrascht sein konnte. »Ohne Scheiß? Offengestanden dachte ich schon, du wolltest gar nicht …«

»Ich hab doch gesagt, es soll eine Überraschung sein.«

Küppers kam auf de Jong zu, ergriff sein Handgelenk und umklammerte es wie ein Ertrinkender. »Auf dich kann man sich verlassen, Niklas, das wusste ich immer. Ehrlich, Millie könnte sich eine verdammte Scheibe von dir abschneiden.«

»Lieber nicht.« De Jong machte sich los und winkte zum Abschied. »Ich wünsche dir eine schöne Kreuzfahrt!«

4. Kapitel

Auf dem Rückweg hatte de Jong einen Platten und geriet, kaum dass er angehalten hatte, in einen dieser tückischen Gewitterschauer, die über die Fähigkeit verfügen, sich im wolkenlosen Himmel zu verstecken und einen langen Sommerabend darauf zu lauern, dass irgendjemand auf freier Strecke eine Panne hat, um dann mit all ihrer Wucht auf ihn herniederzugehen. Als ihn am nächsten Morgen das Piepsen des Telefons aus seinem kurzen, unruhigen Schlaf riss, war es bereits elf Uhr vormittags, und wenn man dem Strahlen der Sonne Glauben schenkte, waren heftige Wolkenbrüche oder Gewitterschauer nichts als aufschneiderisches Radlerlatein.

»Ist da Hauptkommissar de Jong?«, erkundigte sich eine sonore Männerstimme. »Hier ist Helge Schimmeck.«

»Exhauptkommissar«, sagte de Jong.

»Herr Küppers sagte, dass Sie ihn während seines Urlaubs vertreten.«

Das war also der »Karrierefuzzi«, wie ihn Eugen letzte Nacht genannt hatte. Er klang abgehetzt, als käme er gerade vom Joggen. »Wie kann ich Ihnen behilflich sein, Herr Schimmeck?«

»Ich wäre Ihnen dankbar, wenn Sie mir das bewusste Bildmaterial baldmöglichst zukommen lassen könnten. Außerdem möchte ich gern noch einen wichtigen Punkt mit Ihnen besprechen. Wie wäre es heute Mittag gegen eins? Das würde mir passen.«

»Mir vielleicht auch«, sagte de Jong.

»Gut, dann erwarte ich Sie im Longstrumph-Haus. Wir werden zusammen Mittag essen und uns ein wenig kennenlernen. Was halten Sie davon, Herr eh …«

»De Jong«, sagte de Jong.

»Großartig. Also dann bis mittags. Meine Sekretärin gibt Ihnen die Adresse.«

De Jong musste aufstehen, sich anziehen und einen Kaffee trinken. Und drei Eimer ausleeren, die er unter den undichten Stellen im Dach platziert hatte – der letzte Wolkenbruch hatte sie jeweils zur Hälfte gefüllt. Während des Frühstücks fuhr er den Computer hoch und tippte Longstrumph in die Zeile der Suchmaschine.

John T. Longstrumph hatte 1977 die Kirche der kosmischen Aufklärung gegründet. In den Sechzigerjahren war er ein US-amerikanischer Fantasyautor. Seine Romane handelten davon, dass die Menschen der Urzeit von Aliens entführt wurden. Die Außerirdischen brachten ihnen wichtige Dinge bei, nicht wie man das Rad erfand und Feuer machte, sondern auch positives Denken, moderne Unternehmensführung und sogar die Antwort auf solche Fragen: Wie kann man sich die Erde untertan machen oder wie die eigene Karriere vorantreiben und gleichzeitig am Weltbewusstsein partizipieren? All dieses Wissen zusammengenommen wurde das Übersinnliche genannt. Und mit diesem Übersinnlichen im Gepäck kehrten die Entführten auf ihren Heimatplaneten zurück, um den in peinlicher Dumpfheit verharrenden Rest der Menschheit an den Errungenschaften des Geistes teilhaben zu lassen. Dies war keine leichte Aufgabe und erforderte vor allem, dass die Erleuchteten ihre Rolle als geistige Führer der Menschheit wahrnehmen konnten.

Soweit das Garn, das in den Romanen versponnen wurde. In den Vereinigten Staaten jedoch, so behauptete das Internet, habe es einige gegeben, die dieses Geschreibsel für bare Münze genommen hätten. Der Verlag habe daraus eine großangelegte Promotion-Kampagne gestrickt, sodass es schon wenige Jahre später Millionen Amerikaner gegeben habe, die Longstrumph für einen Propheten hielten. Diese entwickelten die neue Technik zur Optimierung der Persönlichkeit und exportierten sie nach Europa. So kam die Gesellschaft für Selbstoptimierung *GSO* schließlich auch nach Münster.

Kurz nach zwölf ging de Jong von Bord des *Alten Mädchens* und radelte nach Everswinkel. Küppers' Privatdetektei befand sich im Ladenlokal der ehemaligen Bücherstube. Das Schaufenster verdeckte ein weißer Vorhang, sodass es auf den ersten Blick an ein Bestattungsinstitut erinnerte, aber da war ein kleiner Bereich, der den Schriftzug *Küppers – Private Ermittlungen* präsentierte, daneben eine Lupe und ein Notizblock – reichlich altbacken, wie de Jong fand. Er war im Besitz des Schlüssels, weil er hin und wieder Blumen gegossen hatte.

Die Inneneinrichtung war karg und entsprach der wohlgeordneten, aber auch recht langweiligen Welt des

Eugen Küppers: ein Schreibtisch mit einem Computer und einem Bilderrahmen mit einem Foto von Millie und den Kindern aus alten Zeiten, in der Ecke eine Zimmerpalme und an den beiden Seitenwänden zwei Poster: eins vom Traineridol Sepp Herberger und ein anderes, das Humphrey Bogart als Phil Marlowe zeigte.

In der oberen Schublade konnte de Jong die Observierungsfotos nicht finden. Auch nicht in der mittleren und der unteren. Die Zeit wurde allmählich knapp, also hörte er auf zu suchen, bestieg das Rad und nahm wieder Kurs auf Münster, dieses Mal radelte er zur Gesellschaft für Selbstoptimierung.

Die Niederlassung befand sich am nördlichen Stadtrand. Vermutlich hatte man im immer noch latent katholisch geprägten Münster alle verfügbaren Bremsen betätigt, bis man die Selbstoptimierer mit ihrem Sektengeruch weit draußen an den Schiffahrter Damm verbannt hatte, an den Rand eines nicht sehr einladend wirkenden Gewerbegebiets. Die Gegend hatte mit Selbstverwirklichung nicht viel zu tun und befand sich stattdessen fest in der Hand der Automobilbranche. Wen nach übersinnlichem Wissen dürstete, dem wurde zugemutet, an Autohäusern, Gebrauchtwagenhändlern mit ihren Jetzt-zugreifen-Angeboten und schließlich an TÜV und Kfz-Zulassungstelle vorbeizuradeln. Immer noch weiter, bis er glaubte, das Ende der bewohnten Welt erreicht zu haben und schließlich vor einem modernen, aber nicht schönen, turmförmigen Gebäude mit Aluminiumfassade stand. *Longstrumph Haus, Gesellschaft für Selbstoptimierung* verriet eine Marmorplatte am Eingang, gleich neben einer fröhlich plätschernden Fontäne, die das Symbol der Gesellschaft war: die nie versiegende Quelle geheimen Wissens.

De Jong wartete kaum fünf Minuten, als ein sportlicher Kerl in einem ebenso leichten wie teuren Anzug die breite Marmortreppe herabsprang wie ein junges Reh und sich ihm mit ausgestreckter Hand und einem breiten Lächeln näherte. »Herr de Jong, ich grüße Sie.«

»Herr Schimmeck«, sagte de Jong und wurde schon von einer Hand auf seiner Schulter in Richtung Ausgang dirigiert.

»Na, dann hoffe ich, Sie haben ein bisschen Hunger mitgebracht.« Schimmeck sah aus wie Anfang dreißig – de Jong schätzte ihn auf Ende dreißig, nur dass Sport und gesunde Ernährung ihre Spuren hinterlassen hatten. Der Mann im teuren Anzug lotste ihn zu einer Osteria ganz in der Nähe, wo de Jong niemals ein Restaurant vermutet hätte, bestellte auf Italienisch und empfahl ausdrücklich die Ravioli, die die besten in der ganzen Stadt seien. Er gab sich große Mühe, vor gewinnendem Charme nur so zu sprühen und hatte, noch bevor sie am Tisch Platz genommen hatten, den Beruf des privaten Ermittlers schon dreimal als »spannend« und »hochinteressant« bezeichnet. Aber gleichzeitig machte er wie schon am Telefon einen gehetzten Eindruck, wie de Jong fand, der einen Bauernsalat orderte. Gleich zu Anfang kam er auf die Fotografien zu sprechen und behauptete, Küppers habe versäumt, ihm das Passwort zu verraten, sodass er auf die Dateien nicht zugreifen könne.

Schimmeck schluckte und schien einen Augenblick verärgert zu sein, aber dann überlegte er es sich schnell anders, beugte sich über den Tisch und legte die Hand auf de Jongs Arm – eine viel zu vertraute Geste, die de Jong unangenehm war. »Bitte, Sie sollen nicht denken, dass ich meiner Frau Undine misstraue.«

»Gern«, sagte de Jong. »Aber was denn dann?«

»Das Gegenteil gewissermaßen. Ich habe mich entschlossen, einen privaten Ermittler einzuschalten, um zu beweisen, dass ich mit meinem hässlichen Verdacht falsch liege. Damit dieser Verdacht nicht zwischen uns steht, verstehen Sie?«

»Ich bin zwar kein Privatdetektiv«, sagte de Jong, »aber auch kein Paartherapeut.«

Das Essen wurde serviert und Schimmeck zog die Hand wieder zurück. Er griff nach Gabel und Löffel und wünschte einen guten Appetit. »Sie werden mir die Aufnahmen also noch übergeben, mitsamt dem Datenträger, auf dem sie gespeichert sind, und sicherstellen, dass sie nicht in die Hände Dritter gelangen werden?«

»Das ist doch wohl selbstverständlich.«

»Ausgezeichnet.« Schimmeck lächelte breit und schien erleichtert zu sein, aber ein blitzschneller Blick auf die Uhr machte diesen Eindruck wieder zunichte. »Dass ich mich darauf verlassen kann. – Natürlich kann ich mich darauf verlassen«, fügte er schnell, wie entschuldigend, hinzu. Er kaute und schluckte herunter und sagte dann: »Aber es geht mir noch darum: Würden Sie bitte den Auftrag einfach als erledigt betrachten? Nicht was das Finanzielle angeht, das regeln wir noch und sicher zu Ihrer Zufriedenheit, nur …«

»Gern, jederzeit«, sagte de Jong.

Schimmeck schien diese Zusicherung immer noch nicht zufriedenzustellen. »Es ist mir wichtig, dass diese Ermittlung gegen meine Frau und einen eventuellen Liebhaber vertraulich bleibt. Mehr als vertraulich.«

»Mehr als vertraulich?«

»So als hätte es sie nie gegeben, verstehen Sie? Es ist nämlich so, dass hier in unserer Gesellschaft – die ich gern auch als große Familie bezeichne – schnell einmal etwas in den falschen Hals gerät.« Er sah de Jong an, schien darauf zu warten, dass von ihm etwas wie »ja, das verstehe ich natürlich« oder »wo gibt es das nicht?« kam. Aber es kam nicht. »Die Presse zum Beispiel wartet nur darauf, sich auf irgendwelche Gerüchte oder Halbwahrheiten zu stürzen und uns dann als Sekte hinzustellen, mit geheimen Praktiken, Gehirnwäsche und so weiter.«

»Was aber gar nicht stimmt«, vermutete de Jong.

Schimmek beschränkte seine Antwort auf ein leicht verrutschtes Lächeln. »Wir sind nicht Scientology, verstehen Sie. Und auch über die wird so manches behauptet, was gar nicht stimmt.«

»Aber doch hauptsächlich von den Scientologen selbst«, meinte de Jong.

Sein Gegenüber griff nach dem Pfefferstreuer. »Wir sind keine Sekte. Auch keine Kirche. Sondern eine Gemeinschaft von Menschen, die sich der Zukunft und ihren Herausforderungen öffnen.«

»Und diese Selbstoptimierung – wie muss man sich die vorstellen?«

Helge Schimmeck blickte in seine Ravioli, schien sie zu studieren, dann zu de Jong und dann wieder in die

Ravioli, als wäre er auf der Suche nach Gemeinsamkeiten. »Die GSO«, er sprach die Buchstaben englisch aus, »geht davon aus, dass es weder Sieger noch Verlierer gibt. Es kommt letztlich nur darauf an, sich gut aufzustellen. Sein Potenzial optimal zu nutzen. Wie jedes Produkt muss auch die Persönlichkeit ihren Markt finden.«

»Ihren Markt?«

De Jong bekam ein entspanntes Lächeln als Antwort, der kleine Themenwechsel schien Schimmeck gutzutun. »Das Gesetz von Angebot und Nachfrage gilt nicht nur im ökonomischen, sondern auch im Bereich persönlicher Beziehungen. Wer Sie sind, ob Sie Stärken oder Schwächen haben, hängt davon ab, ob jemand Ihre speziellen Qualitäten nachfragt oder nicht.«

»Und Sie leiten diese Gesellschaft?«

»Gemeinsam mit Cornelius Wittekind. Er ist der Bruder meiner Frau.«

»Sie sind also quasi ein Familienbetrieb?«

»Cornelius kümmert sich allerdings vorwiegend um unser soziales Netzwerk, das weltweit im Kommen ist.«

»Ach, so etwas haben Sie auch?«

Schimmeck verschluckte noch sein letztes Stück Ravioli und winkte schon dem Kellner, während de Jong immer noch stocherte. »Myglüx.de«, sagte er. »Es ist nicht nur ein soziales Netzwerk, sondern fußt auf der Idee unseres Gründers, dass man alles im Leben erreichen kann, wenn man positive Energie bündelt. Wenn Sie Interesse haben, schauen Sie doch einfach mal rein.«

»Ich weiß noch nicht«, sagte de Jong und ärgerte sich, weil Schimmeck für beide zahlte. Hätte er das vorher gewusst, dann hätte er mehr als diesen kümmerlichen Salat bestellt.

Aber eh er sich's versah, hatten sie die Osteria verlassen und trabten zurück zum *Longstrumph-Haus*. Schimmeck ergriff de Jongs Hand mit seinen beiden. »Mein Vorschlag: Sie sorgen dafür, dass diese … hässliche Sache quasi nicht passiert ist, dafür spendiere ich Ihnen – zusätzlich zu Ihrem Honorar natürlich – einen Schnupperkurs. Damit Sie mal sehen, dass wir keine Sekte sind und genau wissen, wovon wir reden.«

De Jong wirkte unschlüssig. Während der andere, schon auf der Schwelle hinein, sich noch mal umdrehte und den Exkommissar mit seinem Zeigefinger geradezu festnagelte. »Glauben Sie mir: Gerade jemand wie Sie würde davon profitieren.«

5. Kapitel

Gerade jemand wie Sie. Was hatte der Anzugträger damit gemeint? De Jong grübelte auf dem Heimweg darüber nach und kam zu dem Schluss, dass ihm das erstens reichlich egal sein konnte und zweitens nicht im Geringsten interessierte. Die Antwort war außerdem simpel: Wenn man jemand wie er, Schimmeck, war, der teure, silbrig schimmernde Anzüge trug und in Restaurants auf Italienisch bestellte, musste man de Jong für einen armseligen Privatdetektiv halten, also das, was man früher einmal eine verkrachte Existenz genannt hatte. Denn wer glaubte heutzutage noch den Glorienschein, den erst die Literatur und dann das Fernsehen dem Beruf des Privatdetektivs umgehängt hatten. Privatdetektive waren keine vor Witz und Scharfsinn sprühenden Frauenhelden, sondern arme Schlucker, die Geld dafür nahmen, dass sie im Auftrag ihrer Klienten hässliche und wenig ruhmreiche Dinge taten.

Den Rest des Nachmittags verbrachte de Jong damit, das Hausboot winterfest zu machen, genauer gesagt herbstfest, denn das Ende des Sommers war nicht mehr fern und damit die Nächte, in denen der kalte Wind durch alle Ritzen zog und einem die Freude am Leben ganz schön verderben konnte. Er bewaffnete sich mit einer Spritze und sprühte Dichtungsmasse in Tür- und Fensterfüllungen. Und die ganze Zeit rumorte das *Jemand wie Sie* in seinen Gedanken, was seine Laune erheblich beeinträchtigte. Vor allem deshalb verschwand es nicht aus seinem Kopf, weil er Giulias Kommentar förmlich hören konnte: Dass du dich für so perfekt hältst, dass es an dir nicht das Geringste zu verbessern gibt, ist nichts Neues, aber es heißt ja wohl nicht, dass alle anderen das auch so sehen. – Ich will ja gar nicht, dass alle anderen das so sehen, entgegnete er. Nur du. Darauf sagte sie nichts, aber Rembert Kranich, ihr neunmalkluger Bettgefährte mit dem marxähnlichen Gesicht, fertigte ihn mit einer seiner nervtötenden indischen Lebensweisheiten ab.

Die Dichtungsmasse war alle. De Jong holte ein Bier aus dem Kühlschrank und schaltete den Fernseher ein. Er zappte herum und landete schließlich bei dem Lokalmagazin *Münster auf Zack*. Die Kamera schwenkte über westfälische Weiten, er erkannte den Kanal und eine Kläranlage. So wie es früher einmal ausgesehen hatte.

»So hat es hier früher einmal ausgesehen«, bestätigte die Kommentatorin, und de Jongs Finger, der schon umschalten wollte, zögerte. Die Kommentatorin war nämlich jene Person, der er gestern Nacht dabei behilflich gewesen war, ihren besoffenen Liebsten ins Auto zu hieven. Penny, die Frau mit den ernstesten Augen, die er jemals kennengelernt hatte. Vor der Kamera sah sie anders aus als gestern, weniger unscheinbar, spektakulärer. Ihr Haar flatterte im Wind, ihr Busen wirkte größer, als er es in Erinnerung hatte. »Aber dann geschah das Wunder von Hiltrup«, sagte sie, »und über Nacht wurde alles anders.«

Das Wunder von Hiltrup – selbst einem Ungläubigen wie de Jong war das ein Begriff. Allerdings weniger als religiöses Ereignis als vielmehr als touristische Initialzündung, die der Region mehr Umsatz und Arbeitsplätze eingebracht hatte als jedes Konjunkturprogramm.

Malina Kerssenbrock, ein zwölfjähriges Mädchen, hatte eines Tages behauptet, da draußen im Nichts zwischen den Kanälen sei ihr die heilige Maria persönlich begegnet. Malina sei mit dem Fahrrad auf dem Weg zur Schule gewesen, habe sich verirrt und dann sei auch noch die Luft aus ihrem Reifen entwichen. Die Muttergottes habe ihr Rad auf wundersame Weise wieder geflickt und dann angeregt, an dieser Stelle eine Kapelle zu errichten, die künftig eine Wallfahrtsstätte für alle Radler sein solle.

»Wie auch immer man über dieses Wunder denken mag«, sagte Penny, in der Hand ein Mikrofon und im Hintergrund die neue Wallfahrtstätte, »Maria hatte die eine zündende Idee, über die Generationen von Mitarbeitern des Münstermarketings vergeblich gegrübelt hatten: das *Bicycleum*. Viele sprechen von ihm inzwischen als dem Santiago di Compostela der Radfahrer.«

Das *Bicycleum* war nicht nur eine Gebetsstätte mit einem weitläufig überdachten und bewachten Fahrradparkplatz. Ein multimediales Dokumentationszentrum gleich nebenan berichtete detailreich über das Wunder und seine Wirkungsgeschichte. An der Stelle, wo die heilige Jungfrau dem Mädchen erschienen war, befand sich eine Pfütze, die auf mysteriöse Weise auch im heißesten Sommer nicht austrocknete, und es hieß, dass alle Räder, die durch diese Pfütze gelenkt wurden, niemals mehr platt gingen. In einem Devotionalienshop konnte der gläubige Tourist alles bekommen, was sein frommes Herz begehrte – nicht nur die üblichen Kitschfiguren, sondern auch digitale Rosenkränze und interaktive Beichtsoftware.

»Die wundersamen Dinge mag man glauben oder nicht«, fuhr Penny fort. »Wie die Betreiber immer wieder betonen, wendet sich das Angebot an alle – Gläubige, Skeptiker, Agnostiker, Atheisten, sogar Andersdenkende. Und sie sind alle gekommen, um das hier mitzuerleben: Seit gestern hat *Pope City* mitten in Münster seine Tore geöffnet.«

Jetzt schwenkte die Kamera über Massen von Menschen, Kinder mit Zuckerwatte, Eltern mit Babys auf dem Arm und Bratwürsten auf der Hand. Man hörte schrilles Kreischen aus der Katakomben-Achterbahn und ausgelassenes Gejohle aus der Kirchenschiffsschaukel. Schlangen von Menschen warteten vor der berüchtigten Daumenschraube – die war besonders begehrt, wenn auch erst ab acht Jahren zugelassen. Mitten im Trubel Penny mit ihrem Mikro, sie winkte, dann endete der Beitrag. Gleich darauf erfolgte ein Hinweis in eigener Sache: *Münster auf Zack* sei ab heute eine ganze Woche lang ein Magazin zum Anfassen, mit Infoständen, Podiums-Diskussionen, Live-Schalten und diversen anderen Attraktionen im Südpark.

De Jong überlegte eine Weile, dann kam ihm eine Idee, wie er etwas gegen seine schlechte Laune unternehmen konnte.

Der Südpark war eine städtische Grünfläche von eher bescheidenen Ausmaßen. Jogger mussten schon an die dreißig Runden laufen, wenn sie ein wenig ins Schwitzen kommen wollten. Skulpturen, Gedenksteine oder einen Sinnespfad suchte man hier vergeblich. Da war nur eine Grünfläche, um die herum führte ein Weg, an diesem Weg standen Bänke und neben den Bänken befanden sich Mülleimer und neben jedem zweiten ein Spender für Hundekotbeutel. Auf der Stirnseite rauschte ein künstliches Wasserbecken mit Fontäne, in dem Picknicker ihr Obst wuschen und Eltern die Blasen ihrer Kleinkinder entleerten.

Die besten Plätze auf der Wiese hatte sich heute das TV-Magazin gesichert mit einem Infostand, einem Diskussionsforum und einem mobilen Studio. Rundherum gab es aber noch einen ansehnlichen Tross anderer Attraktionen – Bratwurststände, Stadtteilinitiativen, Kräuterpavillon, Hüpfburg, Schnupperkurs Improtheater und Feuerspucker drängten sich eng aneinander. De Jong, der Geschiebe und Gedrängel nicht mal ausnahmsweise mochte, beobachtete das Treiben eine Weile von außen, in der Hoffnung, Penny zu entdecken. Und als er sie entdeckt hatte, versuchte er, ihre Aufmerksamkeit zu erringen. Sie sah sogar in seine Richtung, widmete sich dann aber wieder einem Pulk Kinder, um ihnen die Wunderwelt des Fernsehens zu erklären. Widerwillig begab er sich in das Getümmel und schob sich zu ihr durch.

»Hey«, sagte er.

Penny lächelte ihm zu, erkannte ihn aber nicht.

»Geht's Mickie wieder besser?«

Täuschte er sich oder legte sich ein leichter Schleier über ihr Gesicht? »Glaub schon«, sagte sie.

»Sie wissen es nicht?«

Jetzt schien sie ihn wiederzuerkennen. »In zehn Minuten bin ich hier fertig«, sagte sie. »Vielleicht können wir dann …«

»Ich warte drüben auf der Bank«, sagte de Jong.

Nachdem er zwanzig Minuten gewartet hatte, glaubte er nicht mehr daran, dass sie noch kam. Aber dann erschien sie doch noch. Sie trug eine Sonnenbrille, nahm sie aber ab, nachdem sie neben ihm auf der Bank Platz genommen hatte, und wieder war de Jong fasziniert von der einzigartigen Melancholie in ihrem Blick.

Eine Weile saßen sie nur, blinzelten in die Sonne und beobachteten die Kleinkinder, die in der Brühe des Teiches plantschten.

»Mickie ist einer dieser Träumer, die sich weigern aufzuwachen«, sagte sie endlich.

»Auf der Hochzeitsfeier meinte er, dass man einen Traum von etwas brauche, damit man nicht untergeht.«

Sie schüttelte resignierend den Kopf. »Und was hat er sonst noch gesagt?«

»Dass er Künstler ist und ein Musical geschrieben hat. Dass es in Holland uraufgeführt wurde.«

»Uraufgeführt. Das sieht ihm wieder mal ähnlich.«

»Wurden denn viele seiner Stücke uraufgeführt?«

»Hat er Ihnen auch gesagt, was er unter Uraufführung versteht?«

»Hat er dir gesagt«, verbesserte de Jong sie, da er die Siezerei albern fand, während sie nebeneinander auf der Bank saßen. »Nenn mich Niklas.«

»An dem Tag hat es in Enschede geregnet wie schon seit Jahren nicht mehr. Der Platz war wie leer gefegt. Mickie wollte die Plakate einsammeln und als Erinnerung behalten, aber die meisten waren vom Regen durchweicht.«

Jetzt war er sich sicher: Der Schleier hatte schon die ganze Zeit auf ihrem Gesicht gelegen. Pennys Begabung für Traurigkeit schien offenkundig. Natürlich durfte es nicht zu viel sein, aber diese zarte Mischung aus Mutlosigkeit und Enttäuschung, die einen bei anderen abschrecken mochte, ließ sie anziehend und höchst begehrenswert erscheinen.

»Die nüchterne Wahrheit ist, dass Mickie gar kein Künstler ist«, sagte sie. »Er hält sich nur für einen. Dabei ist er nur ein Kerl, der sich über alles und jedes beklagt.«

»Na ja«, meinte de Jong. »Man kann schließlich auch ein Künstler sein, der sich über alles und jedes beklagt.«

»Es ist lange her, da haben mich seine Träumereien fasziniert«, sagte sie. »Da war einer, der etwas vorhatte. Nicht das, was alle vorhatten: möglichst viel Kohle zu machen, möglichst weit aufzusteigen. Mickie war etwas Besonderes.«

»Er hat was von einer Wanderung durch einen Wald erzählt und dass man am Ende weiß, worum es bei dem Ganzen geht. Ich hab nicht so recht verstanden, was er meinte.«

»Genau so ist er«, bestätigte Penny. »Immer versteht man nicht so recht, was er meint. Ich glaube, er weiß es selbst nicht. Das gilt auch für seine Musik. Wahrscheinlich hat er deshalb mit den Firmenhymnen angefangen.«

»Firmenhymnen?«

»Lebensmitteldiscounter, Reiseveranstalter, Hersteller von Damenoberbekleidung. Die lassen sich Songs schreiben, um das Wirgefühl der Mitarbeiter zu stärken. So wie Fußballvereine. In Japan ist das längst Standard.«

»Und davon kann man leben?«

Sie schien seine Frage nicht zu hören. »Mickie ist ein Weichei. Ich habe lange gebraucht, um mich dieser Wahrheit zu stellen. Lange Zeit dachte ich, er sei ein sensibler Künstler. Aber ich habe mich getäuscht. Osse hat das schon viel früher erkannt.«

»Osse? Wer ist das?«

»Einer seiner Musikerkollegen. Lee Harvey Oswald.«

»Aber der ist doch schon lange tot und begraben.«

»Er nennt sich nur so. Beziehungsweise seine Band. In Wirklichkeit heißt er Oskar Ringermann.«

»Und der ist sein Freund?«

»Mickie glaubt das. In Wirklichkeit ist Oswald eine Zecke, die ihn aussaugt.«

De Jong wusste nicht so recht, ob ihm Mickie leid tun sollte, dass seine Freundin eine so schlechte Meinung von ihm hatte. Oder Penny, weil sie einen Freund hatte, der sie über die Jahre so enttäuschte.

Sie redeten noch eine ganze Weile. De Jong erzählte ihr, dass er sie im Fernsehen gesehen habe. Sie fragte ihn über seinen Job aus und er erzählte von dem düsteren Roman, den er angefangen hatte und der angeblich sein großer Wurf werden sollte, dabei hatte er nach dem ersten Kapitel schon sein Leben ausgehaucht. So viel zum Traum, den man in die Wirklichkeit umsetzte.

Mittlerweile war es schon halb zehn. Die vielen Stände waren längst abgebaut und der Südpark zu seiner braven Beschaulichkeit zurückgekehrt. Hier und da glühte Grillkohle in der Dunkelheit. Späte Biertrinker hockten auf den Bänken und rauchten. Penny nahm den letzten Schluck aus der Weinflasche und lehnte sich an de Jong.

»In der letzten Zeit haben wir uns eigentlich nur noch gestritten«, erzählte sie. »Immerzu verschwindet er in seine Schmollecke, behauptet, mich verstehen zu können, dabei hat er nicht die geringste Ahnung. Neulich habe ich sogar eine Vase nach ihm geworfen.«

»So was kann böse ausgehen«, meinte de Jong.

»Ich weiß. Aber genau darum geht es: dass er mich dazu bringt! Ich habe mir vorgestellt, ich hätte ihn getroffen, und weißt du was? Diese Vorstellung hat mich nicht mal alarmiert.«

»Du hast ihn also nicht getroffen?«

»Das Ding hat ihn knapp verfehlt. Ist an die Wand gedonnert.«

»Na ja, wenigstens ist nichts passiert.«

»Ich hatte Glück. Die Vase hätte zu Bruch gehen können.«

»Willst du überhaupt noch mit ihm zusammen sein?«

Die Frage schien sie zu überraschen. Als sie nach einer Weile nickte, wurde de Jong klar, dass er auf ein Nein gehofft hatte. »Wir sind ja schon auseinandergezogen. Weil wir gehofft haben, dass wir dann wieder neugierig aufeinander werden. Es war seine Idee.«

»Vielleicht muss man nur etwas Geduld haben«, sagte de Jong.

»Geduld? – Bis jetzt läuft es nur darauf hinaus, dass wir uns mal bei mir und mal bei ihm streiten.«

Eine weitere Stunde später. Die Grillen zirpten. Der herumliegende Müll glänzte im Mondlicht. Auf der Parkwiese harrte noch eine letzte Gruppe um eine Gitarre aus. Sie spielte *Don't think twice.* Penny hatte doch noch eine Flasche in ihrem Korb gefunden und die war jetzt auch schon fast leer. »Ich frage mich, wie du so wärst«, sagte sie und kuschelte sich noch mehr an ihn. »Für mich.«

Dem Exkommissar wurde allmählich klar, dass diese Nacht das Potenzial hatte, eine besondere zu werden.

Don't think twice war zu Ende. Jetzt ertönte *No woman no cry.* Alte, längst vergangene Zeiten erwachten und geisterten durch den wabernden Nebel auf der Südparkwiese.

»Ich würde dich bestimmt nicht enttäuschen«, versicherte de Jong.

»Das sagt sich leicht«, meinte Penny. »Aber dann ist es doch schwer. Irgendwo hab ich mal gelesen: Wer wirklich liebt, der muss zu allem fähig sein.«

»Zu allem fähig? Was ist denn damit gemeint?«

»Keine Ahnung. Ich hab's mir nur gemerkt, weil man damit normalerweise schlimme Dinge meint: zu allem fähig.« Sie trank den Rest aus der Flasche und verschluckte sich. De Jong half ihr beim Husten, indem er ihr auf den Rücken klopfte, aber es war wohl schon mehr ein Streicheln. »Wenn man irgendwo was liest, heißt das ja nicht, dass man versteht, was das bedeuten soll.«

»Klar«, sagte er. »Und manchmal bedeutet es auch gar nichts.«

»Es bedeutet immerhin, dass alles nicht so leicht ist.«

Mag sein, dass sie recht hatte. Jedenfalls hatte er sich dann doch, was den Fortgang dieser Nacht anging, verkalkuliert. Eigentlich war der Abend noch jung, aber vereinzelte Regentropfen und ein fernes Grollen kündigten ein Gewitter an. Gemeinsam rollten sie ihre Decke zusammen und schnallten sie auf ihren Gepäckträger. Dann radelten sie los und entsorgten unterwegs die leeren Flaschen in einem Glascontainer. An der Hammer Straße trennten sich ihre Wege.

»Man sieht sich«, sagte Penny und berührte zum Abschied seinen Arm.

»Klar«, sagte de Jong. »Immer sehr gerne.« Er sah ihr nach, wie sie in Richtung Ludgeriplatz davonradelte, und bereute schon jetzt, nicht die Frage gestellt zu haben, die ihm schon seit einer Weile auf der Zunge lag: Was wäre wohl gewesen, wenn wir uns damals über den Weg gelaufen wären, bevor du Mickie kennengelernt hast?

6. Kapitel

Es war nicht mal Mitternacht, als er in sein Hausboot zurückkehrte. Das Gewitter schien ihm gefolgt zu sein, aber es hielt sich noch zurück, ließ nur hier und da den Nachthimmel aufflackern, nahezu stumm und ohne Grollen.

De Jong setzte sich mit einem Bier vor den Fernseher. Seine Stimmung befand sich im freien Fall. Wie viele Chancen hatte er wohl vergeigt, mit denen es an ihm gewesen wäre, sowohl dem Nachmittag als auch der darauf folgenden Nacht eine völlig andere Wendung zu geben? Wie konnte man sich das alles entgehen lassen und stattdessen jetzt hier sitzen und vor der Glotze versauern? Er konnte es nicht fassen, schüttelte immer wieder den Kopf, bis ihm allmählich klar wurde, dass er eigentlich immer schon so gewesen war und niemand so mir nichts dir nichts aus seiner Haut konnte. Was wunderte er sich also? Sein Ärger über sich selbst hatte etwas Selbstgerechtes, und der Zorn über sich selbst war alles andere als ein gerechter.

Im Fernsehen lief ein Krimi. Nach dem zweiten Bier konnte er der Handlung nicht mehr bis in jeden Winkel folgen, hauptsächlich aber ging es darum: Ein Mann war tot aufgefunden worden. Alles deutete darauf hin, dass seine Frau die Mörderin war, die aber lautstark ihre Unschuld beteuerte. Obwohl sie, wie der Zuschauer inzwischen wusste, tatsächlich unschuldig war, wurde sie nach etlichen Werbepausen wegen Mordes verurteilt. Und ihr Liebhaber, der ihr in der schweren Situation nur beistehen wollte, der alles Erdenkliche für sie getan hatte, wurde auch noch wegen Mithilfe eingebuchtet.

»Und das nennt sich dann Happy End«, murrte de Jong. Das Telefon piepste, er schaltete die Glotze auf stumm und meldete sich.

»Hier ist Penny.«

»Penny! Das ist ja eine … Tut mir leid, ich wusste nicht …«

»Du musst mir helfen. Etwas Schreckliches ist passiert.« Ihre Stimme klang gepresst und panisch, was ihn alarmierte.

»Penny, was ist los?«

»Wirst du mir helfen, Niklas? Du hast es doch eben versprochen. Und ich …«

»Klar, natürlich werde ich das tun. Ich bin schon unterwegs. Wo bist du jetzt?«

»Ich bin hier bei Mickie. Ich wollte das nicht …«

»Bei Mickie?«

»Auf der Dortmunder Straße, über dem Fahrradladen. Zweiter Stock, rechte Tür. Komm schnell, ich stehe das nicht allein durch!«

»Penny, sag mir doch, was …«

Die Verbindung war unterbrochen.

De Jong wusste noch nicht viel über Penny. Und er wusste nicht, was ihn auf der Dortmunder Straße erwartete, höchstens vielleicht, dass es alles andere als eine nette Überraschung sein würde. Es war ein akuter Notfall der unangenehmen Art, sodass ihm seine innere Stimme riet, sich von der Sache besser fernzuhalten. Aber Penny hatte ausgerechnet ihn angerufen, über den sie ja auch nicht gerade viel wusste. Und genau darin schien ihm in Hinblick auf sie eine Chance zu liegen. Eine, die sich ihm vielleicht nie wieder bieten würde.

Er hatte erst wenige Hundert Meter auf dem Fahrrad zurückgelegt, als es zu regnen begann. Erst fielen nur vereinzelte Tropfen, harmlos, als kleine Erfrischung für Radfahrer, die sich in dieser tropischen Schwüle abmühten. Aber das war nur der Auftakt, schon ein paar Augenblicke später rauschten Wassermassen kübelweise vom Himmel, als hätten sich da oben die berühmten Schleusen geöffnet. Es donnerte, Blitze tauchten die Straße für Zehntelsekunden in weißes Licht, aber de Jong hielt stur den Kurs, weil er Penny nicht enttäuschen wollte. Tapfer pflügte er mit dem Rad Meter für Meter den Radweg entlang, der sich vor seinen Augen in eine Wasserstraße verwandelte. Niemand sonst würde sich bei einem solchen Sauwetter auf den Weg machen, dachte er stolz, und Penny würde das sicher zu schätzen wissen. Wenigstens was den ersten Punkt anging, täuschte er sich. Ein Fahrrad überholte ihn und stoppte dann knapp vor ihm, dass auch de Jong anhalten musste.

»Polizei!«, drang eine gellende Männerstimme durch das Dröhnen des Regens zu ihm durch. »Ihr Rücklicht funktioniert nicht.«

»Ach was«, brüllte de Jong zurück. »Übrigens bin ich ein Kollege. Na ja, war es jedenfalls vor einer gewissen Zeit.« Er grinste den Mann an, dessen Nasenspitze ein fetter Regentropfen zierte, und registrierte, dass der Schauer ein wenig nachließ. »Ich werde mich schon bald drum kümmern, nur jetzt hab ich es ziemlich eilig.«

»Einen Moment«, sagte der Polizist und schüttelte den Regentropfen ab, »aber so können Sie nicht weiterfahren. Sie haben eine Ordnungswidrigkeit begangen …«

»Na schön!« De Jong zückte sein nasses Portemonnaie, holte einen durchweichten Fünfziger heraus und drückte ihn dem Gesetzeshüter in die Hand. »Reicht das? Der Rest ist für Sie.« Damit stieg er auf und radelte los, ohne sich noch mal umzudrehen, als der Mann irgendwas mit »einen Moment!« und »Bestechung!« hinter ihm herrief.

Mickie Kelzenberg wohnte mitten im Hansaviertel. Unbestritten war dies eines der beliebtesten Viertel der Stadt, wenn auch nicht zum Wohnen, sondern eher zum Feiern. Vor allem, seit die Gastronomie die Hafengegend zur In-Meile ausgerufen hatte, pilgerten vorwiegend nachts und am Wochenende Besucher massenweise hierher, um mit besoffenem Kopf Geräusche anzustimmen, die sie für Lieder hielten, sich zu übergeben oder einfach nur Leergut zu zerkleinern. Selbst nach einem Wolkenbruch wie diesem streiften wieder einige von ihnen durch die Straßen, um ein bisschen zu randalieren, bevor sie sich irgendwann zurück in ihre heile Welt begeben würden, ins piefige Warendorf oder ins wutbürgerlich anständige Kreuzviertel, um dort den Rest der Nacht ungestört zu verschnarchen.

De Jong bog in die Dortmunder Straße ein, fand den Fahrradladen ohne Probleme und stoppte. Er lehnte sein Gefährt an die Hauswand und probierte die Haustür, nachdem er den Namen Kelzenberg auf einer Klingel gefunden hatte. Sie war nicht abgeschlossen. Ein langer Hausflur mündete in eine Steintreppe. Erster Stock, zweiter.

Die rechte Tür stand offen, was ihm kein gutes Zeichen zu sein schien. Irgendwo dudelte Musik.

»Penny?«, rief er und trat leise ein. Seine nassen Schuhe machten schmatzende Geräusche auf dem Holzboden. Es war eine winzige Wohnung, überdimensional hohe Decken ließen sie noch kleiner erscheinen. Im Bad flackerte eine Birne und verschiedene Gegenstände lagen auf dem Boden.

»Penny, ich bin hier …!«

Im Schlafzimmer herrschte Chaos. Ein Kleiderschrank stand weit offen, sein Inhalt lag wie ausgespuckt auf dem Boden und dem ungemachten Bett verstreut. Im Wohnzimmer dasselbe Bild: eine umgeworfene Stehlampe, Schubladen, die aus Kommoden herausgezogen worden waren. De Jong fand Penny in der hinteren Ecke der Küche. Dort kniete sie auf dem Boden und wischte Blut auf. Neben ihr stand ein Putzeimer mit dunkelrot gefärbtem Wasser. Außer der Blutlache auf dem Boden bedeckten Blutspritzer die Kühlschranktür und die weiß getünchte Wand daneben.

»Du kommst zu spät«, sagte Penny, ohne ihr Wischen zu unterbrechen. »Er ist schon weg.«

»Wer? Wer ist schon weg?«

Sie antwortete nicht, sondern wischte mit mechanischen Bewegungen, wie in einem Schockzustand.

»Ich wurde aufgehalten«, sagte er. »Eine Polizeikontrolle. Mein Rücklicht funktioniert nicht.« Auf dem Boden unter dem Küchentisch entdeckte er einen Gegenstand, der auch blutbesudelt war. Die Gipsbüste irgendeines Künstlers vermutlich. »Wo ist Mickie?«

Penny ließ abrupt den Lappen fallen und schlug die Hände vors Gesicht. Als sie sie wieder sinken ließ, hatte sie Tränen in den Augen. »Nachdem ich vom Südpark zurück war, bin ich noch zu ihm. Und wir haben uns wieder einmal gestritten. Dieses Mal war es besonders schlimm.«

»Was ist passiert? Sag schon.« De Jong deutete auf das Blut, und eine reichlich überflüssige Frage rutschte ihm heraus: »Ist jemand verletzt?«

»Ich hab doch gesagt, es war dieses Mal sehr schlimm.«

»Schlimm?«

»Er war so … gemein. Ich würde mich nur um meinen Fernsehkram kümmern und was er so treibt, würde mich schon lange nicht mehr interessieren. Aber ich … ich habe ihn angeschrien, dass ich genug von ihm hätte. Dann habe ich diese Büste nach ihm geworfen und die Tür hinter mir zugeschlagen.«

»Und dann?«

»Ich bin die Treppe hinunter und auf die Straße. Wohin, weiß ich nicht mehr genau, auf jeden Fall den Ring entlang bis zum Hafen, am Kanal entlang. Und irgendwann blieb ich stehen und fand es seltsam, dass er sich gar nicht auf dem Handy meldete. Was er sonst immer macht. Außerdem fiel mir ein, dass …«, sie hielt inne, um zu schluchzen.

De Jong wartete.

»… dass er, als ich den Beethoven nach ihm geworfen habe, gar nicht zurückgeschrien hat. Was er sonst auch immer getan hat. Also bin ich zurück.«

»Du bist also hierher zurückgekommen. Was dann?«

»Ich habe ihn so gefunden.«

»Wie gefunden?«

»Er lehnte dort, mit dem Rücken gegen den Kühlschrank, alles war voll Blut. Die Büste muss ihn voll getroffen haben.« Ihre Stimme brach. »Das halbe Gesicht war weg.«

»Das Gesicht?«

»Dabei habe ich ihm den Beethoven zu unserem vorletzten Jahrestag geschenkt«, heulte sie laut. »Und jetzt habe ich ihn damit umgebracht.«

»Das hast du nicht.« De Jong reichte ihr ein Taschentuch. »Penny, glaub mir, es war kein Mord! Totschlag vielleicht, im Affekt. – Nur, die Sache ist die: Ich sehe ihn hier nirgendwo.«

»Wen?«

»Na, Mickie!«

»Ich hab doch gesagt, er ist schon weg.«

»Weg? Aber wohin denn?«

Penny begann wieder zu weinen, leise und herzerweichend. »Hör zu, ich will nicht ins Gefängnis. Ich *kann* nicht. So was stehe ich nicht durch, kapierst du das? Deswegen habe ich dich ja überhaupt angerufen.«

»Und ich bin gekommen.«

»Ja, aber zu spät.« Ihr Schniefen hatte etwas Vorwurfsvolles. »Jetzt haben mir schon andere geholfen.«

»Geholfen?« De Jongs ungutes Gefühl wurde zunehmend ungeduldig. »Wobei denn, Penny?«

Sie antwortete nicht, sondern schüttelte nur auf monotone Weise den Kopf, als wäre diese Frage entweder höchst unangebracht oder eine von denen, die sich von selbst beantworteten.

»Penny?«

»Freunde von mir haben ihn weggebracht.«

»Mickie? Du meinst Mickies Leiche?«

Sie nickte. »Er ist in einem kleinen Baggersee, glaub ich. Besser du weißt nicht genau, wo. Niemand wird ihn finden.«

»Aber wie kannst du …« De Jong suchte nach Worten. »Weißt du, dass das eine schwere Straftat ist? So etwas *darfst* du nicht …«

Die Frau mit den traurigen Augen starrte eine Weile vor sich hin. Wenigstens sah es so aus, als ob sie darüber nachdachte. »Na und?«, fuhr sie ihn dann plötzlich an. »Was macht das denn jetzt noch, wo ich ihn schon ermordet habe? Das ist doch wohl eine viel schlimmere Straftat!«

»Ich sagte doch, es ist wahrscheinlich kein Mord. Nur Totschlag.«

»Totschlag, Mord. Tot ist tot, oder nicht?«

»Im strafrechtlichen Sinne nicht«, widersprach de Jong und bereute diese Äußerung schon, bevor ihr finsterer Blick ihn traf. Ein Blick, den man nur jemandem zuwarf, der nicht im Geringsten verstand, wie sie sich fühlte.

»Wer sind diese Freunde?«, fragte er, und das war schon wieder falsch. Jetzt war er nicht mehr der Freund, sondern Ermittler. Jemand, den sie hier und jetzt am allerwenigsten haben wollte.

»Sie waren da, als ich sie gebraucht habe.« Im Gegensatz zu dir, wollte sie sagen. »Und jetzt verlangst du von mir, dass ich sie einfach so ans Messer liefere.«

»Nein, das verlange ich doch überhaupt nicht«, sagte de Jong, obwohl er genau das tat, »aber immerhin haben sie eine schwere Straftat begangen, indem sie das Opfer eines Verbrechens beseitigt haben …«

Anstelle einer Antwort widmete sich Penny mit demonstrativer Aufmerksamkeit ihren Wischarbeiten.

»Wir sollten auf jeden Fall die Kripo rufen«, beharrte er.

Sie drehte sich noch einmal um und hielt ihm den blutigen Lappen hin. »Gut, mach du das. Wie du siehst, habe ich hier noch zu tun.«

Von da an drang er nicht mehr zu ihr durch. Sie tat so, als wäre er nicht da. Und ihm fiel auf die Frage, wie es jetzt weiterging, keine Antwort ein.

Mach du das. Während er die Treppe hinabstieg, schüttelte de Jong den Kopf, weil er immer noch nicht verstand, was hier passierte. Wie schaffte es eine Frau, die gerade einen Menschen getötet hatte und einen blutigen Wischlappen in der Hand hielt, ihm das Gefühl zu geben, selbst der Schuldige zu sein? *Mach du das.* Das klang nicht wie eine Bitte, sondern eher so: Du musst selbst wissen, auf welcher Seite du stehst.

Das mit der Seite war für de Jong aber gar kein Problem. Natürlich stand er auf Pennys Seite, das war doch klar. Aber half er ihr wirklich, wenn er schweigend zuließ, dass ein Mord vertuscht wurde? Eine Leiche einfach in einem Teich versenkt wurde? Anders gefragt: Wenn er es nicht zuließ, nützte das dem Toten noch etwas? Penny würde jede Menge Ärger bekommen, ebenso wie ihre ominösen »Freunde«, die die Sache für sie erledigt hatten. Während es Mickie wohl letztlich egal sein durfte, ob er auf dem Grund eines Sees lag oder auf dem Sektionstisch des rechtsmedizinischen Instituts.

Als de Jong so gegen halb zwei Uhr sein Hausboot erreichte, konnte er endlich seine nassen Klamotten loswerden, aber er hatte immer noch keine befriedigende Antwort gefunden. Also verschob er den weiteren inneren Zwist auf den nächsten Tag, schließlich ging er davon aus, dass Penny mit ihrer Putzerei längst ganze Arbeit geleistet hatte – der Tatort würde morgen noch genauso klinisch sauber sein wie jetzt.

In dieser Nacht träumte de Jong sehr ausführlich. Er konnte sich am nächsten Tag nicht erinnern, jemals so ausführlich geträumt zu haben. Der Traum war von einem so beängstigenden Detailreichtum, dass er nach dem Aufwachen eine ganze Weile brauchte, um in die Realität zurückzukehren und sich klarzumachen, dass er diese Dinge gar nicht wirklich erlebt hatte. Dieses wüste Abenteuer war ihm im Kopf herumgespukt:

Es ist gestern Nacht. De Jong betritt Mickies Wohnung. Er sieht das Chaos im Schlafzimmer, im Bad, er geht in die Küche. Und da findet er ihn: Mickie tot, sein Oberkörper lehnt gegen den Kühlschrank. Ein grässlicher Anblick: Überall ist Blut. Mickies Schädel ist eingeschlagen. De Jong mag fast nicht hinsehen.

Und doch ist ihm sofort klar, was hier passiert ist. Ein finaler Beziehungsstreit, der ein blutiges Ende gefunden hat. Am Anfang vielleicht der übliche Streit, die üblichen Wortwechsel, Vorwürfe und Beleidigungen. Aber dann eskaliert die Szene, sie gerät außer Kontrolle. De Jong kennt die Täterin. Sie ist es, die ihn herbestellt hat, damit er ihr aus dieser Patsche hilft. Er kann das aber nicht tun, schließlich war er mal bei der Kripo. Was verlangt sie von ihm? Aber will er denn, dass sie für den Rest ihres Lebens hinter Gitter geht? Die Frau, die sich im Südpark an ihn geschmiegt hat, für die er versprochen hat, alles zu riskieren? So betrachtet fällt die Antwort nicht schwer. Nach kurzem Zögern durchkramt er die Wohnung, entscheidet sich schließlich für einen Teppich aus dem Badezimmer. In einer der Küchenschubladen findet er eine Rolle Klebeband. Als er den Toten auf den Teppich wälzt, fällt etwas aus dessen Hosentasche. Ein Autoschlüssel, den de Jong kurz entschlossen einsteckt. Alles ist eine schöne Schufterei, ganz besonders bei der tropischen Hitze. Das Paketklebeband ist bald alle, deshalb behilft er sich auch noch mit einer Art Vorhangschnur, die er hinter dem Fernseher findet. Schließlich gelingt es ihm, Mickie, eingerollt in den Teppich und mit Paketklebeband verschnürt, die Treppe hinunterzuschaffen. Unten angekommen, lehnt er ihn kurz an die Wand neben die Briefkästen. Er versucht, zu Atem zu kommen und riskiert einen vorsichtigen Blick nach draußen: Die Luft ist rein, der alte Passat steht direkt vor der Tür. Alles bestens soweit. De Jong tritt auf die Straße, schließt auf und öffnet die Heckklappe. Dann holt er Mickie, aber es ist nicht so leicht, ihn auf die Ladefläche zu wuchten.

»Das gibt's ja nicht, Bruder, willst du hier 'ne Leiche wegschaffen oder was?«

De Jong hat den Kerl überhaupt nicht gesehen, es ist einer dieser Nachtschwärmer mit Bierflasche in der Hand. Warum kümmert er sich nicht um seinen eigenen Kram?

»Eine Leiche?«, gibt er mit dünner Stimme zurück. »Wie kommst du denn bloß darauf?«

Der Kerl grinst breit. »War doch nur 'n Scherz.« Er stellt die Flasche auf den Bürgersteig und gesellt sich zu de Jong. »Komm schon, zu zweit geht's besser.«

»Nein. Vielen Dank, ich komme schon klar ...«

De Jong macht es allein, lässt die Heckklappe zuschnappen und steigt in den Wagen. Dann fährt er los, zunächst planlos den Ring entlang, dann wendet er sich stadtauswärts, auf der Suche nach einer sicheren Möglichkeit, sein Paket loszuwerden. Irgendwo draußen vor der Stadt, auf einem dieser asphaltierten Wege hält er an und steigt aus. Es ist dunkel, eine mondlose Nacht, und weit und breit keine Menschenseele. Ein wenig Wind ist aufgekommen und er nutzt die Gelegenheit, innezuhalten und sich darüber klar zu werden, was zum Teufel er gerade tut. Und was er vorhat. Indessen frischt der Wind immer mehr auf. Und dann spürt er sie auf der Haut: Regentropfen, wenn auch nur winzige, scheue Dinger, die verdunsten, kaum dass sie gelandet sind! De Jong kehrt ans Steuer zurück und fährt weiter, auf der Suche nach einer Wendegelegenheit. An einer Weggabelung biegt er falsch ab, der Weg wird abschüssig und endet an einem Teich, genauer gesagt, an seinem steil abfallenden Ufer, das Wasser beginnt einige Meter tiefer, sodass der Feldweg wie eine Rampe im Nichts endet.

Er legt den Rückwärtsgang ein, als etwas Schweres gegen die Frontscheibe platscht. Es ist kein Vogel, sondern ein riesiger literschwerer Wassertropfen, und er bleibt nicht der einzige. In immer kürzeren Abständen schlagen sie wie nasse Geschosse auf dem Fahrzeug auf, als wäre er in einen Hinterhalt geraten. Nur wenige Sekunden später schüttet es wie aus Eimern.

Das Aufheulen der durchdrehenden Räder wird vom Lärm des Wolkenbruchs übertönt. Im Rückspiegel sucht de Jong vergeblich nach dem Feldweg, der Wagen steht mitten in einem Sturzbach, dessen bräunliche Brühe bergab rast, in Richtung Teich. An Umdrehen ist nicht mehr zu denken. »Unternimm doch etwas!«, verlangt eine Stimme in ihm. Trotz des Regentrommelfeuers kann er sie gut verstehen und auch, dass es Pennys Stimme ist und nicht seine. »Ich habe dir gesagt, dass ich das nicht allein durchstehe. Es war ein schrecklicher Unfall, und jetzt … Wie schön könnte das mit uns werden?«

»Ich versuche doch alles Menschenmögliche«, wehrt er sich. »Aber du siehst doch selbst …«

»Schau nach vorne. Die Zeit läuft dir davon.«

Nach vorne. Litaneiartig wiederholt er diese beiden Worte. Nach vorne. Durch den Regenschleier sieht er den Sturzbach, der jäh endet und sich als Wasserfall aus fast einem Meter Höhe in den See ergießt. Warum hat sie das nicht gleich gesagt? Neben ihm auf dem Beifahrersitz liegt die Mordwaffe, die er sicherheitshalber mitgenommen hat. De Jong schnappt sich das Corpus Delicti, steigt aus und kniet in der Brühe. Nach vorne also. Mit der Hand betätigt er das Kupplungspedal, legt den Vorwärtsgang ein und rollt den blutigen Kopf Beethovens auf das Gaspedal. Blödsinnige Idee, so etwas klappt doch nur in Filmen! Trotzdem lässt er die Kupplung los. Und es klappt auch nicht: Wieder drehen die Räder durch, was ihm genügend Zeit verschafft, sich in Sicherheit zu bringen. Aber dann, urplötzlich, macht der Passat einen Satz vorwärts, rast wie besessen den Weg hinunter und stürzt sich im hohen Bogen kopfüber ins Wasser.

»Mach's gut, Mickie!«, brüllt de Jong, aber selbst wenn Mickie am Leben wäre, würde er ihn wohl kaum hören, denn das Gewitter brüllt noch lauter.

7. Kapitel

Es war schon nach dem Frühstück und de Jong betrachtete gedankenverloren ein Teichhuhn, das an seinem Wohnzimmerfenster vorbeipaddelte, da war ihm der Traum noch voll und ganz im Gedächtnis. An jede Einzelheit konnte er sich genau erinnern. Dabei war alles so gar nicht passiert – na ja, mit Ausnahme des Wolkenbruchs, nur hatte er den abgekriegt, als er mit dem Fahrrad auf dem Weg zu Kelzenbergs Wohnung gewesen war. Aber das mit dem Beethovenkopf konnte nicht stimmen, schließlich hatte der unter dem Küchentisch gelegen. Abgesehen davon, dass er, de Jong, ja auch nicht derjenige war, der Mickies Leiche weggeschafft hatte. Ebenso wenig derjenige, der ihn in der Küche aufgefunden hatte, wo er mit dem Rücken gegen den Kühlschrank gelehnt hatte und alles um ihn herum voll Blut gewesen war. Das alles hatte ihm Penny erzählt.

Jetzt allerdings, nachdem ihn dieser seltsame Traum heimgesucht hatte, war alles plastischer geworden. Er sah den Teich vor sich, auf dessen Grund Mickie Kelzenberg jetzt ruhte, obwohl er keine Ahnung hatte, ob und wo dieses Gewässer überhaupt existierte. Und er sah die Wohnung, in der es passiert war und die Penny so lange gescheuert hatte, bis sie blitzblank war und nichts mehr auf die schreckliche Tat hindeutete.

Die Möbel waren aber an ihrem Platz geblieben. Der Küchentisch, die Spüle, der Kühlschrank – sie befanden sich immer noch dort, wo sie gestern Nacht gewesen waren. Und als sich de Jong das alles in Erinnerung rief, stieß er auf eine winzige Unstimmigkeit. Sie ließ sich nicht so einfach wegschieben, und je weniger er sie beachtete, umso wichtiger schien sie zu werden, sodass sie am Ende den ganzen Tathergang infrage stellte.

Was zwischenmenschliche Beziehungen anging, war Niklas de Jong eher der nachtragende Typ. Man warf ihn, wenn er sich, nass bis auf die Haut, durch einen sintflutartigen Wolkenbruch hergekämpft hatte, nicht einfach so aus der Wohnung. Behandelte ihn nicht einfach wie einen blasierten Polizeibeamten, der nur Paragraphen und Straftatbestände kennt und nicht im Mindesten mitmenschliche Wärme empfinden kann. Wenn er das für sie war, dann bitte, er konnte auch anders. Ein Anruf bei Hauptkommissar Merzenich würde all das in Gang setzen, wozu er nicht nur als ehemaliger Bulle sowieso verpflichtet war.

Aber da war jetzt diese Unstimmigkeit, die sich nicht wegschieben ließ. Und deshalb mutete er sich zu, sein Rad zu besteigen und Penny doch noch einen Besuch abzustatten.

Sie öffnete ihm und sah ungewohnt aus in hellen, sommerlich leichten Klamotten, denn de Jong hatte eigentlich den Eindruck gewonnen, dass sie eine Vorliebe für dunkle Sachen hatte. Vielleicht war es ein Versuch, ihrer schlimmen Situation zu entkommen, indem sie sie verneinte, ging es de Jong durch den Kopf.

»Der Herr Kommissar«, sagte sie kühl und bat ihn nicht herein.

»Exkommissar«, gab er zurück, aber es passte nicht so recht zu ihrem spöttischen Unterton. »Können wir kurz reden?«

»Ich wüsste nicht worüber. Reden. Meinst du ein Verhör? Brauche ich einen Anwalt?«

»Jetzt hör doch mal auf damit. Mir ist da was aufgefallen. Etwas Seltsames.«

Penny machte auf der Schwelle kehrt und ging in die Wohnung zurück. »Meinetwegen, komm rein«, sagte sie, ohne sich umzudrehen.

»Du und Mickie, ihr hattet euch ziemlich auseinandergelebt«, begann er.

»Das ist dir also auch schon aufgefallen.«

De Jong folgte ihr auf den Balkon, trat an die Brüstung und sah hinunter. Pennys Wohnung hatte einen fantastischen Blick auf den Kanal. Dort unten auf dem schmalen Grünstreifen versammelten sich die ersten Grüppchen zum Picknick, Schleppkähne schipperten gemütlich in Richtung Ems, und das Einzige, was ihm durch den Kopf ging, war: Was, wenn sie ihn in den Kanal geworfen haben?

»Ich meine damit: Du weißt nicht zufällig, was ihn gerade so umtrieb?«

»Seine Musik, der große Durchbruch – immer das Gleiche.« Sie schüttelte den Kopf. »Wir haben nicht viel miteinander geredet. Ich war jobmäßig voll eingespannt. Und er kam wieder und wieder mit so was an. Dass er die dämlichen Firmensongs demnächst in die Tonne kloppen und ganz neu anfangen würde. Dass er kurz davor sei, genau da anzukommen, wo er immer hinwollte. Irgendwann habe ich nicht mehr zugehört.«

»Das hört sich so an, als hätte er mit einem Geldsegen gerechnet.«

Penny zuckte mit den Schultern. »Keine Ahnung. Ist auch egal, weil sich immer am Ende herausstellte, dass an der bewussten Sache nichts dran war.« Dann schüttelte es sie plötzlich, als ob sie fröstelte. »Ich fühle mich so schuldig«, schluchzte sie.

»Keine Sorge«, beruhigte sie de Jong und nahm sie in die Arme. »Genau deswegen bin ich ja hier.«

Sie hob den Kopf und sah ihn an – nie hatte sie trauriger ausgesehen. Nie verführerischer. »Deswegen?«, fragte sie. »Was soll das bedeuten?«

»Ich möchte dir etwas zeigen«, sagte er. »Aber dazu müssten wir noch mal in seine Wohnung.«

Zum Glück erhob sie keine Einwände. Also radelten sie gemeinsam ins Hansaviertel, schlossen ihre Fahrräder ab, gingen hinauf in den zweiten Stock. Mickies Wohnung roch nach Putzmitteln. Allerdings musste de Jong anerkennen, dass Penny das Chaos auf stilvolle Weise beseitigt hatte. Es herrschte Ordnung, aber keine zwanghafte. Alles wirkte eher so, als wäre Mickie Kelzenberg für ein paar Tage verreist.

De Jong entdeckte den Beethovenkopf. Blitzsauber und ohne jeden Blutspritzer stand er jetzt auf einem Regal im Wohnzimmer. »Also gut«, sagte er, nahm die Büste und reichte sie Penny. »Zeig mir, wo du gestanden hast, als du das nach ihm geworfen hast.«

Nur widerwillig kam sie seiner Bitte nach und postierte sich im Flur, auf der Schwelle zur Küche. »Der Beethoven war bis gestern da oben«, erklärte sie und deutete auf eine Ablage in ihrer Griffweite, über der Garderobe.

»Und wo stand Mickie?«

Sie deutete in die Küche, auf eine Stelle, die vielleicht anderthalb Meter von ihr entfernt war.

De Jong markierte sie mit einem Stuhl. »Gut. Du hast die Büste geworfen, die Tür zugeknallt und bist aus der Wohnung gerannt, richtig?«

Penny nickte und presste die Lippen aufeinander. An ihrer Miene war deutlich abzulesen, dass sie die Tatrekonstruktion für keine gute Idee hielt, aber de Jong machte trotzdem weiter. »Dann kamst du wieder zurück und hast ihn gefunden, wie er an der Kühlschranktür lehnte.«

Sie brauchte eine Weile, weil die Bilder der letzten Nacht, vor denen sie geflohen war, sie wieder einholten. Dann nickte sie. Mehr nicht.

»Und die Büste lag unter dem Küchentisch?«

Wieder Nicken.

»Nehmen wir also an, du hättest ihn damit getroffen. Hätte die Büste dann nicht irgendwo dort liegen müssen?« De Jong deutete auf den Eingangsbereich der Küche. »Und was den armen Mickie betrifft: Wenn es ihn hier erwischt hat, wieso findest du ihn drüben am Kühlschrank, noch gute vier Meter entfernt?«

Penny zuckte nervös mit den Schultern. »Er wird sich dorthin geschleppt haben, mit letzter Kraft …«

»Na gut, aber erstens hast du gesagt, dass sein Schädel halb eingeschlagen war, und zweitens: Wieso sollte er das tun? Wäre es nicht besser gewesen, sich, wenn überhaupt, dann aus der Küche herauszuschleppen und um Hilfe zu rufen? Stattdessen muss er den kräftezehrenden Umweg um den Küchentisch herum machen bis zum Kühlschrank. Und die Tatwaffe nimmt er auch noch mit, denn wie wäre sie sonst dort unter den Tisch gekommen?«

Penny hatte die Augen geschlossen. Sie war kurz davor, sich auch die Ohren zuzuhalten.

»Worauf ich hinauswill«, sagte de Jong. »Das passt alles nicht so recht zu deiner Version. Der Tat aus dem Affekt. Ich würde zwar nicht meine Seele darauf wetten, dass es sich letztlich nicht doch so abgespielt haben könnte, aber es ergibt keinen Sinn.«

»Und was ergibt denn dann einen Sinn?«, schrie sie ihn förmlich an.

»Ich weiß noch weniger als du, was sich hier gestern Nacht abgespielt hat«, gab de Jong zu. »Aber nehmen wir an, du wärst es gar nicht gewesen. Du hättest zwar nach ihm geworfen, ihn aber verfehlt. Trotzdem hätte ihn jemand kaltblütig ermordet, und zwar genau in der Zeit, als du am Hafen warst.«

Sie starrte ihn mit offenem Mund an.

»Dann würde es einen Sinn ergeben«, sagte er.

8. Kapitel

Es dauerte noch eine Weile, bis Penny bereit war, sich auf die Vorstellung einzulassen, dass nicht sie es war, die für Mickies Tod verantwortlich war. Danach allerdings gelang es ihr mühelos, in de Jong wieder den Freund *und* den Kriminalisten zu sehen – und de Jong seinerseits bekam endlich die Chance, sich als echter Freund (und vielleicht noch mehr) zu erweisen, indem er sein kriminalistisches Können und seine langjährige Berufserfahrung einsetzte, um herauszufinden, wer, wenn nicht Penny, Mickie Kelzenberg auf dem Gewissen hatte.

»Du siehst also, dass es nicht nur ungesetzlich, sondern auch reichlich voreilig war, den Leichnam verschwinden zu lassen«, tadelte de Jong.

»Vor allem, wo man das ja leider nicht mehr rückgängig machen kann«, gab sie zu. Weigerte sich aber nach wie vor, die Namen ihrer Helfer preiszugeben. Und wo sich das bewusste Gewässer befand, in dem man den Toten beigesetzt hatte, behauptete sie nicht zu wissen. Als sie sich gegen vierzehn Uhr verabschiedete, weil sie eine Nachmittagsschicht bei *Münster auf Zack* übernehmen musste, überließ sie ihm die Schlüssel zu Mickies Wohnung, damit er dort mit seinen Ermittlungen beginnen konnte.

Kriminaltechnisch gab es da natürlich nicht mehr allzu viel zu ermitteln. Penny hatte mit ihrer Putzaktion ganze Arbeit geleistet und den Tatort mit all seinen wichtigen Spuren unwiederbringlich zerstört. De Jong wanderte durch eine ordentliche, leidlich aufgeräumte Wohnung und rief sich die Bilder der letzten Nacht und aus dem Traum in Erinnerung: geplünderte Schränke, wahllos ausgeräumte Schubladen – hier hatte jemand etwas gesucht. Entweder war er von Mickie gestört worden und hatte ihn getötet. Oder derjenige hatte ihn erst kaltblütig umgebracht und sich dann in aller Ruhe auf die Suche gemacht. Erst kurz bevor Penny aufkreuzte, musste er die Flucht ergriffen haben. Es fragte sich also: Was hatte dieser Jemand gesucht, und hatte er es gefunden? Weiter: Was konnte ein namenloser Musiker und Möchtegernkomponist wie Mickie Kelzenberg besitzen, das für jemand anderen so wertvoll war, dass er dafür einen Mord beging? Die Antwort lautete möglicherweise: jenes etwas, das Mickie so viel Geld eingebracht hätte, dass er mit Penny ein neues Leben beginnen konnte.

De Jong ging ins Wohnzimmer, strich an einem staubigen Bücherregal entlang und stieß auf einen Ausdruck des Musicals, von dem Mickie ihm so stolz erzählt hatte. Als er das Heft aufschlug, flatterte etwas auf den Boden. Eine altertümliche Ansichtskarte, die einen Blick auf plattes Land zeigte, im Vordergrund Kühe. Auf der Rückseite in krakeliger Handschrift: *Grüße aus dem Elend von deinem treuesten Fan, Catweazle.*

Catweazle. Der Name entführte ihn zurück in die ferne Kindheit, auf die alte, grüne Couch vor dem Fernseher, in die Welt der Vorabendserien.

Der Tod macht blau handelte davon, dass ein Saulus zum Paulus wurde. Emotional war die Geschichte total überladen und zielte billig auf die Tränendrüsen des Publikums. Ein Mann namens Schovel Joe, eiskalter Mörder, wurde über Nacht zu Jovel Joe und gründete mit seinem Geld eine Organisation, die weltweit Kindern half, deren Eltern von professionellen Killern ermordet wurden oder selbst zu professionellen Killern geworden waren. Was veranlasste seinen Gesinnungswandel? War er Gott begegnet, als er zu einem seiner Aufträge unterwegs gewesen war? Hatte der ihm gesagt: So du diesen Menschen abknallest, knallest du mich ab? Jedenfalls war es eine tosende Gewitternacht gewesen. Joe hatte gerade seine Arbeit erledigt, wie immer professionell und makellos, und schickte sich an, sein Opfer mitsamt dessen Sportwagen in einem See zu entsorgen. Und genau da, im peitschenden Regen, während er zusah, wie das Autodach im Wasser versank, kamen ihm plötzlich Zweifel. Er wollte sie beiseiteschieben und seinen Job erledigen so wie immer, aber die Zweifel nagten weiter, wurden zu einer inneren Stimme, die zu ihm sprach. Nachts wachte er schweißgebadet auf und fragte sich: Warum bin ich ein schlechter Mensch? Und wie wäre es, ein guter Mensch zu sein? Plötzlich fiel es ihm wie Schuppen von den Augen, dass jemand, der etwas ausschließlich des Geldes wegen macht, niemals reich werden kann, weil er innerlich arm bleibt und leer. Und so wie er das begriff, beschloss er, von heute an das Morden an den Nagel zu hängen und zum Menschenfreund zu werden.

De Jong setzte sich an Mickies Schreibtisch und schaltete den PC ein. Eine Verknüpfung auf dem Desktop öffnete einen Ordner namens *Songs and lyrics* und präsentierte eine Reihe von Songtexten. Hier war er also, der andere Mickie Kelzenberg. Der, für den Penny nur Mitleid gehabt hatte, dem es um andere Dinge ging als Reichsein oder innere Armut. Stattdessen um Kunstdünger für Problemrasen, Anti-Aging-Shampoo und den angeblich größten Hersteller für Mausefallen im westlichen Münsterland. Auch ein Möbelmarkt zählte zu seinen Kunden, ebenso wie ein Callcenter und eine Zeitarbeitsfirma. Alle feierten sich über viele Strophen, weil sie über die beste Belegschaft der Welt verfügten und die Kollegen supergut drauf waren – ein Team, so eingeschworen wie die deutsche Fußballnationalmannschaft.

Eine Excel-Datei enthielt eine Aufstellung der abgewickelten Aufträge mit Datum, Kontaktadresse und erhaltenem Honorar. Firmenhymnen waren demnach ein recht mühsames Geschäft. De Jong öffnete noch diverse Textdateien – angefangene Songs, kurz notierte Ideen und ein Dokument mit dem Titel *Linsengericht - Entwurf.*

Er fuhr den Computer wieder herunter und starrte eine Weile auf den schwarzen Monitor. Die Szene mit Schovel Joe spukte in seinem Kopf herum. Wen hatte Mickie damit gemeint? Etwa sich selbst, der sein Talent damit verschwendete, blödsinnige Mitarbeitersongs zu produzieren? Der sich sein jämmerliches Künstlerleben schöntrank und nicht wahrhaben wollte, dass sein angeblich größter Triumph damals auf dem Groote Markt zu Enschede in Wahrheit die größte Pleite gewesen war? Ein Mörder, der in einer Szene, die an Symbolik nicht zu überbieten war, sich selbst umbrachte, jenes rebellische Ich, das immer von etwas anderem geträumt hatte, und das seltsamerweise auf die Art und Weise sein Ende fand, wie es Mickie jetzt tatsächlich erwischt hatte?

Du brauchst trotzdem was. Eine Idee von etwas, damit du nicht untergehst.

Penny rief an. »Hast du schon etwas gefunden?«

»Ich bin dabei«, sagte de Jong. »So schnell geht das nicht. Sagt dir der Name Catweazle etwas?«

»Da war mal so ein Zauberer im Fernsehen. Ist aber lange her.«

»Genau.«

»Wieso fragst du?«

»Catweazle hat ihm eine Postkarte geschickt.«

»Das ist allerdings seltsam.«

De Jongs Blick fiel auf ein Poster, das Mickie mit vier Stecknadeln an die Wand gepinnt hatte. Es zeigte eine E-Gitarre in der Form eines Maschinengewehrs: *Sommerhighlight im Madison Square Garden: Der Tod macht blau, ein Rockmusical, präsentiert von der Kultband Lee Harvey Oswald,* verkündeten fette Buchstaben. Darunter stand mit schwarzem Filzstift gekritzelt: *Der Scheißwitz des Jahrhunderts!*

»Was ist mit diesem Oswald?«, fragte de Jong. »Käme der infrage?«

»Infrage wofür?«

»Könnte er Mickie umgebracht haben? Du hast neulich erwähnt, er sei kein Freund gewesen, sondern eine Zecke.«

»Schon«, meinte Penny. »Aber welche Zecke würde denn ihren Wirt umbringen? Das wäre doch Selbstmord.«

De Jong musste zugeben, dass da was dran war. Trotzdem ließ er sich von ihr die Adresse geben. Dann beendete er das Gespräch.

Mickie, der große Musical-Komponist. Seine große, bunte Lebenslüge. Natürlich hatte er all die beneidet, die es geschafft hatten, und sich auf ein hehres Künstlerpodest im Madison Square Garden geträumt, von dem er auf die angepassten Existenzen, die sich ihren Status mit lausigen Kompromissen erkauft hatten, herabsehen konnte. Aber diese Träume waren Penny fremd, sie hatte offenbar nur den verkrachten Musiker gekannt, der sich mit banalen Werbesongs über Wasser hielt. Den Mann leerer Versprechungen.

De Jong zog eine Schublade auf, um das Manuskript hineinzulegen, aber da lag schon eins drin. Es war recht dünn und trug den Titel *Linsengericht (Arbeitstitel)* – offenbar ein Ausdruck des Entwurfs, der sich als Datei in dem Computer befand. Die Entwicklung einer Idee in Form eines Exposés, das stellenweise schon szenisch ausgearbeitet war. De Jong faltete es zusammen, steckte es in die Innentasche seiner Jacke und nahm sich vor, sich zu Hause damit zu beschäftigen.

Beim Schließen der Schublade bemerkte er einen leuchtend roten Papierschnipsel, der auf dem Boden unter dem Schreibtisch lag. Er bückte sich danach und hielt ein Post-it in der Hand, auf dem etwas handschriftlich notiert war: ein Datum, darunter *Hagen Dornwald, GSO* und eine Telefonnummer.

GSO. Gesellschaft für Selbstoptimierung. *Zufällig kenne ich den Laden ziemlich gut.* Ausgerechnet Mickie, der das Wort Karriere nur in den Mund nahm, wenn er jemanden beleidigen wollte. Und das Datum über der Telefonnummer war der letzte Montag – genau eine Woche, bevor jemand Mickie den Schädel eingeschlagen hatte.

9. Kapitel

Er brauchte Stunden, um sein Hausboot wieder bewohnbar zu machen. Im Wohnzimmer waren die Wasserbehälter übergelaufen, der Teppich hatte sich vollgesogen wie ein Schwamm. Bad und Flur standen unter Wasser. De Jong trug an die zehn Eimer voller schwarzer Brühe nach draußen und kippte sie in den Kanal. Dann hängte er den Teppich zum Trocknen über die Reling. Unter der Holzbank auf dem Achterdeck hatte ein Entenpärchen Zuflucht gesucht. Alles in allem hatte sein *Mädchen* das Unwetter aber gut überstanden.

Zwischendurch probierte er immer wieder die Nummer, die er unter Mickies Schreibtisch gefunden hatte. Erfuhr, dass der Teilnehmer zurzeit nicht erreichbar sei und wurde gebeten, es später noch einmal zu versuchen. Als sich schließlich doch jemand meldete, fiel ihm viel zu spät ein, dass er ja überhaupt nicht wusste, mit wem er es zu tun hatte.

»Dornwald?«, meldete sich eine hohe Männerstimme.

»Herr Dornwald, mein Name ist de Jong.«

»Was kann ich für Sie tun, Herr de Jong?«

»Ich würde gern mit Ihnen über Michael Kelzenberg sprechen. Sie hatten kürzlich Kontakt zu ihm.«

»Hat er Ihnen das gesagt?«

De Jong zögerte einen winzigen Moment. »Allerdings.«

»Sie gehören aber nicht zu unserer Gesellschaft?«

»Vielleicht besuche ich mal einen Schnupperkurs«, stellte de Jong in Aussicht.

Jetzt zögerte der Mann am anderen Ende kurz. »Die sind immer mittwochs. Beginn um 15:30 Uhr.«

»Okay«, sagte de Jong. »Also morgen. Wo treffen wir uns?«

»Keine Sorge«, sagte Dornwald, »ich werde Sie ansprechen.«

Anschließend verabredete de Jong sich mit der Zecke und behauptete, von Penny engagiert worden zu sein, um herauszufinden, ob Mickie sie betrog. Immerhin sei Osse ja sein bester Freund und könne ihm bestimmt das eine oder andere über ihn erzählen. Oswald zeigte sich nicht begeistert, er sei im Auftrittsstress und werde bestimmt einem Wildfremden keine privaten Dinge über seinen Kumpel erzählen. Wenn de Jong sich das einbilde, solle er gleich zu Hause bleiben. Aber wenn er unbedingt wolle, könne er während der Probe kurz vorbeischauen.

Also blieb noch genug Zeit für einen vorherigen Abstecher ins *Estiatorio Monasterion,* um sich mit einem frühen Abendessen zu stärken.

Wie Aristoteles mit Nachnamen hieß, wusste de Jong nicht. Viele Jahre war der Grieche der Kantinenchef im Polizeipräsidium gewesen. Bis zu dem Tag, an dem er gekündigt hatte, um sich selbstständig zu machen. Sein Traum: ein Restaurant für griechisch-westfälische Spezialitäten.

»So was gibt es doch überhaupt nicht«, hatte de Jong gesagt.

»Eben nicht. Eine Marktlücke!«

»Ich meine nicht das Restaurant, sondern die Spezialitäten.«

»Ich auch«, sagte Aristoteles.

De Jong war skeptisch, aber aus Höflichkeit und der alten Zeiten wegen hatte er Aristoteles' Kreationen probiert: Grünkohl mit Lamm in Zitronensoße, Tzatziki mit Speck, Sauerkrautmoussaka mit Pinkel, Töttchen-Gyros. Nichts, was man gegessen haben musste, dachte er anschließend, aber was musste man schon gegessen haben?

Nachdem de Jong in sein Hausboot am Kanal eingezogen war, hatte er zufällig herausgefunden, dass Aristoteles seinen Traum wahr gemacht hatte – und zwar ganz in der Nähe, in einem ehemaligen Frisörsalon. Auch was die Einrichtung anging, hatte der Grieche sich ausschließlich auf die eigene Fantasie verlassen, was auf der anderen Seite bedeutete, dass er gegen gut gemeinte Verbesserungsvorschläge immun gewesen war. Neben dem für griechische Gastronomie obligatorischen Rauputz, den barbusigen Gipsgöttinnen und Gemälden mit Windmühlen, Stränden und knallblauem Meer überraschten zahlreiche Porträts von Schäuble und seinem ehemaligen Kontrahenten Varoufakis – für Aristoteles Sinnbilder einer nicht unkomplizierten Koexistenz mit viel Potenzial. Beide Gesichter dienten auch als Zielscheibe, die Gäste bei Bedarf mit Darts bewerfen konnten.

De Jong war zwar Stammkunde, beschränkte sich aber meist auf unverfängliche Vorspeisen. Das *Monasterion* war nicht gerade überlaufen. Wenn er es genau bedachte, hatte de Jong noch nie einen anderen Gast kennengelernt.

»Probier das mal«, sagte Aristoteles und setzte de Jong einen Teller vor. Darauf lag ein Klumpen graue Masse, die dampfte und leicht säuerlich roch.

»Interessant«, lobte de Jong. »Was ist das?«

»Man nennt es Stampot.«

De Jong sah genauer hin. In dem Klumpen fielen ihm lange dünne Fasern auf, die ihn an den ehemaligen Frisörsalon denken ließen. »Bist du ganz sicher, dass das zur griechischen Küche gehört?«

Aristoteles grinste. »Wir haben niederländische Woche. Bei jeder Bestellung kriegst du einen Genever gratis.«

»Der Laden könnte besser laufen, was?«, fragte de Jong, der mit der Gabel zugange war. Vorerst beschränkte er sich noch darauf, die graue Masse auf dem Teller zu verteilen, damit sie ein wenig abkühlte. So stieß er auf Kartoffelbrei.

»Ich kann dir sagen, wieso das so ist«, sagte Aristoteles. »Es kommen einfach zu wenige Gäste.«

»Ja, aber hast du dir jemals darüber Gedanken gemacht, woran das liegen könnte?«

Der Grieche holte eine Flasche Raki und zwei Gläser und setzte sich zu de Jong an den Tisch. »Ganz einfach: Die Leute gehen immer dahin zum Essen, wo schon andere sitzen. Das ist ein Naturgesetz. Wo schon viel ist, da wird mehr. Und wo wenig ist, geht nichts. So funktioniert alles auf dieser Welt.«

»Okay«, sagte de Jong. »Dann musst du nur dafür sorgen, dass der Laden hier brechend voll ist, und schon rennen sie dir die Bude ein.«

Der Wirt schüttelte den Kopf und sah de Jong beim Essen zu. »Na und«, meinte er nach einer Weile, »was bedeutet das schon? Wichtig ist, dass du deinen Traum wahr machen kannst.«

»Verstehe«, nickte de Jong. »Sonst bleibt dir eines Tages nichts anderes als die Doppelhaushälfte und dreimal Urlaub im Jahr, stimmt's?«

Aristoteles verstand nicht, er wartete, bis sein Gast zu Ende getafelt hatte und goss ihnen beiden Raki ein. »Wie geht's eigentlich deiner schönen Freundin?«, fragte er.

»Keine Ahnung«, brummte de Jong mürrisch. »Ich war ihr wohl nicht außergewöhnlich genug.«

Sie kippten den Raki, dann den nächsten. Aristoteles nickte. »Dann musst du halt außergewöhnlich werden, ganz einfach.« Er deutete auf seine Schäuble-Varoufakis-Galerie. »Trau dich was anderes, und schon kommt deine Julia zu dir zurück.«

»Ach, hör auf«, sagte de Jong. Er legte einen Geldschein auf den Tisch, erhob sich und winkte Aristoteles zu. Bevor er hinausging, drehte er sich noch mal um. »Außerdem heißt sie nicht Julia, sondern Giulia. Es ist italienisch.«

Es war gegen halb neun, als er sein Fahrrad von Bord des *Alten Mädchens* holte und losradelte, stadtauswärts in nordwestlicher Richtung. Dem nächtlichen Gewitter war es zu verdanken, dass die schwüle Hitze einem milden, spätsommerlichen Lüftchen gewichen war. Er musste grinsen, als er an Aristoteles und sein chronisch leeres Restaurant dachte. Ausgerechnet der Grieche wollte ihm Ratschläge erteilen, wie er sich für Giulia wieder attraktiv machen konnte.

Sein Ziel war Coerde, ein vor langer Zeit am Reißbrett geplanter Vorort, der sich bald zum klassischen Problemstadtteil gemausert hatte und als Sitz der städtischen Mülldeponie weit über die Region hinaus bekannt geworden war. Inzwischen gab es hoffnungsvolle Ansätze, das unschöne Image loszuwerden, und einer davon hieß Meerwiese. Ein Ensemble aus ehemaligen Kasernengebäuden, die man kernsaniert und zu hübschen Privatwohnungen umfunktioniert hatte. Im Erdgeschoss eines dieser ansehnlichen Gebäude probte Lee Harvey Oswald.

Osse war aber noch nicht da. Im Proberaum traf de Jong nur seine beiden Bandkollegen, die ihn anstarrten wie den Besucher aus einer fernen Galaxie, Kaugummi kauten und lustlos auf ihren Instrumenten herumklimperten.

Lee hieß Colin Liebeck und spielte Schlagzeug. »Lee«, nuschelte er auf de Jongs Frage. »Wegen Liebeck.«

»Klar«, sagte de Jong. »Bestimmt wäre ich selbst drauf gekommen. Und Harvey?«

Der Bassist, Hilmar Tumbrink, zuckte mit den Schultern. »Einer muss ja Harvey sein, ist doch klar.«

Bisher hatte de Jong sich Proberäume immer als Hinterzimmer schmuddeliger Kneipen vorgestellt, chaotische Lagerhallen oder Garagen. Verqualmte Provisorien, in denen geniale Songs das Licht der Welt erblickten, die hart arbeitende Bandmitglieder trotz ihrer Zeitnot liebevoll versuchten, wohnlicher zu gestalten, mit Aufklebern, bunten Kaffeetassen oder bemalten Bierdeckeln. Hier war es augenscheinlich umgekehrt gelaufen: Man hatte sich in einer fürs Rockerimage viel zu noblen Altbauwohnung einquartiert und verwandte viel Mühe darauf, die adrette Räumlichkeit mithilfe übervoller Aschenbecher und herumliegender Bierdosen ein bisschen schmuddelig und chaotisch aussehen zu lassen.

»Wie war der Tourneestart im Madison Square Garden?«, erkundigte sich de Jong höflich, weil er nicht nur schweigend dasitzen wollte. »Ich hab euer Plakat gesehen.«

»Ach das.« Tumbrink alias Harvey kratzte sich mit dem Plektrum hinter dem Ohr. »Das war reine Werbeverarsche.«

»Werbeverarsche?«

»Du machst ein Plakat, da steht Schlossgarten drauf oder Kölner Tanzbrunnen oder London Heathrow, was weiß ich, und die Leute sagen: Wow! Die Jungs sollte ich mir vielleicht mal anhören.«

»Und wo seid ihr wirklich aufgetreten?«

»Im Begegnungszentrum Meerwiese. Ist ganz cool gelaufen.«

Ein übergewichtiger Mittvierziger mit der Figur eines Rausschmeißers betrat die Wohnung. Er hüllte sich in eine Art Kaftan und trug eine guruhafte Kette um den Hals.

»Hi, Osse«, begrüßte ihn Lee.

»Wer ist denn der Kerl?«, fragte der Guru schlecht gelaunt und meinte de Jong. Offenbar hatte er das Date vergessen.

»Niklas de Jong«, sagte de Jong. »Wir wollten uns ein wenig über Mickie Kelzenberg unterhalten.«

Für einen Moment trat Stille ein. De Jong bildete sich ein, dass sie exakt in dem Moment eingetreten war, als der Name fiel, er konnte sich aber täuschen.

»*Du* wolltest«, verbesserte der Mann im Kaftan de Jong. »Ich dagegen würde gern wissen, was du so wissen willst und wieso.«

»Ein verdammt guter Musiker«, sagte Lee, ohne dass er gefragt worden war. »Das steht nun mal fest.«

»Allerdings, das war er«, pflichtete ihm Harvey bei, worauf Osse genervt schnaufte.

»Ist, um genau zu sein«, korrigierte er sich sofort mit einem schnellen Blick zum Bandleader. »Er *ist* ein verdammt guter Musiker.«

De Jong entschloss sich, das vorerst zu überhören. »Trotzdem spielt er nicht in eurer Band«, sagte er.

Osse schnappte sich einen Stuhl, setzte sich rittlings darauf und verschränkte die Arme auf der Rückenlehne. »Mickie würde gern echte, authentische Rockmusik machen«, erklärte er, »dabei verkauft er sich an Firmen, die Unterwäsche oder Teppichklebeband produzieren. Es ist aber nun mal so: entweder die Kohle oder der Groove, der ganz tief aus deiner Seele kommt. Das sind absolut getrennte Universen, kapiert? Da gibt es keine Kompromisse.«

»Klingt so, als hättest du es schon mal probiert«, sagte de Jong.

Der Bandleader kramte ein Plastikfeuerzeug aus seinem Umhang, entkorkte eine Bierflasche und deutete mit ihrem Hals auf den Besucher. »Du weißt, dass Charles Manson Musiker war?«

Der Exkommissar runzelte die Stirn. »Den großen Durchbruch hatte er aber, soweit ich weiß, auf einem anderen Gebiet.«

»Charlie war Musiker durch und durch und deswegen hatte er keine Wahl. Er musste tun, was die Musik ihm sagte.«

»Was hat sie ihm denn gesagt?«

»Manson hat das weiße Album der Beatles gehört«, dozierte Ringermann alias Oswald. »Und er hatte ein Ohr für die Botschaft darin.«

»Na ja, das ist natürlich was anderes als sich an Unterwäschefirmen zu verkaufen«, räumte de Jong ein.

»Mickie weiß nicht, was er will, das ist sein Problem. Ob Frauen oder Musik – das war immer schon so. Wie soll ich sagen: Er ist zu gut für diese Welt.«

»Apropos Frauen«, sagte de Jong. »Ihr kennt nicht zufällig Penny, seine Freundin?«

»Überhaupt nicht zufällig«, meldete sich Harvey zu Wort. »Penelope wollte früher mal unsere Leadsängerin sein. Mickie hat sie über uns erst kennengelernt.«

»Natürlich seid ihr bestimmt immer noch die besten Kumpels,« vermutete de Jong.

»Und wie«, bestätigte Lee.

Osse wurde misstrauisch. »Hey, was willst du eigentlich damit andeuten?«

»Hören wir doch auf mit dem Versteckspiel«, sagte de Jong. »Hat sie euch gestern Nacht, so kurz nach zwölf, angerufen? Einen von euch oder alle?«

»Mich nicht«, sagte Harvey, klimperte auf der Gitarre und handelte sich erneut einen tadelnden Blick von Osse ein.

»Und wenn?«, fragte Oswald.

»Mickie ist tot. Ermordet. Und meine Theorie ist: Ihr habt Penny einen Gefallen getan, indem ihr die Leiche irgendwo in einem See versenkt habt.«

Wieder war es still. Selbst Harvey hörte auf, seine Akkorde zu klimpern.

»Was soll diese dämliche Fragerei?«, wollte Oswald wissen. »Kannst du irgendwas von diesem Scheiß beweisen?«

»Bist du Bulle oder was?«, erkundigte sich Tumbrink nervös.

»Nicht mehr«, sagte de Jong. »Aber ich war mal einer.«

»Dann solltest du nicht irgendwelche Leute beschuldigen, ohne dass du auch nur einen Beweis hast.«

»Eben deshalb bin ich doch hier.« De Jong machte eine versöhnliche Geste. »Ich weiß nichts Genaues, also dachte ich, ich frage euch einfach.«

Jetzt schien das Maß voll zu sein. Liebeck ließ von seinem Schlagzeug ab. Tumbrink, der sich Harvey nannte, schnappte sich eine E-Gitarre und packte sie mit beiden Händen am Hals, als wollte er das Instrument als Waffe benutzen. Osse legte nur den Kopf schief und lauschte. De Jong konnte nur hoffen, dass da nicht irgendeine Musik zu ihm sprach, so wie sie damals zu Charles Manson gesprochen hatte.

»Was redet der Kerl bloß?«, fragte Lee und musterte de Jong argwöhnisch.

»Gequirlte Scheiße«, sagte Harvey. »Nichts als gequirlte Scheiße.«

»Na ja, war auch nur eine Frage. Ich müsste dann auch schon wieder los«, sagte de Jong und schickte sich an, den Proberaum zu verlassen. Aber da stand der Mann im Kaftan mitten im Weg.

»Nicht so eilig«, sagte Oswald. Er schubste de Jong.

10. Kapitel

Als er wieder zu sich kam, befand sich de Jong nicht mehr im Proberaum, sondern unter freiem Himmel. Um ihn herum ragten Mülltonnen auf. Eine blaue für Verpackungsmüll und zwei aschgraue für Restmüll. Sie waren mit Vorhängeschlössern gesichert.

Ein kleiner, schwarzweißer Hund schnüffelte an ihm.

»Heb dein Bein und du bist tot«, warnte de Jong ihn.

»Hierher, Mozart!«, befahl sein Frauchen jenseits der Tonnen und holte die Leine ein, an der der Köter befestigt war.

De Jong rappelte sich auf. Die Uhr zeigte halb zehn. Es hätte ein lauschiger Sommerabend werden können, wenn Osse es beim Schubsen belassen hätte. Und dann musste Harvey ihm noch eins mit der Gitarre überbraten. Musiker, dachte de Jong. Sie hielten sich für Künstler, dabei waren sie eine Gefahr für die Gesellschaft.

Ein Glück, dass sie sein Fahrrad nicht angetastet hatten. Und noch eins, dass sich sein Handy meldete. Es war ihm aus der Tasche gefallen und unter eine der Tonnen gerutscht.

»Was gibt's?«, fragte de Jong, nachdem er es hervorgeangelt hatte.

»Ich bin's, Eugen.«

»Wo steckst du?«

»Na, wo denn wohl? Übermorgen sind wir in Alexandria. Und heute Abend hat Millie uns zu einem Volkstanzkurs angemeldet.« Küppers klang weit weg und nicht sehr begeistert.

»Tja, das wird bestimmt schön.«

»Wie geht's denn voran?«

»Gut eigentlich«, sagte de Jong und lehnte sich an eine Mülltonne, die scheppernd zurückwich.

»Ich meine mit dem Fall Schimmeck.«

»Schimmeck?«

»Mein Klient. Er sagte was von einem neuen Auftrag.«

»Stimmt«, sagte de Jong. Diesen Schimmeck hatte er völlig vergessen.

»War er mit den Fotos zufrieden?«

»Bestimmt.«

»Bestimmt? Was soll das heißen, Niklas? War er oder war er nicht?«

»Es soll heißen, dass er bestimmt zufrieden gewesen wäre, wenn ich die Bilder gefunden hätte.«

»Du hast sie noch gar nicht ... In der ersten Schublade von oben, hab ich doch gesagt!«, regte sich Küppers auf. »Also das darf doch wohl nicht wahr sein ...«

»So wie ich ihn verstanden habe, braucht er die Bilder gar nicht mehr.«

»Egal, Auftrag ist Auftrag. Ich bitte dich um einen Gefallen, und was machst du?«

»Ja, ja«, sagte de Jong.

»Na toll«, es folgte ein Seufzer, der kein Ende nehmen wollte, »dann werde ich wohl Gudrun anrufen müssen, die weiß zwar nicht, wo ihr der Kopf steht vor lauter Arbeit, sie ist aber wenigstens zuverlässig.«

»Wer ist Gudrun?«

Aber Küppers hatte die Verbindung schon unterbrochen.

De Jong schwang sich aufs Fahrrad und trampelte los. Er stellte sich Küppers auf dem Kreuzfahrtschiff vor, um ihn herum die unendlichen Weiten des Meeres. Das Sonnendeck, Liegestühle, ältere Herrschaften, die Sonnenmilch auf ihrer bleichen Haut verteilten und vor dem Abendessen noch mal ihre Kabine aufsuchten, um sich frisch zu machen. Und Küppers, dem er den Abend gründlich verdorben hatte und der deshalb versuchte, die mysteriöse Gudrun zu erreichen.

Ein schleichend von ihm Besitz ergreifendes schlechtes Gewissen veranlasste ihn, den Kurs zu ändern und statt zum *Oude Meisje* nach Everswinkel zu fahren. Es war schon fast elf, als er das Rad vor der Privatdetektei Küppers abstellte. Der kleine Ortskern lag verlassen da, friedlich und ordentlich, schon fix und fertig für die Nacht. De Jong ging hinein und machte Licht, trat an den Schreibtisch und zog die obere Schublade auf. Wie nicht anders erwartet, waren da keine Fotos, nur eine angebrochene Packung Schokoladenkekse und ein paar alte Zeitungsausschnitte. WER'S GLAUBT WIRD SELIG! und DIE HEILIGE JUNGFRAU IN HILTRUP lauteten die leicht vergilbten Schlagzeilen. Außerdem POPE CITY – DIE NEUE JOBMASCHINE IM MÜNSTERLAND. Und dann stieß er noch auf einen Briefumschlag ohne Adresse, dafür mit Namen: Herrn Schimmeck.

De Jong öffnete den Umschlag und hielt die Fotos in der Hand. Sofort gewann das schlechte Gewissen wieder die Oberhand. Wie recht Eugen hatte: Da bat man einen Freund um einen Gefallen, und der zog einfach die Schublade auf und machte sie wieder zu, weil ihm die Angelegenheit, um die er versprochen hatte sich zu kümmern, schlichtweg egal war. Wenn ich er wäre, dachte de Jong, hätte ich mich schon viel früher an Gudrun gewandt, auch wenn die noch so viel um die Ohren hat. Sein flüchtiger Blick glitt über die Bilder: Undine, Schimmecks Frau, war eine aufgebrezelte Blondine um die dreißig mit einem entschlossenen Gesichtsausdruck und einer Vorliebe für enge Sachen, de Jong fand sie etwas übertrieben stylish, aber nicht unattraktiv. Die Fotos zeigten sie mit ihrem Lover in der Eisdiele, beim Chinesen und auf einer Parkbank am Aasee, wo das Pärchen Arm in Arm den Sonnenuntergang genoss. Und schließlich noch mit einem anderen Kerl, einem sportlichen, attraktiven Glatzkopf in Joggingklamotten, von dem aber nur der Hinterkopf zu sehen war. Nicht gerade das, was man als kompromittierende Fotos bezeichnete. Und dann wich das schlechte Gewissen plötzlich, weil de Jong nicht glauben wollte, was er da sah: Der Mann an Undines Seite war kein Unbekannter. Kein Zweifel, das war Mickie Kelzenberg!

Zufällig kenne er den Laden ziemlich gut, hatte Mickie gesagt. Offenbar nicht nur den Laden, dachte de Jong. Die Frage war, wie kam einer wie Kelzenberg ausgerechnet an diese Jetset-Dame, Gattin eines smarten Erfolgstrainers, der Ravioli auf Italienisch bestellte? Hatte Mickie sie gemeint, als er davon sprach, dass er endlich da angekommen sei, wo er immer hingewollt habe?

Aber warum sollte er Penny davon erzählt haben, wenn er sie wegen Undine verlassen wollte? Das ergab keinen Sinn. Der Exkommissar nahm sich noch mal die Zeitungsartikel vor. Er entdeckte eine kleine, handschriftliche Notiz am Ende des Berichts über Pope City, wenn er sich nicht täuschte, war es die Sauklaue seines Exkollegen. *Das Wunder von Hiltrup = Riesenbeschiss!*

Er holte sein Handy und wählte Küppers' Nummer. Eugen meldete sich, er hörte sich angetrunken an. Der Tanzkurs war ausgefallen, weil die beiden sich gestritten hatten. Worüber, war nicht herauszubekommen.

»Frag lieber nicht«, war Küppers' einziger Kommentar.

De Jong berichtete ihm trotzdem von seiner Entdeckung, dass Frau Schimmecks außereheliche Beziehung ein ehemaliger Schulfreund war, der obendrein Gast auf Küppers' eigener Silberhochzeit gewesen war. »Auf einem der Zeitungsausschnitte steht was über das Wunder von Hiltrup«, sagte er.

»Na und?«

»Hast du das geschrieben?«

»Nehme ich an. Wer denn wohl sonst?«

»Und was hast du damit gemeint?«

»Na, was da steht«, sagte Küppers.

»Aber wieso? Dass da was getrickst wurde, ist ja wohl klar. Aber was ist mit Riesenbeschiss gemeint?«

Die Verbindung war gar nicht schlecht, de Jong konnte hören, wie Küppers seufzte, sich etwas aus einer Flasche eingoss und trank. Dann ließ er einen fahren, und für den Bruchteil eines Moments war de Jong voller Bewunderung für eine Technik, die es möglich machte, zu hören, wie jemand einen fahren ließ, der Tausende von Kilometern entfernt war.

»Hör zu, bei solchen Ermittlungen führe ich auch schon mal Lauschangriffe durch, verstehst du? Wenn es die Umstände erfordern.«

»Ja, und?«

»Das gehört einfach zum detektivischen Handwerkszeug. Also wenn du's genau wissen willst, ich hatte das Equipment gerade neu angeschafft und wollte es ausprobieren …«

»Geschenkt«, sagte de Jong. »Sag mir einfach, was deine Notiz bedeutet.«

»Wahrscheinlich nichts.«

»Nichts? Wieso?«

»Ich habe das aufgeschnappt und im ersten Moment gedacht, dass das vielleicht wichtig sein könnte. Also habe ich es aufgeschrieben.«

»Und?«

»Tja, dann war's gar nicht wichtig.«

»Das ist alles?«

Erneut füllte sich das Glas. »Ich glaube, jetzt weiß ich's wieder: Der Mann, mit dem Frau Schimmeck eine Affäre hat, hat sich auch mit einem Vertreter der Kirche unterhalten. Mir kam das komisch vor, aber nur auf den ersten Blick.«

»Ein Kirchenvertreter?«

»Er hat ihn über das Marienwunder gelöchert. Keine Ahnung, warum. Aber das hat nichts mit der Schimmecksache zu tun. Ich hab das überprüft.«

»Aber was hat Mickie mit Wundern zu tun? Er ist nicht gläubig.«

»Woher willst du das wissen?«

»Stimmt«, sagte de Jong. Aber dann war er sich doch sicher: »Es passt nicht zu ihm.«

»Du hast gesagt, dass du ihn lange nicht mehr gesehen hast. Menschen ändern sich«, sagte Küppers. »Dich mal ausgenommen. Erst passt es nicht zu ihnen und später dann vielleicht doch.«

»Was meinst du denn damit?«

»Na, was wohl? Dass er danach erst seinen Glauben entdeckt hat.«

»Das meine ich nicht: dich mal ausgenommen. Was soll das heißen?«

»Tut mir leid«, sagte Küppers. »Ich muss jetzt zum Bingo, sonst hängt der Haussegen endgültig schief. Mach's gut, wir telefonieren.«

Damit legte er auf.

11. Kapitel

Das *Alte Mädchen* weckte ihn in aller Frühe mit einem sanften Schaukeln, als ein niederländischer Schleppkahn in unmittelbarer Nähe gemächlich vorübertuckerte. De Jong stand auf, zog sich etwas über und machte Kaffee. Mit der dampfenden Tasse in der Hand trat er hinaus nach Achtern auf die winzige Veranda. Es war nicht besonders warm. Die Sonne war noch nicht so richtig wach und verbarg sich verschämt hinter einem Dunstschleier. Da für heute sommerliche Temperaturen angesagt waren, würde sie sich noch anstrengen müssen.

De Jong holte die Frühstückssachen nach draußen. Ihm fiel ein, dass er dieses Mal davon geträumt hatte, sich zu verändern. Er war als Schabe aufgewacht, und alle, denen er begegnete, fanden es cool und gratulierten ihm zum neuen Outfit. Nur Mickie hatte ihn mit kritischem Blick taxiert und dann gefragt, ob es das sei, was er gewollt habe: eine Durchschnittskarriere mit Doppelhaushälfte und dreimal Urlaub im Jahr. »Was hast du nur immer mit deiner Doppelhaushälfte«, hatte de Jong ihm ziemlich genervt entgegnet. »Das scheint ja eine richtige Obsession von dir zu sein. Außerdem: So wie ich sieht jedenfalls nicht jeder aus.« Aber als er sich umgesehen hatte, hatte plötzlich jeder so ausgesehen.

De Jong hielt das Handy in der Hand und wählte, legte wieder auf, als er merkte, dass er Giulias Nummer gewählt hatte. Dabei wollte er nur von Penny wissen, was Mickie Kelzenberg mit dem Wunder von Hiltrup zu tun haben könnte. Immerhin hatte sie ja einen Bericht über das besagte Wunder moderiert, sie war aber nicht zu erreichen. Also frühstückte er zu Ende, radelte dann zum Domplatz und stoppte das Rad vor dem prachtvoll im Sonnenlicht aufblitzenden, schmiedeeisernen Tor, das zum bischöflichen Generalvikariat führte.

Wenige Minuten später hatte er das altehrwürdige Gebäude betreten, atmete ein mit Weihrauch angereichertes Luftgemisch und betrachtete die Porträts zweier katholischer Obrigkeiten, die von der Wand herabblickten: der Papst, lächelnd, und der ernst blickende Bischof, beide auf gleicher Höhe hängend, was eigentlich gar nicht sein durfte.

Eine Empfangsdame in Gestalt einer schmächtigen, weißhaarigen Ordensschwester zeigte sich wenig hilfsbereit, als de Jong sich nach der Abteilung für Zeichen und Wunder erkundigte. Im bischöflichen Generalvikariat des Bistums Münster habe man wichtigere Dinge zu tun, als sich veräppeln zu lassen. Also gut, meinte de Jong, er habe sich einfach gefragt, an wen man sich wenden könne, wenn man zufällig und unabsichtlich Zeuge eines Wunders geworden sei. Worauf die Schwester zum Hörer griff und jemanden hertelefonierte, der angeblich ein Experte für solche Dinge war.

Der betreffende war ein Mann Mitte vierzig, dunkel, aber modisch gekleidet, in etwa so, wie sich de Jong einen Geistlichen im einundzwanzigsten Jahrhundert vorstellte. Der Mann war ungefähr so groß wie er, schlank und kahlköpfig. »Herr de Jong?« Er streckte dem Exkommissar die Hand hin. »Mein Name ist Dr. Urban Monk. Schwester Edith sagte mir, dass Ihnen eine Epiphanie zuteilwurde?«

»Danke, nein, glücklicherweise habe ich keinerlei gesundheitliche Probleme«, sagte de Jong. »Eigentlich hätte ich nur ein paar Fragen zum berühmten Wunder von Hiltrup.«

»Aber darüber wurde damals in den Medien doch ausgiebig berichtet.«

»Gibt es eigentlich Leute, die ernsthaft daran glauben, dass diese Erscheinung echt war?«

Monk überlegte einen Augenblick, dann wies er mit der Hand in eine Richtung. »Was halten Sie davon, wenn wir drüben auf dem Domplatz einen Kaffee trinken und dabei ein wenig plaudern?«

Das nächste Café befand sich höchstens fünfzig Meter entfernt, direkt gegenüber vom Dom. Aber der Pater führte sie lieber außer Sichtweite seiner Behörde, hinüber auf den Prinzipalmarkt zu einem der von Touristen frequentierten Bistros. Hier war es weniger gemütlich, dafür geschwätziger. Kaffee bestellte keiner von beiden. De Jong wollte einen Kakao und Monk einen schwarzen Tee.

»Mein Fachgebiet ist die Thaumatologie«, erklärte der Mann in Schwarz. »Und die beruht darauf, dass die Wahrheit eines wundersamen Ereignisses nicht im

Geschehen selbst liegt, sondern in der Botschaft, die es transportiert. Das ist einer unserer Grundsätze.«

De Jong rührte in seinem Kakao und dachte über den Grundsatz nach. Er sah einer Gruppe Touristen dabei zu, wie sie hinter einem roten Wimpel herlief, der sich in Richtung Domplatz bewegte. »Damit meinen Sie, dass Sie Ihren Gläubigen jeden erdenklichen Bären aufbinden können, Hauptsache, die glauben dran und werden auf diese Weise bessere Menschen?«

»Na ja, im Prinzip gar nicht so falsch, wenngleich ich mit Bärenerscheinungen bisher wenig Erfahrung habe.«

Der Exkommissar begriff, dass Monk einen Scherz gemacht hatte und verzog das Gesicht zu einem anerkennenden Grinsen. »Funktioniert eigentlich der restliche Glaube auch nach diesem Grundsatz?«

»Mein lieber Herr de Jong«, sagte Pater Monk, »ich leite eine Kommission, die sich mit Erscheinungen aller Art befasst. Man könnte sie als bischöfliche *Special Unit* bezeichnen. Wir sammeln und bewerten alle derartigen Vorkommnisse. So wie die NASA sämtliche Meldungen über Ufo-Landungen sammelt und bewertet. Es ist ihr zunächst egal, ob es sich im einzelnen Fall um hanebüchenen Unfug handelt.«

»Aber auch dann, wenn es sich in jedem Fall darum handelt?«, fragte de Jong.

»Sie glauben ja gar nicht, wer alles schon erschienen ist. Nicht nur Maria, die Apostel oder beliebte Heilige. In den letzten Jahren verzeichnen wir verstärkt Erscheinungen von Prominenten aus Politik und Showbusiness. Konrad Adenauer, Mary Poppins, Michael Jackson, Elvis oder Margaret Thatcher. Die Liste ist lang.«

»Aber das ist doch alles Hokuspokus«, meinte de Jong.

»Sie mögen es so nennen«, wich der Thaumatologe aus. »Aber uns geht es darum, Muster zu erkennen und Erscheinungen zu deuten. Sie eines Tages vorhersagen zu können. So wie Astronomen, die darauf hoffen, irgendwann auf fremde Intelligenz im All zu stoßen, auch wenn das noch so unwahrscheinlich ist.«

»Mich würde interessieren, ob da ein schräger Deal gelaufen sein könnte«, kam de Jong auf sein Anliegen zurück.

Der Pater legte den kahlen Kopf schief. »Ein Deal welcher Art?«

»Etwas, das keiner erfahren durfte. Ein Skandal, der unbedingt unter dem Deckel bleiben musste. Das ist doch eure Spezialität.«

»Na ja, Spezialität«, murrte Monk angefressen. »Wir sind die Kirche und nicht die Mafia.«

»Ein Punkt für Sie«, gab de Jong zu, wartete aber trotzdem auf die Antwort.

Der Geistliche sagte nichts und bohrte seinen Finger stattdessen gedankenverloren in den Teebeutel, der wie ein kleiner, toter Fisch auf der Untertasse lag.

»Vielleicht war die Inszenierung einfach zu schlecht«, schlug de Jong vor, »und keiner durfte wissen, wer sich da blamiert hat?«

»Und wenn? Was sollte denn schon passieren, wenn das herauskäme? Schon seltsam, dass sich neuerdings so viele Menschen dafür interessieren.«

»Wie viele?«

»Nun ja, erst neulich hat schon einmal jemand die gleichen Fragen gestellt.«

»War sein Name zufällig Kelzenberg?«

Der Pater nickte. »Wir haben telefoniert. Er hat sich nach Einzelheiten dieser Begebenheit erkundigt und ihre Übersinnlichkeit in Zweifel gezogen, so wie Sie. Ich hatte den Eindruck, dass er ein Buch darüber schreiben will.«

»Was haben Sie ihm erzählt?«

»Das Gleiche wie Ihnen. Dass es dem Glaubenden nicht auf physische Wahrheit ankommt, sondern auf die Wahrheit des Offenbarten.«

Also war es ein Riesenbeschiss, dachte de Jong. »Aber was könnte so brisant an der Sache sein, dass jemand mit aller Gewalt verhindern will, dass es herauskommt?«, fragte er.

»Mit aller Gewalt?« Monk sah bestürzt aus. »Sprechen wir etwa davon, dass jemand zu Schaden kam?«

»Nein, davon sprechen wir nicht«, ruderte de Jong schnell zurück und winkte der Bedienung, um zu zahlen. »Noch eine letzte Frage: die *Gesellschaft für Selbstoptimierung* – haben Sie von der schon mal gehört?«

»Allerdings«, sagte Monk in einem Ton, der für de Jongs Geschmack etwas zu beiläufig klang. »Die ist nur eine von vielen auf dem Gebiet der Sinnangebote. Uns mag man vorwerfen, dass wir dem Trend hinterherlaufen – ihnen schon eher, dass sie ihm vorauseilen.«

Während der Kirchenmann sich eiligen Schrittes in Richtung Domplatz entfernte, las de Jong eine SMS, die er gerade erhalten hatte: *Momentan ist es ganz eng. Wie wäre es mit morgen, so um 11? P.* Da fiel ihm ein, dass er Penny um ein Treffen gebeten hatte, um sie über Mickie und die Hiltruper Marienerscheinung auszufragen.

Natürlich nicht nur deswegen, sondern auch um sie zu sehen, aber das hatte er nicht geschrieben. Er tippte zurück: *Okay, und wo?*

12. Kapitel

Der Basiskurs *Sei du selbst* fand im »Raum der Entschlossenheit« statt – außerdem gab es noch einen »Raum des freien Willens«, einen »Raum der Initiative« und einen »Startup-Room« – erster Stock, gleich rechts, die zweite Tür. Ein Raum, der mit seiner nüchternen Schlichtheit, die an einen Besprechungsraum für Versicherungsangestellte erinnerte, alle Erwartungen enttäuschte, die der vollmundige Name geweckt haben mochte. Ein großer Tisch mit Alu-Beinen, Sitzmöbel mit schwarzem Kunstlederbezug, ein Longstrumph-Bild an der Wand, leicht vergilbt, das an die obligatorischen Honeckerporträts aus DDR-Zeiten erinnerte, und an der Fensterseite ein Rollwagen, auf dem Orangensaft und Mineralwasser mit und ohne Kohlensäure bereitstanden. Der obligatorische Flipchart fehlte natürlich auch nicht. De Jong zählte außer ihm noch elf Kursteilnehmer, vier Frauen und sieben Männer, alle jünger als er.

Schimmeck federte auf de Jong zu, sobald er seiner ansichtig geworden war. »Das ist eine schöne Überraschung, dass Sie sich doch noch entschließen konnten. Meinen Glückwunsch.«

»Hoffen wir, dass es eine schöne ist«, sagte de Jong.

Der Kurs nahm am Tisch Platz, bis auf Schimmeck, den Coach, der neben dem Flipchart Aufstellung nahm und aus dem Stand einen fulminanten Einstieg hinlegte. Statt einer Begrüßung zitierte er den *Highlander,* dass es »nur einen geben« könne, und dieser eine sei jeder der hier Anwesenden. Man habe sich hier und heute nicht getroffen, um etwas zu beschönigen oder die eigene Selbstzufriedenheit zu nähren. In dieser Welt gehe es um Angebot und Nachfrage. Das sei ein *Fact,* der nicht verhandelbar sei. Gib mir was, dann bekommst du was. Man möge das sehen, wie man wolle, aber dieses Gesetz gelte bis hinein in die intimsten menschlichen Beziehungen, was sich mancher gar nicht klarmache. Dabei sei es ungemein wichtig, sich das klar zu machen.

Während Schimmeck sprach, hampelte er hektisch neben dem Flipchart herum, malte mit einem schwarzen Filzstift Kreise auf die Papierleinwand und verband diese durch Pfeile. Trotz des agilen Auftritts fand de Jong, dass er nicht ganz bei der Sache war; der Coach wirkte wie ein Sportler, der mit eingeübter Präzision sein gewohntes Potenzial abrief, mit seinen Gedanken aber woanders war. So wie neulich, als er auf Italienisch Ravioli bestellt, aber während der Mahlzeit wiederholt auf die Uhr gesehen hatte. Beziehungen gebe es nicht umsonst, so Schimmeck, es handele sich um ein Tauschgeschäft: »Wenn du willst, dass ich dich mag, musst du mir zeigen, welchen Nutzen ich davon habe, dich zu mögen.« Originalität, Witz, Geborgenheit. Schimmeck trat vor, ließ sich aus seiner Zuhörerschaft weitere Qualitäten zurufen, die er dann aufschrieb, einzeln umkringelte und die Kringel mit weiteren Pfeilen versah. Sexuelle Attraktivität, Status, gutes Aussehen. Was noch? Da kam einiges zusammen. Der Coach war schließlich gezwungen, das Blatt umzuschlagen und ein neues zu beginnen.

»Worum geht es uns? Was wollen wir eigentlich?«

Eine Frau hob den Arm. »Wahrgenommen werden«, antwortete sie. »Nicht übersehen werden. Bedeutend sein. Anders als andere sein.«

»Das ist schon eine ganze Menge«, lobte der Kursleiter.

»Jeder von uns will einzigartig sein, und das ist es, worum es uns geht«, legte ein Mann nach.

Es klang ein wenig wie auswendig gelernt, fand de Jong. Abgesehen davon kam ihm das Gesicht vage bekannt vor. So wie einem ein Fernsehgesicht bekannt vorkommt. Es gehörte zu einem auffällig hageren Mann um die fünfzig und war enorm schmal. Ein oder zwei Millimeter schmaler und die beiden Augen hätten nur noch untereinander Platz gehabt. »Und da können wir von Glück sagen, dass wir jemanden wie Herrn Pinkwart in unserer Runde haben«, freute sich Schimmeck, der in Topform zu sein schien. Er deutete auf den Schmalgesichtigen. »Wir alle kennen ihn aus dem Fernsehen als Hauptkommissar Joost Rilke. Das ist ein Mann, der seinen Weg macht.«

Beifälliges Gemurmel. Ein paar klatschten sogar. Ach, daher kenne ich dich, dachte de Jong.

»Ich möchte hier und jetzt einfach mal behaupten, dass jeder in diesem Raum es zum Tatortkommissar bringen kann. Jeder und jede. Ihr findet das vermessen, ein allzu ehrgeiziges Ziel, aber genau das brauchen wir. Deswegen sind wir hier. Seien wir maßlos in unseren Wünschen. Fest steht: Es ist eine Frage der Strategie, nicht des Willens. Wie oft haben wir alle schon gehört: Du musst es nur wollen, dann klappt es schon. Und dann haben wir es gewollt, und was war? – Ich sage euch: Lassen wir uns lieber beraten, wie wir uns auf dem Beziehungsmarkt optimal platzieren, nehmen wir unsere Chancen wahr. Das ist keine Zauberei, wie ihr bald sehen werdet …«

So ging es noch ein paar Minuten weiter. Anschließend begann der Checkup: Jeder Kursteilnehmer bekam die Aufgabe, zehn Stärken und zehn Schwächen von sich aufzuschreiben. Hektisch fingen alle an zu kritzeln, bis auf de Jong, dem zehn Schwächen ziemlich viel erschienen und der bezweifelte, so viele zusammenzubekommen. Und als er erst bei der zweiten war, wurden die Zettel schon wieder eingesammelt. Schnelligkeit sei eben auch eine Stärke, die oft unterschätzt werde, bemerkte der Tatortkommissar und erntete dafür einen beifälligen Blick vom Coach.

Bevor man dazu kam, die erhobenen Daten in ein Profildiagramm einzutragen und daraus einen Maßnahmenkatalog zu erarbeiten, der die Teilnehmer aus dem grauen Schatten des Unbedeutendseins ins Rampenlicht der Aufmerksamkeit katapultieren würde, wurden die Zettel an die jeweilige Nebenperson weitergereicht, die Stärken und Schwächen in eine neue Reihenfolge bringen und kurz kommentieren sollte. De Jong versuchte immer noch, seinen Zettel zurückzubekommen, um die Liste wenigstens zu vervollständigen – ohne Erfolg. So blieb ihm nichts übrig, als untätig dazusitzen, während um ihn herum die Stimmung stieg: Allen Kursteilnehmern schien das Ziel, selbst Tatortkommissarin oder -kommissar zu werden, in immer greifbarere Nähe zu rücken. Währenddessen erläuterte Schimmeck, dass man von den aufgelisteten Schwächen nicht zu schlecht denken dürfe, denn immerhin könne man sie, an der richtigen Stelle platziert, sehr schnell in Stärken ummünzen, man denke dabei nur an Schwächen wie mangelnde Sensibiliät für andere oder die Unfähigkeit, mit Kritik umzugehen.

Ob schwache Stärken oder starke Schwächen, de Jong kam jedenfalls zu dem Schluss, dass Tatortkommissar sowieso nichts für ihn war. Er nutzte einen Gang zur Toilette, um sich endgültig zu verdrücken.

Draußen atmete er tief durch. Inzwischen war es ein rundherum schöner Tag, die Sonne hatte sich aus dem Dunstschleier befreit und erstrahlte unangefochten am Himmel.

»Sie besuchen also tatsächlich diesen Kurs«, sagte eine Stimme hinter ihm, worauf de Jong sich umdrehte. Da stand ein kompakter, kleiner Mann mit rötlichem Haar und kreideweißer Haut.

»Herr Dornwald?«, vermutete de Jong.

Der Mann reichte ihm seine Hand. »Ich sagte ja, ich würde Sie ansprechen, nicht wahr? Glauben Sie mir, es ist besser so.«

»Besser als was?«

Der Bleichling zog seine Hand wieder zurück, als befürchtete er, dass de Jong sie behalten wollte.

»Ich könnte meinen Wagen aus der Tiefgarage holen«, schlug er vor. »Dann fahre ich Sie und Ihr Fahrrad nach Hause. Da wären wir ungestört.«

Wie sich herausstellte, besaß Dornwald eines dieser modischen, busähnlichen Geländeautos mit breiten Reifen und Allradantrieb, die im geländearmen Westfalen hauptsächlich zur Erwärmung des Klimas angeschafft wurden. Der riesige Kofferraum verschluckte de Jongs Fahrrad mühelos.

De Jong nahm den Beifahrersitz, und Dornwald gab Gas.

»Sie sind ein Mitarbeiter der GSO?«, erkundigte sich de Jong.

»Ich war schon dabei, als die Gesellschaft nur aus einem Dutzend Leuten bestand, die eine Idee hatten«, erklärte der Mann am Steuer. »Heute muss man wohl eher von einem Konzern sprechen.«

»Und welches ist Ihre Funktion in diesem Konzern?«

»Ich kümmere mich vorwiegend um Fragen der Sicherheit. Da gibt es eine Menge zu tun.«

»Kann ich mir vorstellen«, sagte de Jong. »Lockere Treppengeländer, blanke Stromkabel, die aus der Wand ragen. Und die Einhaltung der Brandschutzbestimmungen nicht zu vergessen.«

Das entschiedene Kopfschütteln sagte dem Exkommissar, dass seine flachsende Bemerkung im falschen Hals verschwunden war. »Nun, Sie sollten mich nicht mit einem Hausmeister verwechseln«, bat Dornwald. »Es geht wohl eher um Verschwiegenheit und den Schutz vertraulicher Daten und Informationen.«

»Verstehe. Herr Schimmeck erwähnte schon, dass die Presse da draußen nur darauf wartet, euch etwas anzuhängen von wegen Sekte und Missbrauch.«

»Helge Schimmeck.« Etwas verwundert nahm de Jong den Tonfall zur Kenntnis, mit dem Dornwald den Namen des Mannes aussprach, der immerhin sein Chef war; sehr neutral, ohne Wertschätzung. »Was ist denn Ihre Profession, wenn ich fragen darf?«

»Für Herrn Schimmeck war ich kurz als Privatdetektiv tätig, aber nur vertretungsweise«, sagte de Jong. »Eigentlich bin ich Schriftsteller.«

»Verstehe«, nickte der Mann am Steuer. »Deshalb haben Sie am Kurs teilgenommen.« Er grinste. »Wenn Sie mich fragen, will nicht einer in dieser Runde Tatortkommissar sein. Bis auf Pinkwart selbst. Und der ist jedes Mal dabei.«

»Kennen Sie ihn näher?«

Schulterzucken. »Das ist eine lange Geschichte.«

Dornwald ließ sich von de Jong durch die Stadt leiten. Er wirkte angespannt, biss sich wiederholt auf die dünnen Lippen und sah in den Rückspiegel. Sie ergatterten schließlich einen Parkplatz direkt am Kanal, dann folgte Dornwald de Jong auf das Hausboot und wartete, während sein Gastgeber Kaffee brühte. Der kleine, bleichgesichtige Mann wirkte auf dem alten Kahn wie ein Fremdkörper. Er stand da, beide Hände umklammerten eine Aktentasche, die er sich wie ein Feigenblatt vorhielt. Seinem Gesicht nach zu urteilen, musste er dringend, traute sich aber nicht so recht, nach der Toilette zu fragen.

»Also jetzt wären wir ungestört«, erinnerte de Jong, nachdem er den Kaffee serviert hatte.

»Wie geht es Herrn Kelzenberg?«, erkundigte sich Dornwald. Er nahm die Tasse mit dem Kaffee, hob sie hoch, roch an der Flüssigkeit und stellte die Tasse wieder hin.

De Jong konnte keinen Unterton aus der Frage heraushören. Trotzdem blieb er auf der Hut. »Ich hoffe, es geht ihm gut«, antwortete er. »Leider weiß ich aber nicht, wo er steckt. Deshalb habe ich Sie angerufen.«

»Sie sind ein Freund von ihm?«

»So kann man es ausdrücken, ja, wir sind zusammen zur Schule gegangen.«

Dornwald nickte. »Er hat sich neulich an mich gewandt.«

»In welcher Angelegenheit?«

»Weil er wusste, dass er mir trauen kann. Deshalb ist er zu mir gekommen. Er hatte da so einen Verdacht.«

»Sie meinen die Sache mit dem Hiltrup-Wunder?«

»Leider war er relativ wirr in dem, was er erzählt hat. Und so weiß ich nicht genau, worauf er hinauswollte. Von dem vermeintlichen Wunder war tatsächlich die Rede. Genauer gesagt vom katholischen Vergnügungspark. Und dass die GSO darin verwickelt sei …«

»Was ich nicht ganz verstehe, ist«, sagte de Jong, »warum er damit ausgerechnet zu Ihnen kam. Wo Sie doch dafür zuständig sind, die Gesellschaft vor Leuten wie ihm zu schützen.«

Der bleiche Mann nickte. »Diese Frage ist vollkommen berechtigt. Aber da ist noch etwas anderes, das Sie wissen müssen.« Seine Stimme verfiel in ein raunendes Timbre. »Was glauben Sie wohl, warum ich darauf bestanden habe, dass wir uns hier unterhalten und nicht im Longstrumph-Haus?«

»Weil Sie gar nicht für die Sicherheit zuständig sind?«

»Natürlich bin ich es. Aber gleichzeitig auch das, was man einen Aussteiger nennt, Herr de Jong. Und diese angebliche *Gesellschaft* ist das, was man eine Sekte nennt.«

»Verstehe«, sagte de Jong, obwohl davon keine Rede sein konnte, »Sie sind also so eine Art Whistleblower?«

De Jongs Gast trank endlich seinen Kaffee. Er ließ sich Zeit damit, und als er die leere Tasse abstellte, sah er bitterernst drein, wie jemand, der weit entfernt davon war, Scherze zu machen. »Ich bin kurz davor zu beweisen, dass Longstrumph und seine sogenannte *Gesellschaft für Selbstoptimierung* nicht das sind, was sie zu sein scheinen«, raunte er in einem unheilschwangeren Ton. »Das Ziel besteht vielmehr in nichts Geringerem als der Übernahme der westlichen Zivilisation. Unterwanderung der Schaltstellen und dann Übernahme, so ist der Plan.«

De Jong hielt nicht viel von einer Lektion in Verschwörungstheorie. »Und wie ist das mit Kelzenberg weitergegangen?«, kam er zum Thema zurück. »Ich meine, was hat er sich von Ihnen erhofft und was hat er bekommen?«

»Ich habe ihm geraten, auf der Hut zu sein. Und wir haben abgemacht, in Kontakt zu bleiben. Leider habe ich ihn seitdem nicht mehr gesprochen.«

»Sie haben also keine Ahnung, was er über das sogenannte Wunder herausgefunden hat? Was daran brisant sein könnte?«

Dornwald zuckte mit den Schultern. »Soweit ich verstanden habe, ging es darum, dass es eine unheilige Allianz gibt. Zwischen Katholiken und Selbstoptimierern, was beiden Seiten im Falle einer Veröffentlichung außerordentlich peinlich sein dürfte.«

»Könnte da etwas dran sein?«

Wieder Schulterzucken. »Durchaus möglich. Hinter den Kulissen wird immer viel gemauschelt. Ich bat ihn, mich sofort zu informieren, sobald er konkretes Material darüber hat.«

»Und?«

»Wie gesagt, er hat sich dann nicht mehr gemeldet.« Dornwald überreichte de Jong die Tasse. »Vielen Dank für den Kaffee. Falls Sie Herrn Kelzenberg sehen sollten, sagen Sie ihm, dass ich auf seine Geschichte warte. Ein Kapitel in meinem Buch ist dafür reserviert.«

»Welches Buch?«

»Ich werde alles öffentlich machen und habe auch schon einen Titel. *Wittieleaks*.«

»Was bedeutet denn Wittie?«

»Cornelius Wittekind. Ihm gehört die Sekte. Ihm und seinem Schwager, Helge Schimmeck.«

»Aber ich dachte – ich meine, Herr Schimmeck sagte, dass …«

»Wittekind hält sich im Hintergrund, aber letztlich ist er derjenige, der den Hut aufhat«, bekräftigte der kleine Mann. »Gehen Sie davon aus, dass bei den Optimierern ohne sein Okay nichts passiert.« Er reichte de Jong zum Abschied die Hand, sein Händedruck war weich und vorsichtig.

Während de Jong vom Fenster aus beobachtete, wie Dornwald, nicht ohne sich vorher ausgiebig nach eventuellen Verfolgern umzusehen, über die Planke ans

Ufer trat, war ihm klar, dass er aus diesem Kerl nicht schlau wurde. Aber das war wohl kein Wunder, es musste sogar so sein, denn was war ein Whistleblower wert, den man auf Anhieb durchschaute?

De Jong begab sich auch an Land, hob sein Fahrrad auf, das Dornwald von seiner Ladefläche gehievt und einfach auf den Boden gelegt hatte, und machte einen Abstecher ins Hansaviertel zu Mickies Mietwohnung. Er wollte gezielt nach Hinweisen suchen, die einen Zusammenhang zwischen Kelzenberg und der Hiltrupgeschichte herstellten. Wie oft hatte er als Kripomann die Erfahrung gemacht, dass man lange wie ein Blinder an ein und demselben Tatort umhertappte, dagegen sofort fündig wurde, wenn man wusste, wonach man suchte.

Immer noch empfing ihn der unangenehme Geruch nach Putz- und Desinfektionsmitteln, mit denen Penny die Spuren verwischt hatte. De Jong fand es traurig, dass die Wohnung schon so kurz nach Mickies Tod gar nicht mehr nach ihm roch, als hätte er sie niemals bewohnt. Eine Weile kramte er in Schubladen herum, klapperte mit dem Besteck in der Küche, dann schnappte er sich noch einmal Mickies Laptop, ließ sich auf das Sofa fallen und schaltete ihn ein.

Auf der unteren Taskleiste bemerkte er ein kleines, pinkfarbenes Herz, eine Verknüpfung, die mit *Mickiemaus* unterschrieben war und der er beim letzten Mal keine Beachtung geschenkt hatte. Er klickte darauf. Ein Fenster öffnete sich und ein Dialogfeld fragte: *Zehn neue Nachrichten für Mickiemaus. Antworten?*

Ja, klickte de Jong an.

Password, forderte der Computer ihn auf.

Da war er natürlich überfragt. Kelzenberg? Penny? Er probierte Catweazle, aber ohne Erfolg. Neue Nachrichten für Mickiemaus. Mickie war also Mickiemaus. Aus einer vagen Idee heraus tippte er *Der Tod macht blau.*

Bingo! Ein bunter Schriftzug *Myglüx – du kannst es allen zeigen!* erstrahlte, begleitet von einer Fanfare, und machte dann Platz, um ihm Zugang zu Mickies Account zu gewähren.

Mickiemaus – das war offenbar Mickies besseres Ich. Seine geschönte Version. Ein Porträt, das seine biographischen Daten zierte, hatte schon etliche Jahre auf dem Buckel und zeigte Kelzenberg, wie er noch forsch in eine weite, abenteuerträchtige Ferne geschaut hatte, in einer Zeit, lange bevor der nagende Selbstzweifel seine Mundwinkel langsam aber sicher nach unten gezogen hatte. Ein attraktiver Bursche, der auf Bob Dylan und Beethoven stand, Erdbeereis und Reibekuchen zu seinem Lieblingsessen erkoren hatte und unter Hobbys *kreativ sein* und *Sex am Strand* angegeben hatte. Das also war Mickie, wie er gern gewesen wäre: unangepasst und männlich, dynamisch und abenteuerlustig. Die Liste seiner Netzbekanntschaften war lang und bestand ausschließlich aus Pseudonamen wie Dagobert Duck, James T. Kirk oder Che Guevara.

De Jong klickte ein wenig herum und gelangte auf einen Link, der ihn neugierig machte. Er befand sich unter einem Zitat des berühmten John T. Longstrumph, des Erfinders der Selbstoptimierungsphilosophie. *Reichtum macht bekanntlich nicht glücklich. Dafür kann Glück aber reich machen,* behauptete er. *Zum Glüxkonto,* versprach der Button, auf den de Jong klickte. *Neues Glüxkonto anlegen, mein Glüxkonto aktualisieren, jemanden beglüxen,* lauteten die Optionen. Ohne zu überlegen, versuchte de Jong es mit *aktualisieren* und erfuhr, dass der Kontostand 7,9 Megaglüx betrug, was seinem Besitzer zwei leuchtend gelbe und einen orangefarbenen Stern einbrachte. Was zur Hölle bedeutete das alles? Vielleicht konnten die eingegangenen Nachrichten etwas Licht in die Angelegenheit bringen.

Bin gerade zurück aus dem Good Vibrations. *Habe wieder mal auf dich gewartet. Jetzt bin ich es leid, also scher dich zum Teufel! Marylin,* lautete die erste, die er öffnete. Sie war auf den Vortag, 22.30 Uhr datiert. Es gab noch zwei oder drei ähnlichen Inhalts, eingegangen zwei Tage zuvor und am vergangenen Sonntag. Beim *Good Vibrations* handelte es sich vermutlich um ein Lokal. Konnte es sein, dass diese mysteriöse Marylin im wirklichen Leben Undine Wittekind war, mit der Mickie Penny betrogen hatte? Schimmecks Frau, Cornelius Wittekinds Schwester – sie war auch die Geliebte Mickie Kelzenbergs? Dann sollte auch er sie unbedingt kennenlernen, fand de Jong. Die älteste Nachricht stammte auch von ihr, abgeschickt bereits am letzten Wochenende:

Warum meldest du dich nicht? Für mich ist es okay, dass du Abstand brauchst, ehrlich. Hab mit meinem Bruder über dich gesprochen, er ist gar nicht so, wie du denkst. Deinen Song findet er cool und meint, da steht dir eine Riesenkarriere offen. Weißt du was? Ich würde dich gern mit dem Rest unserer Familie bekannt machen.

Deine Marylin.

De Jong fuhr mit der Maus auf ein Feld neben der letzten Nachricht und klickte auf *Nachricht beantworten.*

Hier ist Mickiemaus, schrieb er. *Was geht ab, Marylin?*

Lange musste er nicht auf die Antwort warten: *Ich hab mir SOLCHE Sorgen gemacht, schon gedacht, es sei dir etwas zugestoßen.*

Nein, antwortete er. *Wie kommst du darauf? Mir geht es bestens.*

Ich will dich aber nicht mehr sehen. Denkst du, du könntest mich nach Belieben herumstoßen? Ich bin eine Frau und habe auch Gefühle.

Klar, weiß ich doch, wollte er schon tippen, aber dann überlegte er es sich anders: *Ich muss dich aber sehen.*

Warum jetzt auf einmal?

Wir müssen reden. So geht es nicht weiter.

Und ob es so weitergeht.

Das ist doch albern, tippte er nach Art üblicher Fernsehfilmdialoge herunter. *Wollen wir etwa immer voreinander weglaufen?*

Wer weggelaufen ist, bist doch wohl du, kam es vorwurfsvoll zurück.

De Jong erwog kurz, ihr Tipps zu geben, wie man diesen Satz besser formulieren konnte, ließ es aber lieber sein und schrieb stattdessen: *Wie wär's denn mit heute Abend, mein Schatz. So wie früher im lauschigen Good Vibrations. Sagen wir um halb zehn?*

Die Antwort bleibt NEIN.

Schade. Ich werde trotzdem da sein.

Der Cursor blinkte und blinkte.

Pech gehabt, dachte de Jong, aber den Versuch war es wert. Er wollte das Gerät schon zuklappen, als doch noch ein paar Worte auf dem Bildschirm erschienen: *Ich kann nicht vor 23 Uhr.*

13. Kapitel

Im *Good Vibrations* um elf. Dummerweise konnte er nicht sicher sein, dass er wirklich Undine treffen würde, auch nicht, dass die Fotos, die er gesehen hatte, mit ihrem aktuellen Aussehen übereinstimmten. Abgesehen davon würde sie natürlich nicht ihn erwarten, sondern Mickie. Er brauchte eine gute Geschichte, weshalb er sich im Chat erst für Mickie ausgegeben und dann auch noch mit ihr verabredet hatte, obwohl er jemand ganz anderer war. Vorsichtshalber besuchte er noch einmal Mickies Account und gelangte über die Freundesliste auf Marylins Profil. Er überflog ihre Hobbys: Reisen und Schwebebahnfahren. Undine liebte Authentisches, außerdem stand sie an der Spitze der deutschen Sektion der Gesellschaft für Selbstoptimierung und riet allen ihren Freunden, diesen Weg der Selbstfindung unbedingt ebenfalls zu beschreiten.

Jetzt musste er nur noch herausfinden, wo sich das *Good Vibrations* befand. Laut Website handelte es sich um einen Treffpunkt für Myglüx-Fans, denen es nicht ausreichte, nur virtuell unterwegs zu sein. Das Lokal befand sich in der City, am Ende der Salzstraße, nur wenige Meter vom Stadtmuseum entfernt. Soweit sich de Jong erinnerte, hatte hier früher ein Billigbäcker Brötchen für den schnellen Hunger verkauft. Für eine Kneipe war es keine günstige Lage. Den Tag über strömten Touristen mit *Coffee to go* in der Hand in Richtung Stadtmitte, um Erbdrostenhof und Täuferkäfige zu fotografieren. Abends, wenn Kneipenzeit war, strömten sie zurück in die an der Promenade gelegenen Kinos, zum Hafen oder in andere Gegenden, wo es Restaurants gab. Die Salzstraße leerte sich und glich einer niederländischen Fußgängerzone am Sonntagvormittag.

Seinem schillernden Namen machte der Laden auch wenig Ehre, fand de Jong. Von *Good Vibrations* konnte keine Rede sein. Es herrschte jene wortkarge Langeweile, die sich überall dort ausbreitet, wo nicht mehr die reale, sondern die virtuelle zur besten aller möglichen Welten avanciert. Der Laden war gut besucht, an fast allen Tischen hockten Gestalten, stumm über ihre Geräte gebeugt, Skulpturen gleich, nur ihre unablässig zuckenden Daumen vermittelten den Eindruck, dass es sich um lebende Wesen handelte. Pärchen saßen einander am Tisch gegenüber und pflegten, jeder für sich in soziale Netzwerke verstrickt, ihre Freundeskreise oder feilten an ihren Profilen. De Jong ging zum Tresen, der zur Billigbäckerzeit die Theke gewesen war, und bestellte sich beim einzigen Gesicht, das nicht an ein Display getackert war, ein Bier. Dann suchte er sich einen freien Tisch.

Da keine der Lebendskulpturen Undine Wittekind glich, nutzte er die Wartezeit, indem er eine Hochglanzillustrierte durchblätterte, die über die neuesten Trends aus der Welt der Klicks und Apps informierte. Es konnte nicht schaden, sich als hoffnungslos Gestriger wenigstens auf einen etwas neueren Stand zu bringen. Ein kurzer Artikel über *World wide Sex* erregte seine Aufmerksamkeit. Es ging um eine neue App, die es jedem Nutzer mit nur wenig technischem Aufwand ermöglichte, sein Sexleben transparenter zu machen: Zusätzlich zur App brauchte man nur ein Messgerät mit Sender und eine Webcam, dann konnte man während des Geschlechtsakts jede Menge Daten sammeln. Abgesehen davon, dass der Akt aus mehreren Perspektiven gefilmt werden konnte, bekam man zusätzlich noch Kusshäufigkeit und -Intensität, die Zahl der Stellungswechsel, Härtegrad und Dauer der Erektion, den vaginalen Feuchtigkeitsgrad, die Spermamenge in Millilitern und die Orgasmusstärke im internationalen Ranking aufgelistet. Das Ganze konnte man dann ins Internet stellen und mit seinen Freunden teilen.

De Jong ließ die Zeitschrift sinken, als eine Frau in Begleitung eines Mannes das Lokal betrat. Der Mann war zweifelsfrei Pater Monk, jetzt ungewohnt freizeitlich gekleidet in Jogginghose und Sweatshirt. Sie erkannte er sofort als Marylin. Ihre Gesichtszüge wiesen tatsächlich eine gewisse Ähnlichkeit mit der Hollywoodlegende auf, wie de Jong fand, mit Ausnahme eines gewissen Anflugs von Härte, die ihm schon auf Küppers' Beschattungsfotos aufgefallen war. Undines Bewegungen hatten etwas Mäuschenhaftes, das schlecht zu diesem harten Zug passte. Alles in allem schien Marylin eine Frau zu sein, die mit so viel Weiblichkeit ausgestattet war, dass sie es nicht nötig hatte, jemandes Typ zu sein. Man würde in jedem Fall von ihr träumen.

Monk verabschiedete sich mit einer angedeuteten Umarmung, winkte ihr zu und verließ das Lokal. De Jong wartete, bis die Blondine sich einen Tisch gesucht, bestellt und mit dem Smartphone in der Hand Platz genommen hatte. Dann nahm er sein Glas und begab sich zu ihr.

»Hey«, sagte er und setzte sich an ihren Tisch.

Eine Nanosekunde lang hob sich ihr Blick, um gleich wieder zu ihrem Kommunikationsspielzeug zurückzukehren. Das Gesicht verzog keine Miene.

»Sie sind Marylin, stimmt's?«, sagte de Jong.

»Kennen wir uns etwa?« Ihre Stimme war nicht sehr marylinhaft, sondern erklang in einer Altlage, warm und kuschelig. »Es ist nämlich so, dass ich verabredet bin. Also könnten Sie …«

»Die Verabredung bin ich.«

»Quatsch!«

»Sie haben mit Mickie Kelzenberg gerechnet, richtig? Aber der kann nicht.«

Endlich ließ die Blondine von ihrem Gerät ab. »Was läuft hier? Wer sind Sie überhaupt?«

»Niklas de Jong«, sagte er. »Ein guter Freund von Mickie. Sein bester könnte man sogar sagen.«

»Er hat aber nie von Ihnen erzählt.«

De Jong grinste schräg. »Das sieht dem alten Knaben mal wieder ähnlich.«

»Sie sind nicht zufällig der Privatschnüffler, den Helge auf mich angesetzt hat?« Helge. Demnach war sie diejenige, für die er sie hielt.

»Woher kennen Sie Pater Monk?«, fragte er zurück.

»Ich wüsste nicht, was Sie das angeht.«

»Also gut, ich rede ganz offen«, sagte de Jong. »Einerseits vertrete ich den bewussten Privatschnüffler, weil der auf Hochzeitsreise ist, andererseits bin ich aber selbst keiner und würde gern von Ihnen erfahren, ob Mickie in irgendwelchen Schwierigkeiten steckt.«

»Da sind Sie bei mir an der ganz falschen Adresse. Ich habe keine Ahnung, worin Mickie steckt und es ist mir auch völlig egal.«

»Wie gut kennen Sie ihn?«

Undine taxierte de Jong eingehend, als fühlte sie sich von seiner Frage herausgefordert. »Er läuft vor mir davon, weil er verrückt nach mir ist und Angst hat, mir hörig zu sein. Dafür kann er nichts.«

»Wofür?«

Marilyn neigte sich de Jong zu und umwehte seine Nase mit einem Duft, den er als angenehm empfand. »Ich bin ein Männermagnet«, hauchte sie.

»Ach, tatsächlich?«

»Ich weiß, jede Frau wäre das gern, aber bei mir ist es eine medizinische Tatsache. Man hat festgestellt, dass ich einen seltenen Botenstoff aussende, der vom Geruchssinn aufgenommen wird und die männliche Libido in überdurchschnittlichem Maße stimuliert.« Undine sah zerknirscht drein. »Die Wirkung lässt sich mit Medikamenten zwar eindämmen, aber auf lange Sicht werde ich wohl damit leben müssen.«

»Na ja«, munterte de Jong sie auf. »Immerhin besser, als gar keine Stoffe zu haben, die man aussenden kann, was?«

»Sehr witzig! Wehren Sie sich mal gegen Millionen von Typen, die Sie anbaggern, obwohl es ihnen gar nicht um Sie selbst als Frau geht.«

»Sondern nur um die Botenstoffe«, nickte de Jong. »Verstehe, was Sie meinen.« Soweit er sich erinnerte, beschrieb die Mythologie Undinen als seelenlose Wassernymphen, die nur eine Seele bekamen, wenn sie sich mit einem Menschen vermählten, weshalb sie praktisch ständig auf der Suche nach einem waren, den sie aber gern in die finsteren Tiefen eines Gewässers hinabzogen. Durchaus möglich, dass sie ihre Opfer mithilfe seltener Botenstoffe anlockten. »Trotzdem verstehe ich gerade wegen Ihres seltenen Leidens nicht, wieso Mickie sich nicht bei Ihnen meldet.«

»Weil er hat, was er will, deshalb. Den Auftrag, eine Hymne für Myglüx.de zu komponieren, der ihm viel Kohle einbringt. Und ich habe ihm dazu verholfen. Dafür war ich ihm noch gut genug.«

»Halten Sie ihn für undankbar?«

»Mickie war ein guter Kerl genau bis zu dem Tag, an dem er meinen Bruder kennenlernte. Cornelius hat einen anderen Menschen aus ihm gemacht.«

De Jong fiel auf, dass die Art, wie sie das Wort »Bruder« aussprach, so klang, als hätte sie »scheußlicher Hautausschlag« gesagt.

»Lassen Sie uns über Cornelius sprechen.«

Auf Undines makelloser Stirn erschien eine Furche, sie betrachtete ihn misstrauisch. »Sie kommen hierher, geben sich für jemanden aus, der Sie nicht sind. Nennen Sie mir einen Grund, warum ich überhaupt noch ein Wort mit Ihnen wechseln soll.«

»Also gut: Sie machen sich Sorgen, was mit Mickie sein könnte. Trauen Sie Ihrem Bruder zu, dass er irgendetwas im Schilde führt, und mir, dass ich es herausfinden kann.«

Man konnte ihr ansehen, dass sie darüber nachdachte. Jeden der drei Punkte schien sie durchzugehen. »Na schön«, sagte sie schließlich und sah de Jong herausfordernd an.

»Wie würden Sie Ihr Verhältnis zu Ihrem Bruder beschreiben?«

»Bestens«, sagte Undine. »Jedenfalls so gut, wie man sich mit einer Heuschrecke verstehen kann. Sie wissen, was eine Heuschrecke ist?«

»Sicher«, sagte de Jong. »Ein geflügeltes Insekt mit gesundem Appetit.«

»Eine Heuschrecke ist jemand, der sich einbildet, alles zu bekommen, was er haben will. Egal ob es sich dabei um Menschen handelt, Firmen oder soziale Netzwerke.«

Einige der Skulpturen um sie herum waren zum Leben erwacht, hatten die Köpfe erhoben und vorwurfsvolle Blicke auf sie gerichtet. Vermutlich lag es nicht einmal daran, dass Undine, als die Rede auf ihren Bruder kam, ihre Stimme erhoben hatte, sondern daran, dass es an einem Ort wie diesem nicht schicklich war, die Anwesenden mit akustisch geführten Unterhaltungen zu stören.

De Jong hatte das Gefühl, mit Indiskretion weiterzukommen. »Haben Sie mit Ihrem Mann darüber gesprochen, dass Sie sich zu Mickie hingezogen fühlen?«

»Ich habe doch schon gesagt, dass davon keine Rede sein kann«, schnaufte Undine wütend. »Mein Interesse an ihm ist gleich Null.«

»An Mickie oder an Helge?«

»Helge ist ein guter Kerl«, antwortete sie nach einer Weile, die für de Jong wie Bedenkzeit wirkte. »Er hat Verständnis dafür, dass meine seltene biologische Disposition gewisse Auswirkungen auf unsere Ehe hat. Und es ist ein Unrecht, dass er der Skrupellosigkeit meines Bruders so wenig entgegenzusetzen hat.«

»Na ja«, sagte de Jong, »immerhin ist er keine Heuschrecke.«

Undine hörte ihm nicht zu. Sie starrte an ihm vorbei und verdrehte genervt die Augen. »Oh nein, bitte, nicht er wieder.«

»Schon wieder was?«, fragte de Jong und bemerkte dann erst, dass jemand hinter ihm stand.

»Einen wunderschönen guten Abend, meine Teure«, sagte derjenige, an Undine gewandt. »Belästigt dich dieser Mann?«

Es war Pinkwart, der Tatortkommissar mit dem extrem schmalen Gesicht, offensichtlich alkoholisiert.

»Würdest du uns in Ruhe lassen«, sagte Undine, die ihn auch zu kennen schien.

»Ich mache mir Sorgen um dich, das ist doch wohl noch erlaubt.« Pinkwart schwankte leicht, hielt aber das Gleichgewicht. »Dass ich mir Sorgen mache, kann mir keiner verbieten. Um wen auch immer ich mir sie mache, klar?«

»Wie ist es im Workshop denn noch so gelaufen?«, erkundigte sich de Jong, um ein harmloseres Thema anzuschneiden.

»Du machst jeden Abend mit einem anderen Mann rum, da muss man eben besorgt sein«, beharrte Pinkwart, immer noch an sie gewandt.

Die Smartphone-Gemeinde glotzte wieder.

»Sich Sorgen um jemanden machen bedeutet nämlich, dass einem dieser Jemand was bedeutet. Selbst wenn einen dieser Jemand wie den letzten Dreck behandelt.«

Undine sah sich Hilfe suchend um.

»Hören Sie mal«, mischte sich de Jong ein.

»Hat dich irgendjemand um deine Meinung gefragt?«, blaffte der Betrunkene wie angestochen. Er schien nur darauf zu warten, mit de Jong Streit anzufangen.

»Das nicht«, sagte de Jong. »Ich wollte Sie nur bitten, uns nicht zu belästigen. Das schickt sich nicht für einen berühmten Tatortkommissar.«

»Das geht dich einen Scheiß an!« Pinkwart schwankte wieder.

»Es reicht jetzt wirklich, Benjamin«, sagte Undine genervt.

Nachdem er eine gefühlte Ewigkeit mit leerem Blick in ein Loch zwischen de Jong und Undine gestarrt hatte, schaffte der Tatortkommissar doch noch eine Kehrtwendung, drehte sich dann aber zu de Jong um. »Na schön, wir sprechen uns noch.«

»Gern«, nickte de Jong.

Pinkwart schlurfte zur Tür und schob sich nach draußen.

»Ein Bekannter?«, erkundigte er sich bei Undine.

»Ich habe es Ihnen doch eben erklärt.«

»Okay«, nickte De Jong. »Die Botenstoffe. Der arme Kerl.«

»Er will einfach nicht begreifen, dass es zwischen uns aus ist. Und ich fürchte, dass ich die Falsche bin, es ihm begreiflich zu machen.«

Sie zahlten und verließen das *Good Vibrations*. Es war mild und sommerlich und die Fußgängerzone lag entvölkert da.

»Denken Sie, Mickie ist etwas zugestoßen?«, fragte Undine unvermittelt.

»Nun, was ich denke, wich de Jong geschickt aus, ist, glaube ich, nicht entscheidend.«

»Im Ernst: Mickie ist ein netter Kerl. Aber trotzdem, von Anfang an hatte ich das Gefühl, dass das mit uns nichts wird. Keine Zukunft hat, verstehen Sie? Er lebt einfach in einer anderen Welt.«

Falls Undine ein gläubiger Mensch war, wovon de Jong allerdings keinen Moment ausging, dann hatte sie mit dieser Äußerung wohl ziemlich ins Schwarze getroffen. »Soll ich Sie begleiten, falls dieser Herr Sie noch mal belästigt?«, bot er an.

»Nett von Ihnen, aber es kümmert sich schon jemand darum.« Undine entfernte sich in Richtung Dom, ihre Absätze hallten durch die verlassene Shoppingmeile.

De Jong ging zu seinem Fahrrad und schloss auf. Er fand, dass es ein zu schöner Abend war, um ihn mit hektischem Radeln zu vergeuden, deshalb schob er lieber. Ein paar späte Vögel zwitscherten, er erreichte die Promenade, auf der Radfahrer nahezu lautlos vorüberglitten. Es war ein Abend, der wie geschaffen dafür war, offenen Fragen nachzuhängen. Zum Beispiel:

War Mickie mit seiner Neugier, was das angebliche Wunder anging, jemandem zu nahe getreten? Was hatte ihn überhaupt daran so interessiert? Und wieso hatte ausgerechnet er, der Typ mit den hängenden Schultern und den diffusen Zukunftsplänen, Undine von der Bettkante gestoßen, eine Frau, die so viele Verehrer hatte, dass sie deren Avancen als lästige Krankheit empfand? Hatte er, als er dies tat, sich die Frau zum Feind gemacht? Und wenn Undine Wittekind tatsächlich die bewussten Botenstoffe aussandte, warum zum Teufel entfalteten sie nicht auch bei ihm, de Jong, ihre Wirkung?

Er blieb stehen, als es hinter ihm im Gebüsch raschelte. »Hallo?«, rief er und schüttelte den Kopf über seine Naivität: Als würde jemand, der sich vor ihm verbarg, auf sein Rufen hin mit »ja, hier!« antworten. Schulterzuckend setzte er seinen Weg fort.

Aber er kam nicht weiter als zwei Meter, dann verstellte ihm eine dunkle, bohnenstangenförmige Gestalt den Weg. Also doch, dachte de Jong.

»Ich hab gesagt, wir sprechen uns noch«, zischte die Gestalt und drohte ihm mit einem knüppelähnlichen Gegenstand.

»Herr Pinkwart, jetzt seien Sie doch bitte vernünftig ...«

Der Mann holte aus.

De Jong duckte sich zwar sofort, trotzdem traf ihn etwas an der Schulter, und er ging zu Boden. Es tat kaum weh, aber sein rechter Arm fühlte sich taub an.

Pinkwart stellte sich breitbeinig über ihn und schwankte dabei wie ein Baum im Wind. »Jetzt hab ich dich, du mieser Stalker. Das Spiel ist aus und du bist am Arsch.« War der Kerl so besoffen, dass er sich nur noch mit Zitaten aus drittklassigen Fernsehdrehbüchern behelfen konnte? De Jong wollte ihn wenigstens darauf hinweisen, dass man in seinem Zustand besser nichts tat, was man später sicher bereuen würde, aber das bekam er nicht heraus, nur ein gestöhntes: »Verdammt, was willst du überhaupt von mir?«

»Mach dein Testament, du Hurensohn.« Pinkwart schwang wieder seine Keule. »Hasta la vista, Baby …«

14. Kapitel

Gottseidank kam er aber nicht dazu, de Jong zu erschlagen. Denn urplötzlich war eine andere Gestalt von wer weiß woher zur Stelle und packte den Fernsehkommissar von hinten. Pinkwart riss sich los, kam ein wenig ins Taumeln schwang dann seine Keule gegen den Angreifer. Nur wich der so geschickt seinen Schlägen aus, dass de Jong sich sicher war, einen professionellen Kämpfer in Aktion zu sehen. Eine muskulöse, drahtige Person mit kahlem Schädel, der im Licht der Straßenlaterne wie poliert aufblitzte. Für einen Moment kam es de Jong so vor, als kenne er den Mann – aus irgendeinem Actionfilm möglicherweise, obwohl Actionfilme eigentlich nicht seine Sache waren. Urplötzlich ging der Kerl erneut zum Angriff über, überrumpelte den restlos überforderten Pinkwart mühelos und entriss ihm die Waffe. »Und jetzt hau bloß ab, bevor ich unangenehm werde!«, zischte er und schubste den Fernsehkommissar weg, der um ein Haar mit einem Baumstamm kollidiert wäre und dann stolpernd und schwankend das Weite suchte.

Der kampferprobte Samariter verlor keine Zeit und half de Jong auf die Beine. »Kommen Sie, ich bringe Sie zu einem Arzt«, sagte er.

De Jong befühlte seine Schulter und stellte fest, dass das Gefühl in seinem Arm schon zurückkehrte. »Halb so schlimm«, sagte er, »ich bin noch mal mit einem blauen Fleck davongekommen. – Sie?«, wunderte er sich, sobald er Monk wiedererkannte. »Sind Sie mir etwa gefolgt?«

»Nicht Ihnen, sondern ihm.« Monk wies mit einer vagen Kopfbewegung in die Richtung, in die sich sein Gegner verdrückt hatte.

»Sie kennen Herrn Pinkwart?«

»Sagen wir, ich hatte das ein oder andere Mal mit ihm zu tun. Als ich ihn sah, war mir sofort klar, es ist wieder einer dieser Tage, an denen er Streit sucht.«

Dann war Monk also Undines Beschützer gewesen, und das schon das zweite Mal heute. »Wo haben Sie als Mann Gottes so kämpfen gelernt?«

Der Geistliche bestand darauf, de Jong ein Stück zu begleiten und beantwortete unterwegs dessen Fragen. Dass er kurz nach seinem Theologiestudium eine jesuitische Eliteausbildung absolviert habe. »Danach bin ich nach Rom und habe ein paar Monate am *Deus ex Machina*-Programm mitgearbeitet.«

»Davon habe ich noch nie gehört«, sagte de Jong.

»Na ja, das ist nicht verwunderlich, denn es hängt schließlich nicht gerade an der großen Glocke. *Deus ex Machina* beruht auf dem Gedanken, dass der Islamismus sich durch Bildung von Terrorgruppen und Ausbildung von Selbstmordattentätern einen strategischen Vorteil erarbeitet, der aus katholischer Sicht immer unaufholbarer erscheint, was auf die Dauer nicht hingenommen werden kann. Also holte man sich im Geheimen muslimische Gotteskrieger nach Rom, die christliche Kommandos mit der gleichen tödlichen Schlagkraft ausbilden sollten. Nicht um sie einzusetzen, nur damit man sie hat, falls man sie mal braucht, verstehen Sie? Die Logik des kalten Krieges.«

»Verstehe«, sagte de Jong, dem das alles wie eine reichlich überdrehte Räuberpistole erschien. »Und da haben Sie Ihre Nahkampfausbildung erhalten. Womit Sie für diese verrufene Stadt der ideale Wunderbeauftragte sind.«

»Diese Abteilung habe ich übernommen, um frischen Wind in unsere verstaubte Kirche hineinzubringen. Was bringt es auf die Dauer, Wassertanks in Madonnenstatuen einzubauen, damit Maria auf wundersame Weise weint? Sieht so die viel beschworene Öffnung zur Moderne aus? Leider sind die stockkonservativen Kräfte immer noch viel zu stark und legen Ihnen jede Menge Steine in den Weg.«

»Dafür haben Sie ja zum Glück Ihre Nahkampfausbildung«, sagte de Jong.

Die Promenade verbreiterte sich, wurde abschüssig und unterquerte die Warendorfer Straße. Zur Rushhour einer der Verkehrsknotenpunkte der Fahrradstadt mit stark erhöhtem Unfallrisiko, weshalb man sie hier zu einer Art Schnellstraße ausgebaut hatte. Um diese nachtschlafende Zeit aber war kaum noch eine Menschenseele zu sehen. Die Ampel in der Nähe war auf Blinkverkehr geschaltet.

De Jong nahm das Fahrrad zurück und deutete nach rechts. »Den Rest schaffe ich dann allein«, sagte er. »Nochmals Danke für die Hilfe in der Not.«

»Nicht dafür«, meinte Monk großzügig und wandte sich zum Gehen, als de Jong gerade noch rechtzeitig einfiel, was ihm noch auf der Seele lag. »Eine letzte Frage«, hielt er den Pater auf. »Wie stehen Sie zu Undine Wittekind?«

Monk, der schon ein paar Schritte getan hatte, kam noch mal zurück. »Ich habe sie auf einem Symposium kennengelernt«, sagte er, »und sofort gemerkt, dass wir beide einen Draht zueinander haben. Sie ist wirklich eine faszinierende Persönlichkeit.«

De Jong brauchte den Pater nicht weiter anzusehen. Allein der schwärmerisch verliebte Ton sagte ihm, dass es sich hier mitnichten um Draht handelte. Sondern, wenn überhaupt, um die berühmten Botenstoffe. Das erklärte auch seine Beschützerrolle.

»Wir haben uns hin und wieder privat getroffen und dabei ein interdisziplinäres Konzept entwickelt.«

»Was genau meinen Sie jetzt mit interdisziplinärem Konzept?«, konnte sich de Jong nicht verkneifen zu fragen, weil er in Betracht zog, dass auch hinter dieser Formulierung etwas anderes steckte.

»Eine Strategie, wie unsere beiden Richtungen an einem Strang ziehen können, wie sie profitieren können, anstatt einander zu bekämpfen.«

»Friedliche Koexistenz«, spöttelte de Jong. »Und wer hat dann von wem profitiert im Hinblick auf das Bauprojekt *Pope City*?«

»Da ist so manches krumm gelaufen.« Monk nickte gedankenverloren. »Inzwischen ist mir klar, dass von

Koexistenz keine Rede sein kann. Und unser viel beschworener Weg in die Moderne ist in Wirklichkeit ein Wettrennen, das man nicht gewinnen kann. Wir sind der Hase und so sehr wir auch die Beine in die Hand nehmen, der Igel ist schneller.«

»Ist er nicht«, widersprach de Jong. »Es sind zwei.«

»Was meinen Sie?«

»Es scheint nur so, dass er schneller ist, weil es zwei Igel sind. Das ist ja der Trick.« Er lächelte. »Was genau meinen Sie mit faszinierender Persönlichkeit?«

»Einen hochbegabten Menschen, der aber auch eine verlorene Seele ist.«

Nun gut, dachte de Jong. Bei Seelen konnte er nicht so mitreden.

»Was nicht bedeutet, dass ich nicht für sie bete«, fügte Monk hinzu. »Schließlich gehört es zu unseren vornehmsten Überzeugungen, dass auch eine verlorene Seele Gottes Ebenbild ist.«

Monk winkte zum Abschied und trabte los, während de Jong an Undine dachte und dass er sich Gott eigentlich ganz anders vorgestellt hatte.

15. Kapitel

Am nächsten Morgen gegen zwölf traf er sich mit Penny in der Stadt, nahe der Überwasserkirche in einem Eiscafé, das um diese Tageszeit noch nicht überfüllt war. Die Sonne schien es darauf abgesehen zu haben, den Touristen ein Stadtidyll zu präsentieren. Aber auch Penny sah sensationell aus, allerdings trug sie eine Sonnenbrille, die ihn daran hinderte, ihrem verführerisch traurigen Blick zu verfallen.

»Kommst du voran?«, erkundigte sie sich, nachdem sie bestellt hatten.

»Du hast doch diesen Beitrag über Hiltrup und *Pope City* gemacht«, sagte de Jong. »War Mickie auch daran beteiligt?«

»Beteiligt? Wie kommst du denn darauf?«

»Na ja, wie ich hörte, hat er Recherchen darüber angestellt.«

»Ja, Mickie hatte mal die fixe Idee, einer heißen Sache auf der Spur zu sein. Und er nervte damit, mir erklären zu wollen, wie ich meine Arbeit zu tun habe.«

»Wann war das?«

»Vor zwei Wochen. Vielleicht drei. Weiß nicht genau.«

»Also hat er irgendetwas über *Pope City* rausgefunden.«

Penny wandte ihm ihr Profil zu und blinzelte in die Sonne. De Jong fiel wieder einmal auf, wie hell ihre Haut war und wie gut sie es verstand, durch dunkle Textilien auf sie aufmerksam zu machen. »Was kann man denn da schon herausfinden: dass das sogenannte Wunder keiner wissenschaftlichen Überprüfung standhält? Glaubst du etwa, das sei eine Nachricht?«

»Na ja, dann etwas anderes. Etwas, von dem keiner wollte, dass es herauskommt. Dass die Katholen gemeinsame Sache mit dem Erzfeind machen. Der *Gesellschaft für Selbstoptimierung.*«

»Und deshalb musste er sterben? Hör zu, Niklas, Bob Woodward und Carl Bernstein haben die Watergate-Affäre aufgedeckt – mussten sie deswegen etwa sterben? Nein, sie haben den Pulitzerpreis abgesahnt. Und diese Sache war um einiges heißer als eine Marienerscheinung, die man als frommen Schwindel enttarnt, oder irgendeine Mauschelei. Dass man ständig Leute aus dem Weg räumt, nur weil sie zu viel wissen, ist ein Gerücht aus drittklassigen Kriminalromanen.«

»Vielen Dank«, sagte de Jong. Die aufregend helle Haut war nicht das Einzige, das er heute an Penny entdeckte; da war auch noch ein geringschätziger Unterton, der meistens dann mitschwang, wenn sie sich über Mickie äußerte. »Übrigens war er mit einer anderen Frau zusammen.«

Ihr Mund wurde zu einem Strich. »Ich hatte mir schon so was gedacht.«

»Ja, aber die beiden hatten nichts miteinander.«

Es war ein Mittag wie im Hochsommer, die Stadt brummte vor Touristen, und Stadtführungen hatten Rushhour. Kulinarischer Rundgang, Frauenrundgang, Wiedertäuferrundgang, Geisterrundgang, Schwulen- und Lesbenrundgang, Kiepenkerlrundgang und Krimirundgang – das waren nur einige wenige Beispiele eines schier endlosen Rundgangspektrums. Sightseeing mit der Fahrradrikscha oder der motorisierten Bimmelbahn, im Doppeldeckerbus, mit dem Segway, auf Strümpfen oder im Pyjama – kohortenweise durchkämmten Eventhungrige die Innenstadt, schubsten wehrlose Einzelreisende von den Sehenswürdigkeiten weg oder verharrten geduldig in einer Warteschleife, wenn ein markanter Punkt gerade von einer anderen Stadtführung besetzt war.

»Weißt du, was mich an Mickie fasziniert hat?«, sagte Penny, die sich mit der Speisekarte Luft zufächelte. »Seine Lust darauf, ganz neue Sachen zu machen. Am Anfang habe ich ihm diese Lust nämlich geglaubt. Bis ich eines Tages festgestellt habe, dass er sie vorgetäuscht hat. Mickie ist jemand, der es toll findet, wenn alles so bleibt, wie es ist.«

»War«, sagte de Jong. »Er *war* jemand. Also hast du diese Lust auch?«

Er bekam sein Eis und Penny einen Fruchtsaft. Sie hob das Glas und ließ es in der Sonne leuchten. »Früher habe ich immer davon geträumt, eine Weltreise zu machen«, antwortete sie nach einer Weile. »Fremde Länder kennenzulernen und Reiseführer zu schreiben über Gegenden, wo vor mir noch keiner war. Aber dann musste ich feststellen, dass es diese Gegenden gar nicht gibt. Tja, das Fernsehen war eher zweite Wahl.«

Penny, die weißhäutige Überfliegerin, die von Abenteuern träumte. Während sein Blick auf dem schwarzen Spitzen-BH verweilte, den ihr knappes Top nur unzureichend verdeckte, versuchte de Jong, sie sich als einsame Reisende vorzustellen. Wie sie in Galaxien vorstieß, die nie zuvor ein Mensch gesehen hatte. Wie sie morgens im frühen Nebel des Regenwalds aus einem taunassen Schlafsack kroch oder mit einem selbstgebastelten Speer in einem Bach auf Fische lauerte. Es gelang ihm nicht so recht.

»Du brauchst also den Kick«, versuchte er sie zu verstehen.

»Wenn du es so nennen willst. In einer Beziehung ist es doch auch so. Ich mag es, wenn ein Mann mich überrascht, wenn er es fertigbringt, mir eine neue Welt zu eröffnen. Nein, mehr noch: Ich brauche das unbedingt. Wenn er so ist wie alle anderen, warum sollte ich mich in ihn verlieben?«

»Ja, warum?«, überlegte de Jong.

»Wie steht's mit dir: Hast du etwa Lust auf Langeweile?«

»Eigentlich nicht«, sagte er, aber er war sich auch nicht hundertprozentig sicher, ob er unentwegt überrascht werden wollte. Und ob er überhaupt einer Frau wie Penny eine Welt eröffnen konnte, die sie nicht schon kannte. Na ja, dachte er, aber wenn sie nun einmal darauf steht, werde ich mir etwas einfallen lassen müssen …

Gleich gegenüber, im Schatten der Überwasserkirche, war ein kleiner Tumult entstanden. Touristen, die schwarze Umhänge und weiße Plastikgebisse als Teilnehmer eines Vampir-Stadtrundgangs auswiesen, waren mit anderen aneinandergeraten, die einen antifaschistischen Stadtrundgang gebucht hatten und sich durch die Kuttenträger veralbert fühlten. Das Servicepersonal tat sein Möglichstes, um die aufbrandenden Streitigkeiten zu schlichten.

»Hey, wenn das alles vorbei ist«, schlug de Jong vor, »gehen wir mal richtig aus, was hältst du davon?«

»Richtig? Was meinst du damit?«

»Na ja, wir gehen ins Kino, sehen uns einen schönen Film an. Und danach ...«

»Warum eigentlich nicht?«

Es trat eine kleine Pause ein, hauptsächlich weil ihr »warum eigentlich nicht«, wie de Jong fand, so einsam, wie es in der Luft hing, irgendwie ernüchternd klang. Ein bisschen so, als hätte er ihr nahegelegt, für die nächsten zwei Jahre in einem dunklen, fensterlosen Keller zu wohnen. Warum eigentlich nicht? – Ja, da gab es eine Menge Gründe, die dagegensprachen ...

»Lass uns Zeit, einverstanden?« Penny nahm die Sonnenbrille ab und ihr abgrundtief trauriger Blick wurde mit de Jongs Eingeschnapptsein mühelos fertig. Mit einem Mal wusste er, was Penny damit meinte, dass ihr jemand eine neue Welt eröffnete und wie es war, wenn so etwas passierte. Genau das war es, was er tun würde: erst mal diese Mordsache aufklären, dann ihr Zeit lassen und schließlich die neue Welt eröffnen. Eins nach dem anderen. Es war ein schönes Gefühl, den einzuschlagenden Weg zu ihr so klar vor sich zu sehen. »Bestimmt hast du recht«, sagte er, während er der Kellnerin winkte.

Penny bedankte sich artig für die Einladung, deutete ein Küsschen an und verschwand eilig in Richtung

Domplatz. Je länger de Jong allerdings dastand und ihr nachsah, machten sich in ihm doch wieder Zweifel breit: Wohin führte die Erwartung, fasziniert zu werden? Überforderte sie nicht auf die Dauer die Menschen, ihre Umgebung, ja sogar die Welt? Und was, wenn die Welt es eines Tages nicht mehr schaffte, einen zu faszinieren? Wenn sie sich zwar redlich bemüht hatte, aber irgendwann ausgelaugt und erschöpft war so wie ein Hase, der von zwei Igeln ausgetrickst wird? Wahrscheinlich war es nicht leicht zu akzeptieren, dass die Langeweile zum Leben dazugehörte. Aber man sollte es trotzdem irgendwie hinkriegen, wenn man nicht eines Tages davon überrascht werden wollte, dass einen nichts mehr langweilt als permanente Faszination.

De Jong schnappte sich sein Rad und startete in die andere Richtung. In der engen Gasse zwischen Diözesanbibliothek und Priesterseminar blieb er in einem Pulk von Reisenden stecken, die nach einer Stadtführung auseinanderströmten. Aus der Menschenmenge löste sich eine Gestalt und winkte ihm fröhlich zu. De Jong erkannte den Kerl und musste sich schon über die Fröhlichkeit wundern, zumal der Mann erst zwei Tage zuvor eine Gitarre auf seinem Kopf zertrümmert hatte.

Er hatte keine Lust auf neue Tätlichkeiten und beschleunigte seine Schritte.

»Hey, Mann, jetzt bleib doch mal stehen!« Oswald hatte den Menschenpulk endgültig hinter sich gelassen und lief hinter ihm her. »Keiner will dir was tun, versprochen!«

De Jong ging weiter, aber langsamer, sodass der andere ihn einholte.

»Tut mir ehrlich leid, dass wir neulich grob geworden sind. Weiß auch nicht, wie das passieren konnte.« Oswald war es satt, neben de Jong herzulaufen, überholte ihn und verstellte ihm den Weg. »Also was ist: Peace?« Damit streckte er seine Hand aus, die so groß war, dass man sie ohne Übertreibung als Pranke bezeichnen konnte.

»Von mir aus«, sagte der Exkommissar, nahm die Pranke, dachte aber bei sich, dass etwas, von dem man nicht weiß, wie es passieren konnte, jederzeit wieder passieren kann. »Was verschlägt Sie unter all die Touristen?«, fragte er.

»Die sind wegen mir hier«, erklärte Oswald stolz. »Stadtrundgang Musikgeschichte, mein Baby. Ein kleiner Nebenverdienst.«

»Und was führt den Rundgang ausgerechnet am Priesterseminar vorbei?«

»Eines Nachts, auf dem Weg zum Hotel«, dozierte der Musiker feierlich, »war Udo Lindenberg so sturzbesoffen, dass er sich dort unten, am Fuß der Treppe, übergeben hat. Was viele gar nicht wissen.«

»Ich zum Beispiel«, sagte de Jong.

Mit ausgestrecktem Arm wies Osse auf den Kirchturm von Überwasser, der hinter dem Seminargebäude gegen den blauen Sommerhimmel aufragte. »Im Schatten dieses Kirchturms hat Julia Roberts einem ihrer Fans ihre Titten gezeigt. Man sagt, er hätte ihr dreihundert Euro dafür geboten, aber in Wirklichkeit handelte es sich um eine Wette, die sie mit ihrem Agenten abgeschlossen hatte.«

»Wusste gar nicht, dass Julia Roberts Musikerin ist«, sagte de Jong.

»Weiter hinten am Ufer der Aa«, fuhr Oswald unbeirrt fort, machte ein paar Schritte und deutete dann vage nach rechts, wo sich das schmale Flüsschen gemütlich durch die Stadt schlängelte, »haben zwanzig Jahre vorher die Beatles um vier in der Nacht *A hard days night* angestimmt und sind wegen Ruhestörung verhaftet worden.«

»Ich wusste noch gar nicht, dass die Beatles mal in Münster waren«, sagte de Jong.

»Ich auch nicht«, gab Osse zu und grinste spitzbübisch. »Aber die Leute lieben die Vorstellung, und irgendwas musst du ihnen ja erzählen.«

»Sie tischen ihnen also frei erfundenen Mist auf?«

Entrüstetes Kopfschütteln. »Ich erzähle exakt, was *hätte* passieren können, wenn gewisse berühmte Personen in dieser Stadt geweilt *hätten*. Nirgendwo im Prospekt steht, dass die Geschichten wahr sind. Frei erfunden vielleicht, aber kein Mist.«

»Also gut«, kam de Jong zur Sache. »Warum habt ihr das mit Mickie Kelzenberg gemacht?«

Oswald stopfte seine Pranken in die Hosentaschen und sah, obwohl groß wie ein Bär, jämmerlich und wie am Boden zerstört aus. »Was sollten wir denn tun? Er lag da mausetot in der Küche. Und sie hat gesagt, dass sie es nicht gewollt hat. Dass es ein Unfall war. Und wenn Penny das sagt, glaub ich ihr das.«

»Also gut, dann habt ihr kurzerhand die Leiche weggeschafft?«

»Kurzerhand!« Dem Bandleader und Fremdenführer entfuhr ein entrüsteter Schnaufer. »Du weißt nicht, wovon du redest, Mann. Das war die schlimmste Nacht meines Lebens. Aber sie hat immer nur gejammert, dass sie nicht in den Knast will.«

»Tja, kann durchaus sein, dass jetzt ihr dafür einfahrt«, sagte de Jong, »wobei das noch nicht mal das Schlimmste dabei ist.«

Der Rocker trat zur Seite, als eine Gruppe Touristen mit ihren Smartphones auf ihn anlegten, beziehungsweise auf die Fassade, die er verdeckte. »Was ist denn das Schlimmste?«, wollte er wissen.

»Dass sie es gar nicht war. Sondern jemand anderer.«

Osse wirkte schockiert. »Mann, willst du damit sagen, dass Mickie umgebracht wurde?«

»Ich habe gute Gründe, es zu vermuten. Aber da es keine Leiche gibt, kann ich auch so gut wie nichts herausfinden.«

»Wir haben es also vermasselt.«

»Kann man so sagen. Hat er vielleicht mal erwähnt, dass er etwas Neues am Laufen hätte? Dass er so gut wie ausgesorgt hätte?«

Oswald nickte zögernd. »Er hat ein Riesengeheimnis daraus gemacht. Kein Wort darüber, immer nur Andeutungen. ›Nicht nur Asche‹, hat er gesagt, ›es geht um Menschlichkeit, um Gerechtigkeit.‹ Aber davon hätten wir ja keine Ahnung.«

»Um Gerechtigkeit?«

»Egal. Für mich hörte es sich jedenfalls so an, als hätte er einen richtig fetten Fisch an der Angel.«

»Hat er mal das Hiltrupwunder erwähnt?«

»Was?«

»Maria, die auf der Kanalinsel erschienen ist. Wo heutzutage *Pope City* steht.«

»Den Rummelplatz? Nee, da hat er nichts drüber gesagt.«

»Oder darüber, dass er statt Penny eine Neue hat?«

Oswald bohrte nachdenklich in der Nase. »Keine Frau, aber einen Typ.«

»Er war mit einem Mann zusammen?«

»Weiß ich doch nicht. Er hat mal einen erwähnt und dass er ihm seine neue Oper widmen will. Die, die er erst noch schreiben will.«

»Du meinst *Linsengericht*?« De Jong fiel auf, dass er das Du inzwischen erwiderte.

Der Mann mit den Riesenpranken sah de Jong nur schräg an.

»So lautet der Titel. Hat er also auch nie erwähnt?«

»Hör ich zum ersten Mal.«

»Und wie heißt der Mann?«

»Wenn ich das wüsste.«

»Tja schade«, sagte de Jong. »Ich muss mal wieder weiter.«

»Ich auch«, meinte Osse und sah auf die Uhr. »Gleich startet die nächste Führung.« Aber dann hielt er de Jong doch noch auf. »Mickie wollte immer gern unser Freund sein. Aber ich vor allem hab ihm die kalte Schulter gezeigt. Ihm das Gefühl gegeben, dass er nicht cool genug ist. Tut mir jetzt leid.«

»Tja, das ist aber nicht mehr zu ändern, was?«

Oswald alias Ringermann nickte bedrückt. »Ich hätte es ihm gern noch gesagt.«

De Jong nickte ihm zu und machte sich auf den Weg.

»Was ist denn jetzt?«, rief ihm Osse nach. »Mit dem Knast, meine ich. Willst du uns nicht festnehmen?«

»Da wird sich Hauptkommissar Merzenich drum kümmern. Ich bin ja kein Bulle mehr.« De Jong grinste versöhnlich. »Außerdem will ich den Kerl finden, der Mickie auf dem Gewissen hat.«

16. Kapitel

Als er sich dem *Alten Mädchen* näherte, bemerkte er schon von Weitem eine Gestalt, die an der Anlegestelle herumlungerte. Es war eine lange, dürre Gestalt, und de Jong fragte sich, was denn heute los sei. Erst der Bandleader von Lee Harvey Oswald und jetzt auch noch der gewalttätige Tatortkommissar.

»Hören Sie, ich muss mich für mein dämliches Verhalten neulich entschuldigen«, sagte er.

Vor allem ärgerte de Jong sich über die offenbar verbreitete Ansicht, es sei nichts dabei, jemandem den Schädel einzuschlagen, vorausgesetzt, man entschuldigte sich am nächsten Tag dafür. »Dämliches Verhalten?«, schäumte er. »Sie hätten mich um ein Haar umgebracht! Ich sollte das der Klatschpresse stecken, dann könnten Sie Ihre Fernsehkarriere begraben.« Damit ließ er das Schmalgesicht stehen und begab sich an Bord. Stoppte aber, geradezu erschreckt, als er hinter sich ein Schluchzen hörte.

Der Fernsehkommissar weinte! De Jong lief es kalt über den Rücken, mindestens so kalt, als hätte der Mann wieder den Knüppel gezückt.

»Ich dachte doch nur, Sie wären einer von denen, die sich an sie heranmachen wollen«, kam es wimmernd zwischen den Schluchzern hindurch. »Und wenn sie wüsste, was ich immer noch für sie empfinde, dann … immer noch, verstehen Sie, obwohl sie mich so behandelt hat wie den allerletzten … dann würde sie …«

Obwohl ihm eine innere Stimme davon abriet, drehte sich de Jong um und sprang wieder an Land. »Jetzt kommen Sie schon«, sagte er und half Pinkwart, der auf die Knie gesunken war, beim Aufstehen. »Das ist es doch alles nicht wert.«

»Wohl ist es das wert!«

»Haben Sie denn überhaupt schon etwas gegessen?«

So kam es, dass sie beide eine knappe Viertelstunde später im *Monasterion* saßen, wo Aristoteles ihnen zur Begrüßung einen Ouzo servierte. Und dann noch einen, weil Pinkwart ihm ein Autogramm gab, das der Wirt noch heute rahmen und über dem Tresen aufhängen wollte.

Pinkwart war schneller als de Jong und schien gar nicht zu bemerken, dass er sich nicht nur seinen, sondern auch den, der für de Jong bestimmt war, einverleibte.

»Ich tue alles, was sie verlangt«, fing er wieder an. »Was denn noch? Erst wollte sie, dass ich ein anderer werde, na schön, bisher warst du mit mir immer zufrieden und hattest nichts auszusetzen, aber wenn du nun mal drauf abfährst. Also habe ich diese Kurse belegt. Sich selbst verbessern. An sich arbeiten. So unwiderstehlich sein wie sie. Habe an mir gearbeitet. Bin ein anderer geworden. Und was hat es mir eingebracht?«

»Wie lange waren Sie denn zusammen?«, erkundigte sich de Jong.

»Fast drei Monate.« Aus Pinkwarts Mund hörte es sich an wie drei Jahre. »Es war eine so schöne Zeit, so entspannt. Wir haben uns so geliebt, wie wir waren. Niemand musste an sich arbeiten oder sich selbst optimieren.«

»Und wer waren Sie damals?«

»Wissen Sie, mittlerweile glaube ich, Undine hat sich in meine Fernsehrolle verliebt. In den Hauptkommissar Joost Rilke.«

De Jong konnte sich an die eine oder andere Tatortfolge erinnern. Dreitagebart, ungebügelte Hemden und der unstete, verschlagene Blick, der eher zu einem Täter passte als zu einem Ermittler – das waren Rilkes Markenzeichen. Ansonsten unterschied ihn nicht sehr viel von anderen Fernseh-Kommissaren. Seine dunkle Seite entsprach dem Tatort-Standard: der übliche Typ Einzelgänger, der sich schwer damit tat, Regeln zu befolgen und am liebsten auf eigene Faust handelte, was ihm die Versetzung ins Münsterland eingebrockt hatte. Hinzu kam eine Affinität zum Alkohol, die er mit dem Mann, der ihn verkörperte, gemeinsam hatte.

»Ich glaube, ich könnte noch einen vertragen«, meinte Pinkwart und winkte mit seinem Glas in Richtung Aristoteles. Er schniefte. »Was soll ich denn noch tun, Herr de Jong?«

Das Essen kam, Pinkwart stürzte sich auf seine Portion wie ein Verhungernder. Frikandel mit Ofenkartoffeln und griechischen Nudeln – immer noch grassierte die niederländische Woche. Dazu gab es auch wieder einen Genever gratis.

»Aber Ihnen ist schon klar, dass es ein bestimmter Botenstoff ist, den sie aussendet? Undine, meine ich.«

»Und wenn«, sagte Pinkwart, als wären Botenstoffe das Allerletzte, was ihn momentan interessierte. »Dazu kommt ja auch, dass sie mich braucht.«

»Aber sie hat doch Schimmeck«, meinte de Jong.

»Helge!« Pinkwart lachte schrill. »Der war gut, das muss ich Ihnen lassen, de Jong! Klar, den hat sie. Helge Schimmeck, den Sunnyboy, der immer auf die Füße fällt. Aber da läuft schon so lange nichts mehr. Na schön, Helge hat sich redlich bemüht, aber gegen die Intrigen ihres Bruders hat er keine Chance. Dafür fehlt ihm das Format.«

»Sie meinen Cornelius, der mit dem sozialen Netzwerk?«

Der Tatortkommissar nickte heftig. An seiner Oberlippe klebte ein Zwiebelring. »Die Familie Wittekind ist schlimmer als die Kennedys.« Mit der Gabel in der Hand beugte er sich über den Tisch zu de Jong. Der Zwiebelring schaukelte hin und her und fiel dann herunter. »Die sind vollkommen durchgeknallt.«

»Mit Ausnahme von Undine, nehme ich an.«

»Valdemar Wittekind, das war der Vater. Ein herzloser Tyrann, den sein eigener Ehrgeiz ins Grab gebracht hat. Wissen Sie, was der gesagt hat: Gott ist tot, aber der Mensch braucht ein Ziel, wenn er sich auf den Weg machen soll.«

»Kein schlechtes Motto«, fand de Jong.

»Deswegen hat er sein Erbe als Prämie ausgesetzt. Wer von seinen Kindern den größten Erfolg einfährt, kriegt so gut wie alles. Einen zweiten Platz gibt's nicht.«

»Ist das denn überhaupt legal?«, fragte de Jong.

»Jedenfalls wundert man sich nicht, dass diese Familie aus Mord und Totschlag besteht.«

»Sie besteht daraus?«

»Im übertragenen Sinne natürlich. Cornelius kennt keine Skrupel und macht vor nichts Halt. Schon gar nicht vor Helge Schimmeck.«

Die Tür öffnete sich, und ein junges Pärchen betrat das Restaurant. De Jong starrte die beiden an wie ein überirdisches Phänomen. Zum ersten Mal wurde er Zeuge, wie außer ihm noch andere Gäste das *Monasterion* aufsuchten. Aristoteles' Reaktion fiel ähnlich aus. Er begrüßte die Neuen überschwänglich, fast untertänig, als wären sie ausländische Staatsgäste. Die beiden starrten ihrerseits, de Jong war aber klar, dass sie den berühmten Tatortkommissar erkannt hatten.

»Fest steht, dass einer diesen Kerl aufhalten muss.« Pinkwart erhob sich, zog ein paar Scheine aus der Tasche und warf sie auf den Tisch. »Ich weiß, ich bin kein echter Kommissar so wie Sie, und deswegen muss ich jetzt unbedingt zur Lambertikirche.«

»Ich hätte Sie nicht für religiös gehalten«, witzelte de Jong.

»Quatsch! Da wird nicht gebetet. Wir drehen den neuen Tatort, und ich bin schon viel zu spät dran. Danke, dass wir mal gequatscht haben, Herr de Jong. Das Problem bei mir ist, dass ich meinen Mund nicht halten kann.«

»Nein, nein«, widersprach de Jong. »Das ist überhaupt kein Problem, im Gegenteil. Was ist denn mit Kelzenberg? Sagt Ihnen der Name eventuell etwas?«

»Kelzenberg, dieser sogenannte Musiker. Zuerst baggert er Undine auf die schleimigste Art und Weise an …« Pinkwart schien der Rest des Satzes im Nebel der Besoffenheit abhandengekommen zu sein. Er schwankte wieder bedenklich, was de Jong an den Moment erinnerte, als der Schauspieler über ihm gestanden hatte, mit dem Knüppel in der Hand.

»Sie haben ihn nicht zufällig erschlagen?«

Der andere glotzte ihn an, als wollte er sich gegen diese Unterstellung verwahren, aber es war nur ein leeres, beschwipstes Glotzen. Pinkwart gestikulierte vage. »Einer muss ihn aufhalten«, wiederholte er dann und verließ schwankend das Lokal.

17. Kapitel

De Jong blieb noch eine ganze Weile. Heimlich beobachtete er die neuen Gäste. Wie Aristoteles sie umschleimte, wie er ihnen eine riesige Fleischplatte auf den Tisch stellte, Pommes, Reisnudeln und diverse Vorspeisen. Sie schafften gerade mal die Hälfte und ließen sich den Rest einpacken. Während der Wirt das in der Küche erledigte, verließ der junge Mann das *Monasterion,* um draußen eine zu rauchen. Die Art, wie die beiden kommunizierten, deutete darauf hin, dass sie kein verliebtes Pärchen mehr waren. Er stand draußen und qualmte, sie sah in eine andere Richtung. Für eine Sekunde traf sich ihrer mit de Jongs Blick. Er fand, dass sie große Ähnlichkeit mit Penny hatte.

Der junge Mann kam wieder herein, sie bestellten noch einen Kaffee.

De Jong holte sein Handy heraus und wählte. »Ich bin's, Niklas«, sagte er, sobald sie sich meldete.

»Hi«, sagte sie. »Gibt's was Neues?«

»Nicht direkt. Nur eine Frage: Hast du heute vielleicht schon etwas vor?«

Es blieb einen Augenblick still. »Darüber haben wir doch schon gesprochen.«

»Worüber? Was wir heute Abend vorhaben?«

»Für mich ist das alles nicht so leicht, weißt du.«

»Klar, deshalb rufe ich ja an«, sagte er. »Damit es dir etwas leichter wird.«

»Mickie wurde brutal umgebracht, und jetzt kommst du und willst …«

»Willst was?«

»Niklas, bitte sei mir nicht böse. Ich wüsste nicht, was ich ohne dich angefangen hätte.«

»Das mache ich doch gern.«

»Nein, ehrlich, ich finde es so toll, dass du mir zur Seite stehst. Aber ich fühle mich so schuldig. Und für mehr ist es noch zu früh. Es geht mir auch zu schnell. Kannst du das verstehen?«

Jetzt kam sie schon wieder damit, dass sie sich Zeit lassen sollten. »Klar, kann ich«, sagte de Jong. »Also wenn sonst nichts mehr ist …«

»Niklas?«

»Was denn noch?«

»Das bedeutet doch nicht, dass du jetzt nicht mehr nach dem Mörder suchst? Nur weil du nicht – ich meine, weil ich …«

»Weil du was?«

»Weil wir beide nicht …«

Er legte auf.

De Jong gelang es endlich, Aristoteles' Aufmerksamkeit zu erringen, indem er mit seinem Portmonnaie winkte. Das brachte ihm noch zwei Gratisrunden Ouzo ein, obwohl es schon reichlich davon gegeben hatte, wenn auch die meisten Pinkwart konsumiert hatte. Der Anisschnaps tat gut, er machte gelassener und sorgte dafür, dass sich alles, was einem Kopfzerbrechen bereitete, allmählich wie von selbst auflöste. De Jongs Gedanken schweiften ziellos umher und mit der Zeit war ihm egal, worüber er nachdachte. Pennys Abfuhr wurmte ihn auch nicht mehr.

So saß er eine weitere Weile. Die beiden Neuen zahlten und gingen. Die Frau, die Penny ähnelte, warf de Jong beim Hinausgehen einen kurzen Blick zu.

Er zahlte auch und fuhr los, weil ihm der Gedanke gekommen war, dass es nicht schaden konnte, sich mit Penny auszusprechen. Auch dann, wenn sie nicht unbedingt dazu aufgelegt war. Immerhin stand sie doch auf Überraschungen und wenn er unangekündigt bei ihr vor der Tür stand, wäre das ganz sicher eine. Um diese Zeit war sie sicher in der Redaktion von *Münster auf Zack*, vielleicht erwischte er sie in der Kantine. Und wenn er schon in der Stadt war, wollte er aus reiner Neugier mal zuschauen, wie eine Tatortszene mit Pinkwart in der Rolle des Hauptkommissars Rilke gedreht wurde.

Etwa zehn Minuten radelte er den alten Fischmarkt hinauf und stieg ab, als ihn ein Warnschild mit der Aufschrift *Gesperrt! Filmaufnahmen* dazu aufforderte.

Jenseits der Absperrung auf dem Lambertikirchplatz bemerkte er zwei Einsatzwagen der Polizei mit eingeschaltetem Blaulicht. Der Dreh hatte also schon begonnen! De Jong gesellte sich zu einer kleinen Menschenmenge auf der anderen Straßenseite, Schaulustige, die auf dem Prinzipalmarkt ausharrten, um einen kleinen Blick auf den bekannten TV-Star zu erhaschen. Was de

Jong allerdings wunderte: Es war keine fröhliche Menschenmenge, die dem, was jetzt kam, entgegenfieberte. Im Gegenteil. Er sah gesenkte Köpfe und hörte Schniefen. Zwei ältere Herrschaften hockten auf dem Bürgersteig und zündeten zwei Kerzen an, die sie links und rechts neben ein handgeschriebenes Pappschild stellten: *Wir werden dich vermissen!*

Was ging hier vor? Einige lagen sich stumm in den Armen oder starrten ausdruckslos in Richtung Lamberti. Und etwas abseits richtete ein Kameramann sein Utensil auf die junge Korrespondentin eines Lokalsenders.

»Angesichts einer solch grausamen Tat fehlen einem die Worte«, sagte die Frau, aber er schüttelte angewidert den Kopf.

»Scheiße, so kannst du doch nicht anfangen.«

»Und wieso nicht, bitteschön?«

»Wieso sagst du, dir fehlten die Worte? Sie fehlen dir doch gar nicht.«

»Blödsinn! Woher willst du das wissen? Du bist die Kamera, ich der Text.«

»Wenn sie dir wirklich fehlen würden, dann könntest du ja keinen Ton sagen, deshalb.«

»Du bist heute wieder mal voll scheiße drauf, weißt du das …«

De Jong war zu ihnen getreten, um sich nach der bewussten grausamen Tat zu erkundigen, wollte aber dann doch bei dem Streit nicht stören. Und schließlich entdeckte er Hauptkommissar Merzenich, der in diesem Moment auch ihn entdeckte.

»Na, dat is ja 'ne Überraschung!«, freute sich der Rheinländer, der ihm über die kopfsteingepflasterte

Straße entgegenkam. »Habense sich die Sache also doch noch überlegt?«

»Was ist hier eigentlich los?«, erkundigte sich de Jong. »Was filmen die denn hier?«

»Den neuen Tatort: Kirchenasyl. Ganz aktuelles Thema übrigens. Fängt damit an, dass ein ehemaliger Kommissar in einer Kirche tot aufgefunden wird.«

»Und diese Leute, gehören die dazu?«

»Also passen Sie auf.« Merzenich legte einen Arm um de Jongs Schultern und bugsierte ihn in Richtung Kirche. »Et handelt sich um einen scheußlichen Mord. Von hinten erschlagen mit einem schweren, aber stumpfen Gegenstand, möglicherweise ein Kerzenständer, aber dat wissen wir noch nicht jenau. Nur ist es gar kein ehemaliger Kommissar, sondern der berühmte Hauptkommissar Rilke. Wat sagense jetzt?«

»Rilke? Meinen Sie Herrn Pinkwart?«

»Jenau. Und dat ist überhaupt kein Dreh, sondern echt. Der erste Tatort, der wirklich einer ist!«

»Verstehe kein Wort«, sagte de Jong, dem Schlimmes schwante.

»Na, dann folgense mir mal unauffällig.« Sie standen jetzt vor dem Seitenportal der Kirche. Merzenich zog den Exkommissar mit hinein.

Drinnen empfing sie eine leicht abgestandene, weihrauchgeschwängerte Luft. Der Tote lag im sommerlichtdurchfluteten Mittelschiff auf dem Steinboden, zur Linken und zur Rechten erstreckten sich die Holzbänke, auf denen die Gläubigen den Gottesdiensten beiwohnten. Beamte der Spurensicherung waren damit beschäftigt, Hinweise sicherzustellen. Wie in einem richtigen Tatort.

»Dr. Hattkemper, die Rechtsmedizinerin, vermutet, dat der Täter professioneller Nahkämpfer ist. Aufgrund der Art der Verletzungen, die dem Toten beigebracht wurden«, raunte Merzenich, dessen Stimme trotzdem gut hörbar durch die Kirche hallte.

De Jong deutete auf die Blutlache neben dem Kopf des Toten. »Ein Nahkämpfer, der mit dem Kerzenständer zuschlägt?«

»Erst gab es einen Kampf und dann hat der Täter zugeschlagen. Vielleicht hatte er nicht mit so viel Gegenwehr gerechnet. Et musste ja schnell jehen.«

»Aber in der Kirche sind doch immer Leute. Wieso haben die nichts bemerkt?«

»St. Lamberti war komplett abgesperrt, wegen der Dreharbeiten. Dat muss dem Täter bekannt gewesen sein. Als der Tross vom Fernsehen eintraf, war alles schon passiert.«

Sie verließen das Gotteshaus wieder und traten auf den menschenleeren Platz. Jenseits der Absperrung, auf der Straßenseite gegenüber, war die Menge der Trauernden inzwischen angewachsen.

»Eine Möglichkeit wäre Jens Breckerfeld.«

De Jong machte ein fragendes Gesicht.

»Der Filmpartner des Toten. Der zweite Kommissar, der immer mitläuft. Die beiden sollen nicht gerade ein Herz und eine Seele gewesen sein.«

»Ja, aber bringt man sich deswegen um?«

»Vielleicht nicht. Tatsache ist jedenfalls, dat der Kerl längst hier sein müsste. Stattdessen ist er nicht auffindbar.«

»Wer zu spät zum Dreh kommt«, meinte de Jong skeptisch, »muss nicht unbedingt ein Mörder sein.«

»Stimmt auch wieder.« Merzenich nickte. »Am wahrscheinlichsten ist bis jetzt, dass wir es mit einem durchgeknallten Fan zu tun haben.« Er packte einen Schokoriegel aus und bot de Jong auch einen an, der aber abwinkte. »Der Mann war ja ziemlich bekannt.«

De Jong nickte nachdenklich. »Könnte schon sein.« Obwohl er nicht daran glaubte.

»Wat ich mich nur frage: Wie geht das eigentlich? Wie knallt so ein Fan durch?« Merzenich deutete auf die Trauergemeinde. »Sehense sich die doch an: Was macht aus diesen friedlichen Bürgern, die in Taschentücher schluchzen und Kerzen anzünden, gewaltbereite Kriminelle?«

»Sicher sind nicht alle so«, meinte de Jong.

»Egal«, sagte Merzenich. »Mit dem einen oder anderen dieser traurigen Bande werden wir ein ernstes Wörtchen reden müssen.«

De Jong erschien das keine zielführende Idee zu sein, er behielt aber für sich, dass es noch nicht lange her war, dass er mit dem ermordeten Tatortkommissar beim Griechen getafelt hatte. Und er sagte auch nichts über Pinkwarts obskure Andeutungen in Richtung Cornelius Wittekind. Schuld daran war die üble Sache mit Mickie Kelzenberg und die daraus resultierende Unsicherheit, wo er sich selbst eigentlich verortete: War er Ermittler oder Mittäter? Vielleicht von beidem etwas. Und dabei war es überhaupt nicht ausgemacht, wie Hauptkommissar Merzenich die Sache sah.

Der Küster von St. Lamberti gesellte sich hinzu und drängte mit spitzen Lippen auf einen baldigen Abschluss der Spurensicherung, weil die Kirche schließlich morgen in aller Frühe von einer Hochzeitsgesellschaft gebucht sei. Merzenich versuchte ihn vergeblich mit einem Schokoriegel zu vertrösten, und de Jong nutzte die Gelegenheit, sich zu empfehlen.

Keine Frage, Pinkwart hatte sich zu viele Ouzos gegönnt, dachte er auf dem Heimweg, aber er hatte de Jong vor Cornelius Wittekind gewarnt, als wäre dieser der Teufel persönlich. Jemand müsse ihn aufhalten, hatte er gesagt, und de Jong hatte den Eindruck gehabt, dass Pinkwart sich damit gemeint hatte. Und jetzt war er tot. Und Mickie? Er hatte eine Firmenhymne für Wittekind komponiert, aber das war noch nicht alles: Abgesehen davon hatte er obskure Machenschaften dieser Gesellschaft, die Dornwald eine Sekte genannt hatte, aufgedeckt. Und jetzt war er auch tot. Zufall?

Der Rückweg führte ihn, zum zweiten Mal an diesem Tag, am *Monasterion* vorbei. Es war noch früher Abend, aber Aristoteles war schon dabei zu schließen, weil schon wieder die Gäste ausblieben. De Jong entschloss sich zu einem Zwischenstopp. »Sei froh, dass du Bulle bist«, sagte Aristoteles, während er ihnen Ouzo einschenkte. »Um Kundschaft brauchst du dich da nicht zu kümmern.«

»Bulle warst«, verbesserte de Jong. »Dafür hast du aber das ganze moralische Dilemma vom Hals.«

»Was für ein Dilemma?«

»Na schön, nehmen wir mal an, da ist ein Bulle.«

»Also doch.«

»Nicht ich. Irgendein x-beliebiger. Der will eines Tages einer guten Freundin – oder sagen wir, einer Frau, die schon bald mehr als das sein könnte – einen Gefallen tun. Will ihr aus der Patsche helfen. Dann unterläuft ihm ein winzig kleiner, aber hässlicher Fehler, und schon ist er in eine Straftat verwickelt.«

»Ist mir auch schon passiert«, sagte der Wirt. »Du fährst durch die Stadt, denkst dir nichts Böses und dann: Klick, haben sie dich geblitzt.«

»Nein, ich meine einen Fehler ganz anderer Art. Kein Verkehrsdelikt.«

Aristoteles starrte ihn neugierig an.

»Es geht darum, dass eine Leiche verschwindet.«

»Warte mal: Du hast …«

»Nein, verdammt! Nicht ich, wir reden von diesem Bullen.«

»Schon klar. Also der hat eine Leiche verbuddelt?«

»Na ja, er hat jedenfalls nichts dagegen unternommen. Jeder macht schließlich mal einen Fehler. Ist dir das etwa noch nie passiert?«

»Nee.« Aristoteles goss ihnen noch einen ein. »Ganz schön gruselig.«

»Zahlen«, sagte de Jong und erhob sich.

»Geht aufs Haus.« Aristoteles stand auch auf, rückte die Tische zurecht und bewaffnete sich mit einem Lappen, um über die Theke zu wischen. »Und was ist mit der Frau?«, rief er de Jong nach.

»Was meinst du?«

»Die gute Freundin. Hat er die wenigstens gekriegt?«

De Jong machte eine vage Geste, die in ein Abschiedswinken mündete, dann verließ er das Lokal. Im *Monasterion* gingen die Lichter aus.

Der Exkommissar schlenderte zurück zum Hausboot. Es war ein milder Abend, Mücken schwirrten und der strömungslose Dortmund-Ems-Kanal lag spiegelblank im Mondlicht. De Jong kramte nach dem Schlüssel und fand ihn nicht. Erst nachdem er alle Taschen durchsucht hatte, kam einer zum Vorschein, aber er passte nicht in das Schloss. Weil es nicht sein Schlüssel war, sondern der zu Mickies Wohnung, den Penny ihm überlassen hatte. Da stand er, starrte auf das Boot und nahm zur Kenntnis, dass der Ouzo und die letzten drei Gratis-Genever nicht nur die penetranten Fragen aufgelöst hatten, sondern auch so gut wie alles andere in seinem Kopf. Immerhin schaffte er es, eine ganze Weile so dazustehen, ohne zu denken, geschweige denn zu einem Entschluss zu kommen. Aber dann fiel ihm eine Lösung ein, wenn er auch nicht beurteilen konnte, ob es eine naheliegende war. De Jong holte sein Fahrrad und radelte auf kurvenreiche Weise ins Hansaviertel.

Es war wohl so gegen halb zwei, als er den Schlüssel im Schloss umdrehte und Kelzenbergs Wohnung betrat. Er tastete nach dem Lichtschalter und stolperte über einen Stuhl. Was brachte ihn nur dazu, ausgerechnet hier zu nächtigen? Das Licht ging an und die Ereignisse von Montagnacht kehrten sofort zurück, konnten ihm aber keinen Schreck mehr einjagen, denn dazu war er zu müde. Außerdem stand die Tür zum Schlafzimmer weit offen und das Bett war nicht zu verfehlen.

Kein Wunder, dass Mickie nicht lange auf sich warten ließ. Kaum dass de Jong weggedöst war, hörte er seine nassen Füße auf dem Holzboden.

»Es ist ganz schön ungemütlich da unten«, sagte er. »Die olle Karre ist einfach nicht dicht.«

De Jong setzte sich im Bett auf. Da stand sein ehemaliger Mitschüler in seinem blutverschmierten T-Shirt und rieb sich die Oberarme, um warm zu werden.

»Was soll ich sagen, Mickie, die Aktion tut mir so was von leid«, sagte de Jong zerknirscht. »Alles war ein einziges Missverständnis. Penny dachte wirklich, sie hätte dich umgebracht. Und ich hätte ihr fast geglaubt, weil sie mir von dem Streit mit dem Aschenbecher erzählt hat …«

»Ach das«, meinte Mickie.

»Ich hab das alles in den falschen Hals bekommen.«

»Sinnlos, sich den Kopf darüber zu zerbrechen«, meinte der Tote und wandte ihm wie zum Beweis den zertrümmerten Teil seines Schädels zu. »Was hättest du schon tun können?«

»Trotzdem.« Es nötigte de Jong Respekt ab, wie viel Verständnis Mickie aufbrachte, obwohl er tot war. »Ich würde das gern irgendwie wiedergutmachen …«

»Nein, nein, lass nur, Niklas. Ich komm schon klar.« Der Exmitschüler grinste. »Aber vielleicht kann ich ja dir irgendwie weiterhelfen?«

»Mal sehen«, sagte de Jong. »Da wäre zum Beispiel die Frage, wer dich umgebracht hat.«

»Wozu willst du das denn wissen?«

»Ich war bis vor Kurzem Bulle, Mickie. Mordfälle aufzuklären gehörte zum Job. Außerdem ist jetzt noch jemand ermordet worden. Pinkwart, der Tatortkommissar. Er wollte sich mit den Wittekinds anlegen, genau wie du.«

»Wie du siehst, hilft es nichts, sich mit jemandem anzulegen.«

»Davon verstehst du bestimmt mehr als ich.«

»Nein, ich meine: Das Leben ist doch wohl ziemlich kurz. Das eine kürzer als das andere. Und es ist doch wohl wichtiger, die Zeit zu nutzen, um sein Glück zu finden. Findest du nicht?«

»Jetzt geht das schon wieder los«, sagte de Jong. »So einfach, wie sich das anhört, ist es eben nicht.«

Mickie schien anderer Meinung zu sein. »Du warst Bulle«, sagte er. »Und das reicht dir?«

Ausgerechnet er hatte es nötig, das zu fragen. Vor allem in diesem Ton. »Also erst mal hat mir das nicht gereicht, und zweitens: Ist irgendwas dagegen einzuwenden?«

»Ich meine, was bringt es herauszufinden, wer wen umgebracht hat? Sieh mich an: Macht es mich etwa wieder lebendig?«

»Nein, natürlich nicht, Mickie. Aber darum geht es doch überhaupt nicht.«

»Es geht nicht darum? Na, vielen Dank! Worum denn dann?«

»Darum, die Wahrheit herauszufinden.«

»Die Wahrheit.« Schon wieder dieser Ton. »Und wem soll das nützen?«

Offenbar war es sinnlos, mit einem Toten zu streiten.

»Verschwende deine Zeit nicht damit, die Wahrheit herauszufinden. Die kriegt das nämlich schon allein hin.«

»Kriegt was hin?«

»Wenn es an der Zeit ist, kommt sie heraus. Deshalb sagt man ja: Die Wahrheit kommt ans Licht.«

»Ich habe so was jedenfalls noch nie gesagt.«

»Egal. Verstehst du, was ich meine?«

»Nicht so ganz, Mickie. Nein, ehrlich gesagt, nicht im Geringsten. Aber du sollst nicht denken, dass ich es nur Penny zuliebe mache.«

»Was?«

»Deinen Mörder finden.«

»Ich hab dir doch gerade gesagt, dass …«

»Egal was du gesagt hast. Ich bin dir das schuldig. Wo du doch so viel vorhattest und gerade ganz neu anfangen wolltest.«

»Ja, ja.« Kelzenberg nieste, und dann kicherte er. »Aber Hand aufs Herz, ich glaube nicht, dass ich da viel verpasst habe.«

»Du hast nicht viel verpasst? Was soll das denn heißen?«

»Ich will dich mal etwas fragen: Was wäre, wenn eines Tages der Mond in den Dortmund-Ems-Kanal plumpst, aber du bist an dem Tag gerade nicht da gewesen?«

»Na und, was wäre dann?«

»Ja, was denn wohl?«

»Ich hab zuerst gefragt. Also sag schon.«

»Was ich damit sagen will ist: Du kannst es gar nicht schlimm finden, wenn du was verpasst oder nicht verpasst hast. Weil du es ja verpasst hast, verstehst du?«

18. Kapitel

Ein schrilles Gedudel, das aus nächster Nähe gegen sein Ohr prallte, schreckte de Jong aus dem Schlaf. Es verstummte jäh und fing gleich wieder von vorne an, penetrant wie alle Klingeltöne, die sich über den ganzen Erdball ausbreiteten wie Viren auf einer Festplatte. Er kroch in de Jongs Kopf, zwängte sich durch die Gehörgänge und drang unaufhaltsam weiter vor, fest entschlossen, sein Hirn zum Platzen zu bringen. De Jong zog die Bettdecke über den Kopf und weigerte sich verzweifelt aufzuwachen, während die akustische Säure seine Eingeweide zerfraß …

Als er die Augen aufschlug, war es längst hell. Neben ihm auf dem Kopfkissen lag ein Handy, das mit seinem hektischen Blinken einen entgangenen Anruf anzeigte. De Jong brauchte eine Weile, kam erst mal zu sich. Dann stand er auf und aktivierte die Rückruffunktion.

»Schimmeck?«, meldete sich eine männliche Stimme, die sich nur mühsam gegen Nebengeräusche durchsetzte. Der Mann saß in einem fahrenden Auto.

»Hier ist de Jong«, sagte de Jong. »Sie haben mich eben angerufen.«

»Ach ja, danke, dass Sie zurückrufen, Herr de Jong. Darf ich Sie fragen, wie Sie sich fühlen, nachdem Sie mit unserer Technik der Selbstfindung Bekanntschaft gemacht haben?«

»Ein bisschen müde«, sagte de Jong gähnend. »Aber sonst gut. Ich denke, diese Listen mit den Schwächen und Stärken – das ist nicht so mein Ding.«

»Tja«, kam es zwischen dem Rauschen zurück, so als hätte Schimmeck ihm gar nicht so recht zugehört.

»Wollten Sie mich etwa deshalb sprechen?«

»Nein, da ist noch etwas anderes.« Die Nebengeräusche wurden leiser. Schimmeck fuhr an den Straßenrand und schaltete den Motor aus. »Sie wissen doch, dieser Mann, mit dem sich meine Frau getroffen hat …«

»Herr Kelzenberg?«

»Genau. Sie hatten mir doch Bilder versprochen.«

»… die sich inzwischen auch wiedergefunden haben«, sagte de Jong. »Ich kann Sie Ihnen gern zuschicken.«

»Es wäre mir lieber, wenn Sie sie mir persönlich übergeben könnten, möglichst mitsamt den Negativen oder der Speicherkarte.«

»Also gut.« De Jong überlegte noch, wie er an die kommen sollte. »Wie machen wir's, wollen Sie mich wieder zum Ravioli-Essen ausführen?«

»Wissen Sie zufällig, wo dieser Kelzenberg steckt? Haben Sie ihn vielleicht getroffen?«

De Jong wunderte sich. »Warum fragen Sie?«

»Nur aus Interesse. Seit diese Sache mit Undine war, scheint er so ganz von der Bildfläche verschwunden zu sein. Könnte ihm etwas zugestoßen sein?«

Natürlich könnte das, dachte de Jong. Aber was brachte Schimmeck dazu, das zu vermuten?

»Es ist nur, weil er für Cornelius, meinen Schwager, eine Musikkomposition erarbeitet. Und der macht sich inzwischen Sorgen, wo Herr Kelzenberg stecken könnte. Also fragen wir uns beide …« De Jong hörte durch das Telefon ein zweites Telefon klingeln, worauf sich Schimmeck unterbrach. »Ich habe eine Idee«, versetzte er dann, plötzlich wieder in seinem zupackenden Animateur-Tonfall, »Sie kommen heute Abend auf meine Einweihungsparty, dann reden wir und Sie überreichen mir die Fotos.«

»Welche Einweihungsparty?«, fragte de Jong.

»Ich bin umgezogen, nach draußen vor die Stadt, auf ein traumhaftes Grundstück. Uralt und ein bisschen verkommen, aber supertoll. Ein Schnäppchen.«

»Gratuliere«, sagte de Jong. »Aber ich weiß nicht so recht, ob sich dort die Gelegenheit ergibt …«

»Ganz sicher, Herr de Jong. Keine Angst, es ist keine Riesenparty, nur ein ganz entspannter Grillabend auf neuem Grund und Boden im kleinen Kreis.«

»Also gut, wenn Sie darauf bestehen.«

»Sollen wir nicht Du sagen, was meinen Sie? Ich bin Helge.«

»Ich weiß nicht so recht«, sagte de Jong.

»Jetzt komm schon«, bettelte Schimmeck. »Ich würde es gern.«

»Also gut«, sagte de Jong. »Ich heiße Niklas.«

»Sehr schön, Niklas! Dann sehen wir uns heute Abend. Meine neue Adresse schickt dir meine Sekretärin per Mail.«

Auf dem Weg zurück zum Kanal rief de Jong Küppers an, der gerade Kurs auf Zypern genommen hatte und mit gemischten Gefühlen einem Schnupperkurs Improtheater entgegensah. Die Negative befänden sich im selben Umschlag wie die Abzüge, behauptete er und de Jong versprach, das zu überprüfen. Außerdem plauderte er über seinen Plan, dem ungeliebten Bruder, den Undine als geflügeltes Insekt bezeichnete, einen Besuch abzustatten.

»Pinkwart, der Tatortkommissar, hat behauptet, dieser Mann steckt hinter all dem. Und jetzt ist er tot.«

»Kann Zufall sein.«

»Das will ich ja herausfinden.«

»Aber warum sollte der Mann sich wohl mit einem Exbullen abgeben?«, überlegte Küppers skeptisch.

»Du meinst wohl, ein Privatdetektiv wäre besser angesehen?«

»Wenn du den Rat eines erfahrenen Schnüfflers willst, dann sag lieber, du wärst Journalist.«

»Brillante Idee!«, spottete de Jong, »auf Journalisten sind ja alle so gut zu sprechen, nicht wahr?«

»Ich an deiner Stelle würde behaupten, dass ich über ihn und über sein Lebenswerk schreiben will. Du wirst sehen: Wenn der Kerl nur ein bisschen eitel ist, beißt er an.«

»Ein exzellenter Plan«, ärgerte sich de Jong, der auf den Rat eines erfahrenen Schnüfflers kein bisschen scharf war. »Willst du mir ernsthaft erzählen, dass Privatdetektive mit so simplen Tricks arbeiten?«

»Du, ich muss jetzt los. Da kommt Fatme, unsere Theaterlehrerin.« Es knackte in der Leitung, als Küppers auflegte.

Der Schlüssel zum Hausboot baumelte am Handlauf der Planke, die an Bord führte. De Jong musste er in der letzten Nacht aus der Tasche gefallen sein, und ein aufmerksamer Zeitgenosse hatte ihn ans Geländer gehängt. In einer beschaulichen, kleinen Stadt zu leben, dachte der Exkommissar, hatte doch seine Vorteile. Sobald er an Bord war, versuchte er vergeblich, von der Telefonauskunft eine Nummer zu erfahren, unter der er Cornelius Wittekind erreichen konnte. Auch die Suche im Internet brachte nichts Verwertbares. Als er schon aufgeben wollte, stieß er auf einen Wikipedia-Eintrag über den berühmten und verdienstvollen Erfinder des Myglüx-Netzwerks, in dem erwähnt wurde, dass Wittekind zurückgezogen auf einem Anwesen in Darfeld lebe. Mit diesem Detail wandte er sich noch einmal an die Auskunft und bekam tatsächlich eine Nummer.

»In welcher Angelegenheit möchten Sie Herrn Wittekind sprechen?«, erkundigte sich eine ölige, männliche Stimme, die so klang, als wäre die Herablassung höchstpersönlich am Apparat.

De Jong brauchte nur eine Zehntelsekunde, um seine Prinzipien über Bord zu werfen. »Mein Name ist de Jong und ich arbeite an einer Reihe über Porträts außergewöhnlicher Talente aus dem Münsterland.«

»Sind Sie Maler?«

»Nein, Journalist.«

»Für welche Journale arbeiten Sie denn?«

»Stern, Spiegel, Cosmopolitan – was sich so ergibt. Mir ist bewusst, dass ich kostbare Zeit in Anspruch nehme, aber ich bin der Ansicht, ohne Herrn Wittekind und sein soziales Netzwerk Myglüx wäre die Reihe mehr als unvollständig.«

Die arrogante Stimme antwortete nicht. De Jong wartete, da er vermutete, dass sie es für unter ihrer Würde hielt, ihn um einen Moment Geduld zu bitten. Nach etwa zwei Minuten ließ ein Knacken vermuten, dass das Telefon wieder aufgenommen wurde. »Meinetwegen«, meldete sich der Ölige, »wenn Sie sich gleich auf den Weg machen, hätte Herr Wittekind einige Minuten Zeit für Sie.«

Das Münsterland hatte noch nie den Ruf gehabt, über sommerliches Klima zu verfügen. Im Gegenteil, seit jeher galt es Tiefdruckausläufern als ideales Reiseziel. Ob es Sprühregen, Dauerregen, ergiebiger Regen oder Starkregen war – wer immer auf dem Planeten Wetterphänomene nasser Art studieren wollte, begab sich ins Münsterland. Touristen hatten sich längst daran gewöhnt, dass Ansichtskarten aus der Region die Parklandschaft unter blauem, sonnigem Himmel zeigten, was ein wenig kitschig wirkte, weil der Himmel vom Mittelmeer stammte und über die grauen Regenschleier retouchiert worden war.

Heute aber war der blaue Himmel echt, es roch nach sattem Gras und die wenigen gelben Weizenfelder, die sich noch gegen die Übermacht des Maisanbaus behaupten konnten, warteten darauf, gemäht zu werden.

De Jongs Reise führte ihn nach Rosendahl, einer ländlichen Gemeinde im Kreis Coesfeld, zu der sich drei winzige Dörfer zusammengeschlossen hatten: Holtwick, Osterwick und Darfeld. Außer dem idyllischen

Landleben gab es dort noch ein paar Dinge zu besichtigen – Holtwick hatte einen riesigen Stein, der noch von der letzten Eiszeit übrig geblieben war, und in Darfeld stand eins der berühmten münsterländischen Wasserschlösser, das einzige seiner Art, das im verspielten, venezianischen Stil erbaut worden war. Ansonsten verfügte das Örtchen über eine Tankstelle, eine Pizzeria und einen Einkaufsmarkt. Was mochte den großen Wittekind, der sich wahrscheinlich auch ein Penthouse in New York City oder im Silicon Valley leisten konnte, ausgerechnet in dieses Nest verschlagen haben?

Das Taxi hielt an. »Wir sind da«, sagte der Fahrer.

De Jong sah sich um. Weit und breit konnte er kein Wohnhaus entdecken. Da war nur das berühmte Wasserschloss. »Das muss ein Irrtum sein«, meinte er. »Ich bin nicht wegen Sightseeing hier.«

»Sightseeing können Sie vergessen. Das Schloss ist in privater Hand.«

De Jong zahlte und machte sich davon. Das also war die Antwort auf die Frage, was Wittekind hierher verschlagen hatte: Schloss Darfeld. Eines der schönsten Wasserschlösser des Münsterlandes, wie es so still dalag mit seinem venezianischen Flair, umgeben von grünem Wasser, auf dem Enten friedlich ihre Bahnen zogen.

Da staunst du, was, schien es zu sagen. Aber Wohlstand ist keine Hexerei. Auch du könntest ein Schloss wie mich besitzen, wenn du dich nur etwas mehr anstrengen würdest.

De Jong brauchte einige Minuten, um den Eingang zu finden. Von dort aus geleitete ihn die personifizierte

Herablassung, ein geschniegelter Schönling im blauen Anzug, über eine weitere Brücke in das Gebäude.

»Ich wusste gar nicht, dass man diese Schlösser kaufen kann«, staunte de Jong.

»Kann man auch nicht«, erwiderte der Schönling. »Es ist immer eine Frage des Geldes, verstehen Sie?«

Was immer er damit meinte, de Jong staunte auch noch, während sie die Säle durchquerten. Weitläufige Räume, holzgetäfelte Wände, hier und da Ritterrüstungen in den Ecken. Die Herablassung in Person eilte voran, und die Ahnen der Familie Droste zu Vischering, die das Schloss vor denen zu Wittekind bewohnt hatten, blickten ernst und, wie es de Jong schien, ein wenig bedauernd von schweren Ölgemälden herab. Die Durchquerung endete an der Tür zu einem großen, holzgetäfelten Saal, in dem sich keine einzige Ritterrüstung befand, stattdessen auffällig modernes, fast schon futuristisch anmutendes Mobiliar und ein voluminöser Schreibtisch mit zwei ebenfalls futuristisch anmutenden Laptops. Die Ecke für die Ritterrüstung zierten zwei knallrote Ledersitzsäcke. Die Herablassung nickte knapp und empfahl sich. De Jong trat ein.

Cornelius Wittekind war wahrscheinlich Mitte dreißig, gab sich aber viel jünger. Vielleicht lag es an seinem Outfit, das ihn eher wie einen Abiturienten aussehen ließ: Jeans, T-Shirt und ein schlabbriger Kapuzenpulli mit dem Aufdruck *California University*. Er war schlank, hochgewachsen und lümmelte sich in einem der knallroten Sitzsäcke. Neben ihm auf einem winzigen Glastisch stand eine Schale mit Kartoffelchips.

»Schönes Schloss«, lobte de Jong, nachdem er durch ein Räuspern die Aufmerksamkeit des Besitzers erlangt hatte.

»Sie wollen mich also porträtieren«, sagte der Junge grinsend. »Wo haben Sie denn Ihre Staffelei?«

»Es handelt sich um ein journalistisches Porträt«, erklärte de Jong. »Damit stellen wir Sie sozusagen in eine Reihe mit Steve Jobs und Bill Gates.«

»Kommen die etwa auch aus dem Münsterland?«

»Ich meinte nur sozusagen«, stellte de Jong richtig und begriff erst dann, dass der andere so etwas wie einen Scherz gemacht hatte.

Wittekind beugte sich zum Glastisch. Einer Baggerschaufel gleich senkte sich seine Hand in die Kartoffelchips. »Bitte, nehmen Sie doch«, sagte er und warf sich seine Beute in den Mund.

»Nein, danke«, sagte de Jong.

»Also los«, knurpste Wittekind, »was wollen Sie wissen?«

»Erzählen Sie meinen Lesern von Ihrem Lebenswerk.« De Jong versank im anderen Sitzsack. »Was ist das Geheimnis Ihres Erfolgs?«

»Sagen wir: Mein Lebenswerk besteht darin, das Geheimnis des Erfolgs jeglicher Art gelüftet zu haben.«

»Wie interessant!«, lobte de Jong.

»Die Glücksforschung behauptet: Positive Energie kannst du nicht messen, aber sie wirkt. Und auf diesem simplen Prinzip basiert Myglüx.«

»Ach was.«

Der Münsterland-Zuckerberg lehnte sich in den roten Sitzsack zurück und schlug die Beine übereinander.

Immer noch knurpsend beäugte er de Jong mit einem amüsierten Grinsen, als wäre der Exkommissar ein seltenes Tier, das sich vor seine Flinte verirrt hatte. »Sie haben überhaupt keine Ahnung, wie das Spiel funktioniert, hab ich recht?«

De Jong starrte ihn nur an.

»Also passen Sie auf, mein Guter, das läuft folgendermaßen: Sie schicken einem Ihrer Onlinebekannten ein paar Glüxe, weil er irgendeine Abschlussprüfung macht, bei einer Frau landen oder einen Konkurrenten in seinem Job ausbooten will – was weiß ich. Schicken ihm positive Energie. Das stärkt sein Selbstvertrauen, die Sache klappt und er zeigt sich erkenntlich, indem er jetzt seinerseits Ihnen Glüxe gutschreiben lässt. Damit bei Ihnen auch mal was klappt, verstehen Sie?«

»Und wenn es nicht klappt?«

»Für diesen rein theoretischen Fall biete ich den Usern eine Geldzurück-Garantie an: Sollte der erwartete Erfolg ausbleiben, bürge ich dafür. Die Frage ist aber: Warum kann ich mir so etwas wohl leisten? Weil der Erfolg eben nicht ausbleibt, deshalb.«

»Und ab wie viel Glüxen kann man sich des Erfolgs sicher sein?«, fragte de Jong.

Wittekind verdrehte die Augen. »Keine Ahnung, wer will das so genau wissen? Der Witz ist ja, dass Sie daran *glauben,* dass es klappt. Deshalb eröffnen täglich Tausende von Usern ein Glüxkonto, Tendenz steigend. Jeden Tag wächst die Anzahl derer, die über ein Vermögen von Hunderten von Megaglüx verfügen. Sie tätigen Investitionen, spekulieren an der Glüxbörse oder investieren in Vorzeigeprojekte. In Südfrankreich gibt es ein

Wellnesshotel, das ausschließlich mit Glüx-Energie betrieben wird. Und in Sibirien wird demnächst das erste Glüx-Kraftwerk ans Netz gehen.« Der Knurpser grinste souverän. »Das nenne ich einen Wachstums-Motor.«

»Und Ihr bescheidener Verdienst, wenn ich fragen darf?«

»Schlappe 0,01 Cent pro Glüxtransaktion. Rechnen Sie nach, mein Guter: Das macht bei einem Gigaglüx schon 100.000 Euro. Für einen allein ist das eine Menge Kohle.«

»Na ja«, meinte de Jong. »Wenn Ihnen das zu viel ist, könnten Sie ja teilen. Mit Ihrer Schwester zum Beispiel.«

Der junge Mann unterdrückte ein spöttisches Lachen. »Schräge Idee! Aber wohl kaum im Sinne meines Vaters.«

»Ich dachte, der lebt nicht mehr.«

Wittekind schwang sich aus seinem Sitzmöbel und federte leichtfüßig durch den Raum. Trat ans Fenster, stemmte die Hände in die Hüften und genoss den Ausblick auf den Park zu seinen Füßen. »Sehen Sie, solange mein Dad lebte, habe ich mich mit ihm gezofft. Manchmal sind die Fetzen nur so geflogen. Aber heute weiß ich, dass er nur mein Bestes wollte. Und nur das zählt.«

»Was war denn das Beste?«

»Dass es bei ihm nichts umsonst gab. Leistung gegen Gegenleistung, verstehen Sie? Das ist das Leben, hat er gesagt. Deshalb hat er für uns eine Prämie ausgesetzt, die nur dem Besten zusteht. Ich hab ihn damals dafür gehasst, aber heute weiß ich: Alles, was ich heute bin, verdanke ich ihm. Weil ich die Prämie unbedingt wollte.«

»War dieses Schloss die Prämie?«

»Unter anderem.« Schulterzucken. »Schlösser sind cool, aber es gibt so viele andere Dinge im Leben, glauben Sie mir. Wichtig ist, dass Sie lernen, für sie zu kämpfen. Sich ihrer würdig erweisen.«

»Und Ihre Schwester …?«

»Als Kind habe ich Undine beneidet. Im Monopoly war sie unschlagbar. Dass du knallhart sein musst, wenn du gewinnen willst, und deinen Gegenspieler nicht hochkommen lassen darfst, aus welchen romantischen Gründen auch immer, das habe ich von ihr.« Wittekind nickte nachdenklich. »Seltsam, nicht wahr: Ich hab so viel von ihr gelernt, dabei hat sie gar nichts verstanden.«

»Wie schade.«

»Sie könnte eine toughe Unternehmerin sein, aber sie ist nur eine gut aussehende, attraktive Frau, die sich einbildet, einen unwiderstehlichen Duft abzusondern. Und was ihre Männerbekanntschaften angeht …« Cornelius Wittekind führte diesen Gedanken nicht zu Ende, sondern kratzte sich am Kopf und nahm seinen Gast mit einem leicht misstrauischen Blick ins Visier. »Aber ehrlich gesagt, wüsste ich auch nicht, was Ihre Leser das angehen sollte.«

»Ich auch nicht«, gab de Jong zu.

»Also hätten Sie sonst noch Fragen?«

»Michael Kelzenberg«, sagte de Jong. »Er hat für Sie einen Song komponiert.«

Wittekind ging zu seinem Sitz zurück, versank darin und faltete die Hände. »Der Kerl ist eine dieser vielen Affären meiner Schwester. Weil sie offenbar auf Looser steht.« Seine Hände entfalteten sich wieder, die rechte zog es zum Chipsteller, unterwegs aber verharrte sie in der Luft. »Sagen Sie mal, denken Sie wirklich, dass Ihre Leser etwas über diesen Herrn ...«

»Kelzenberg.«

»Genau. Dass der sie interessiert?«

»Nicht unbedingt. Ich wüsste einfach nur gern, wo er steckt.«

Der Mann im Kapuzenpulli nickte voller Verständnis.

»Oder sollten wir vielleicht besser über Herrn Pinkwart reden, den Tatortkommissar, der gestern ermordet wurde?«

»Wie war Ihr Name gleich?«, fragte Wittekind unvermittelt, was de Jong zu der Vermutung veranlasste, dass er mit seiner Fragerei überzogen hatte. »Und was, sagten Sie noch, ist der Zweck Ihres Besuchs?«

»Wie schon gesagt, es geht um ein Porträt ...«

»Quatsch!«, schnauzte Wittekind aus heiterem Himmel. »Sie sind nie im Leben Journalist. Und ich kann es mir nicht leisten, mich verscheißern zu lassen. Noch dazu in meinen eigenen vier Wänden, wissen Sie?«

Einen Moment war Stille.

»Es wäre Ihnen demnach lieber, wenn ich Sie woanders verscheißern würde«, wollte de Jong sich schließlich seinerseits mit einem Scherz aus der Affäre ziehen. »Außerdem: Vier Wände, das ist ja wohl leicht untertrieben, was?«

Aber er spürte schon eine Hand auf seiner Schulter und sah hoch: Der Ölige stand neben ihm und grinste. »Abmarsch!«, kommandierte er.

»Nehmen Sie Ihre Finger weg!«, verlangte de Jong, aber es stellte sich schnell heraus, dass er dem Herablassenden nicht gewachsen war. Offensichtlich hatte auch dieser Kerl eine Spezialausbildung im Nahkampf absolviert, so elegant, wie er de Jong, sobald er auch nur die Arme hob, mit wenigen Schlägen außer Gefecht setzte. Wie er ihn wieder vom Boden hochzog, den ganzen Weg zurück bis über die Brücke schleifte und draußen in einen Straßengraben warf. Danach stand er noch eine Weile da, schnupperte Sommerluft und stimmte pfeifend ein Lied an, das de Jong bekannt vorkam.

Der Exkommissar war sich nicht sicher, ob der Mann ihm vielleicht noch einen Tritt verpassen wollte, deshalb hielt er vorsichtshalber still, bis der Schönling sich entfernt hatte. Zwischen Grashalmen und Brennnesseln hindurch linste er zum Schloss. An seiner Nase krabbelte ein Insekt entlang, und sein rechtes Bein steckte im Wassergraben, der dem Geruch nach zu urteilen ein Abwasser führte.

Endlich rappelte er sich auf. Da lag Schloss Darfeld in der Mittagssonne und sah verträumt aus mit seinen venezianischen Arkadengängen und den Enten, die auf dem Wasser ihre Bahnen zogen. Idyllen sollte man niemals trauen, dachte er, während er den Dreck von seiner Jacke klopfte und sich bückte, um sein Hosenbein auszuwringen. Anschließend machte er sich auf die Suche nach einer Bushaltestelle für den Rückweg.

So traf er mühsame zehn Minuten später im Ort Darfeld ein. Als er die Haltestelle ansteuerte, hatte er das Gefühl, dass ihm jemand folgte, und drehte sich unauffällig um. Und richtig – ein Auto näherte sich im Schritttempo, das er schon einmal gesehen hatte. Jedenfalls sah es so aus wie die großspurige Limousine, in der er erst neulich mitgefahren war.

Der Wagen stoppte auf seiner Höhe, die Beifahrertür schwang auf. »Herr Kommissar«, staunte Dornwald. »Kann ich Sie wohin mitnehmen?« Dann starrte er de Jong an und runzelte entsetzt die Stirn. »Was ist denn mit Ihnen passiert?«

»Exkommissar«, sagte de Jong. »Und was verschlägt Sie in die Provinz?«

»Nun, ich hatte hier einen Zahnarzttermin. Und dann habe ich noch ein paar Besorgungen gemacht. Jetzt bin ich wieder auf dem Weg nach Münster.«

»Also gut.« De Jong stieg ein, und sie fuhren los. »Kennen Sie die Wittekinds näher?«

»Kann man wohl sagen. Ich bin das, was man als alten Freund der Familie bezeichnet.«

»Dann hoffe ich mal, dass man Sie wenigstens besser behandelt hat.«

»Mein Fehler! Ich hätte Ihnen sagen sollen, dass der junge Herr nicht ganz einfach zu nehmen ist.«

»Na ja, seine Schwester ist auch nicht das, was man eine ausgeglichene Persönlichkeit nennt.«

»Die beiden sind wie Hund und Katze.« Dornwald seufzte geradezu wehmütig. »Ihrem Vater, dem großen Valdemar Wittekind, hätte das nicht gefallen.«

»Wenn ich seinen kartoffelchipssüchtigen Sohnemann eben richtig verstanden habe, hat seine Erziehung aber genau darauf abgezielt.«

»Ich hatte noch die Ehre, den alten Herrn kennenzulernen«, schwärmte Dornwald. »Als ich damals aus dem Osten geflohen war und mit nichts als dem, was ich auf dem Leib trug, vor der Tür stand, da hat er mich aufgenommen. ›Wir sind nicht so wie ihr drüben‹, hat er gesagt. ›Hier ist der Westen, da bekommst du deine Chance und kannst dich bewähren.‹ Und genau das habe ich getan.«

»In welcher Funktion, wenn ich fragen darf?«

»Sicher haben Sie Herrn Schornstein kennengelernt.«

»Den öligen Kerl in den feinen Klamotten?«

»Ich war sein Vorgänger.«

»Na, dann gratuliere ich«, sagte de Jong

Dornwald schaltete einen Gang höher. Er war noch nicht fertig mit Schwärmen. »Wissen Sie, welche Geschichte der Alte geliebt hat: die vom Vater und den Silberstücken.«

»Erzählen Sie nur«, bat de Jong, eher aus Höflichkeit, während er einer Radfahrerin, die sie gerade überholten, in den Ausschnitt sah.

»Der Vater verreiste und gab dem ersten Sohn fünf, dem anderen zwei und dem dritten ein Silberstück, jedem nach seiner Tüchtigkeit. Er war ein Mann wie Valdemar selbst, der zu ernten pflegte, wo er nicht gesät hatte, deshalb spekulierten seine beiden Ältesten mit dem Geld und gewannen jeweils noch mal so viele Silberstücke hinzu. Nur der Jüngste wollte auf Nummer sicher gehen und bunkerte seinen Anteil. Als der Vater zurückkam, lobte er die älteren beiden. Aber den Jüngsten verstieß er und sagte: Wer hat, dem wird gegeben werden, wer aber nicht hat, dem wird auch noch genommen, was er hat.«

»Nicht gerade das, was man einen liebenden Vater nennt«, fand de Jong.

»Da mögen Sie recht haben«, sagte Dornwald an der nächsten roten Ampel. »Valdemar hatte vor allem eines im Sinn: seine Kinder auf das Leben vorzubereiten. Für ein solches Vorhaben kann allzu viel Liebe auch hinderlich sein.«

De Jong wartete darauf, dass die Radfahrerin wieder aufholte. »Was ich nicht verstehe: Wenn Sie der Familie doch irgendwie eng verbunden sind, wieso wollen Sie sie jetzt mit Ihrer Veröffentlichung bloßstellen?«

»Wahrheit«, erklärte Dornwald, nicht ohne Pathos. »Die Wahrheit stellt niemals bloß. Meine Enthüllungen verstehen sich vielmehr als ein Akt der Läuterung.«

»Enthüllen Sie auch etwas über Pinkwart? Wer ihn ermordet haben könnte zum Beispiel?«

Dornwald nickte betroffen. »So tragisch sein Ende ist, es wundert mich nicht.«

»Also haben Sie einen Verdacht?«

»Pinkwart alias Hauptkommissar Rilke. Ich kenne ihn schon lange. Er wollte das mediale Aushängeschild der GSO sein. Eine Art Tom Cruise im Kleinformat. Aber das hat nicht geklappt, und wieso? Weil Pinkwart Alkoholiker ist und sich mit jedem anlegt.«

»Mit wem könnte er sich denn dieses Mal angelegt haben?«

Dornwald kaute auf seinen Lippen herum. »Ich sagte Ihnen ja schon, dass die Gesellschaft herzlich wenig mit Selbstoptimierung zu tun hat. Vielmehr mit Macht. Und Kontrollübernahme. Und das im großen Stil.«

»So wie bei Scientology«, vermutete de Jong.

»Exakt.«

»Ach kommen Sie, Dornwald.« De Jong war leicht genervt von den nebulösen Andeutungen. »Jetzt übertreiben Sie aber.«

Der Mann am Steuer stellte das Lippenkauen ein. »Wie soll ich das verstehen?«

»Da ist ein kleines Tagungshaus mit ein paar Positivdenkern, die meinen, einem die Welt erklären zu können, und Sie machen daraus eine Weltbedrohung. Was steckt als Nächstes dahinter: der Islamische Staat ...?«

Dornwald rammte so brutal den nächsthöheren Gang ins Getriebe, dass de Jong schon einen schönen Gruß von der Kupplung ausrichten wollte. »Was wissen Sie denn überhaupt?«, fuhr er seinen Mitfahrer an. »Besuchen gerade mal einen Schnupperkurs und denken schon, Sie könnten mitreden.«

»Na ja«, lenkte de Jong ein. »Dass Sie übertreiben, ist vielleicht nicht ganz das richtige Wort. Vielleicht sind Ihre vagen Theorien nur ein wenig weit hergeholt.«

Im Auto herrschte angespannte Stille. Dornwald manövrierte seinen Luxusschlitten, als erfordere dies seine gesamte Aufmerksamkeit. »Weit hergeholt«, wiederholte er schließlich, als sie in Nottuln an einer Ampel warteten.

»Oder an den Haaren herbeigezogen, ganz wie Sie wollen«, sagte de Jong. »Lassen Sie uns nicht über Formulierungen streiten.«

Dornwald zeigte keine Reaktion. Offenbar war er entschlossen, die Kommunikation vorerst einzustellen. Auf der Strecke von Nottuln über die A 43 nach Münster bis zur Anlegestelle des *Alten Mädchens* erwies er sich als wahres Schmollausnahmetalent.

»Trotzdem, noch viel Erfolg mit Ihrem Buch«, wünschte de Jong beim Aussteigen. »Und danke fürs Mitnehmen, Herr Dornwald.«

Aber der brauste grußlos davon.

19. Kapitel

Noch bevor Dornwalds SUV um die nächste Ecke gebogen war, klingelte sein Handy. Penny war dran. »Was hältst du davon, wenn wir uns heute Abend bei deinem Griechen treffen? Dann erzählst du mir alles, was du inzwischen herausbekommen hast.«

Eigentlich hielt de Jong nicht viel davon. Nicht dass er nichts herausbekommen hätte, aber sie würden bis Kneipenschluss dort sitzen, und sobald er Anstalten machte, dem Abend ein etwas konkreteres Gesicht zu geben, würde ihr wieder alles zu schnell gehen. »Sonst immer gern«, sagte er.

»Aber was hast du denn auf einmal?«

Erfreut nahm er zur Kenntnis, dass sie enttäuscht klang – ein Anfang. »Ich würde in der Ermittlung gern vorankommen, weißt du?«

»Wo du es schon erwähnst«, sagte sie. »Ich habe Fotos gefunden, hier auf meinem PC.«

Jetzt war er überrascht. »Was denn für Fotos?«

»Mickie hat sie mir vor einer Ewigkeit zugemailt, er machte ein Wahnsinns-Geheimnis darum. Aber er machte ja um alles ein Wahnsinns-Geheimnis.«

»Verstehe«, sagte de Jong. »Und deshalb hast du sie dir bis heute nicht mal angesehen?«

»Ich wollte meine Festplatte ausmisten und da bin ich auf sie gestoßen.«

So kam es, dass de Jong dann doch Penny besuchte. Vorher fuhr er allerdings mit dem Taxi nach Everswinkel, weil die Erwähnung der Fotos ihn daran erinnert hatte, dass Schimmeck ihn um die Negative gebeten hatte. Da er dieses Mal genauer hinsah, fand er sie in der Schublade, die Küppers ihm beschrieben hatte.

Am frühen Nachmittag stand er wieder auf Pennys Balkon und blickte auf den Kanal hinunter, auf dessen Uferweg sich Jogger, Radfahrer, Nordic Walker und Hundebesitzer drängelten. Penny hatte Kuchen besorgt. Nach dem Kuchenessen saßen sie einträchtig vor Pennys PC, und sie öffnete per Mausklick einen Ordner.

Die ersten Bilder zeigten Undine Wittekind in diversen Posen: wie sie in die Kamera lächelte, wie sie am Aasee entlangspazierte, wie sie den Spaghettiträger ihres knappen Tops nach oben schob.

»Das ist Undine Wittekind«, sagte de Jong.

»Die Frau, mit der Mickie *angeblich* nichts hatte«, meinte Penny schmallippig. »Tja, sie ist jünger als ich und hat längere Beine. Wie kann ein Mann da widerstehen?«

»Nach allem, was ich bisher in Erfahrung gebracht habe«, sagte de Jong, »hat Mickie jedenfalls widerstanden.«

»Und warum hat die Zicke dann für ihn posiert?«

Ein Bild zeigte sie in Begleitung eines älteren Herren in Schwarz. Er und Undine hatten gelbe Plastikhelme auf. Im Hintergrund stand ein Baugerüst.

»Das ist ein älteres Foto«, erklärte Penny, die sich so nah an ihn drängte, dass er von ihrem Duft benebelt wurde. »Sie besichtigt die Baustelle zusammen mit Weihbischof Kiesinger. Sind die beiden nicht ein schönes Paar?«

»Welche Baustelle ist denn das?«

»*Pope City*. Das war während der langen Baupause. Die meisten hatten sich schon mit einer Bauruine abgefunden. ›Hiltruper Hauptstadtflughafen‹ wurde zu der Zeit getitelt.«

»Von dieser Pause weiß ich ja gar nichts.«

»Man hat im ganzen Münsterland für eine neue Finanzierung gebetet. Es regnete geradezu Spenden.« Penny zuckte mit den Schultern. »Für Gott war das wohl ein Angebot, das er nicht abschlagen konnte.«

Penny griff an ihm vorbei und fuhr mit der Maus auf ein anderes Foto. De Jong erkannte Monk, den kämpferischen Geistlichen, und wieder zusammen mit Bischof Kiesinger. Sie befanden sich in einem seltsamen Glaskasten auf Rädern, einem mobilen Aquarium ohne Wasser.

»Die beiden waren zusammen in Rom?«, wunderte sich de Jong.

»Das ist nicht das echte Papamobil«, erläuterte Penny, »auch wenn es echt aussieht. Es ist ein Fahrgeschäft in *Pope City*, sehr beliebt.«

Die nächsten Bilder: Monk und Undine, Pinkwart und Undine, Undine und Schimmeck, letzte standen nebeneinander und schienen das Gegenteil von wie geschaffen füreinander zu sein. Sie sahen in verschiedene Richtungen, so wie Prinz Charles und Lady Diana auf dem Tiefpunkt ihrer Ehe. »Immer diese Frau«, murrte

Penny. »Und du willst mir erzählen, er hätte nichts mit ihr gehabt?«

»Die Frage ist: Was fand er an diesen Bildern brisant?«

Penny klickte und öffnete ein neues Fenster. »Das ist die Mail, die er zu den Fotos geschrieben hat.«

Die kann man natürlich nicht alle nehmen, stand da, *aber die Bilder belegen so ungefähr, was in dem Artikel steht. Alles zusammen müsste dafür reichen, dass sie bekommen, was sie verdienen.*

»Welcher Artikel?«, fragte de Jong.

»Er hat ihn mir offenbar auch zugemailt.«

»Und?«

»Er ist nicht mehr auffindbar. Ich muss ihn versehentlich gelöscht haben.«

»Also sind wir so weit wie vorher«, seufzte de Jong. »Es sei denn …«

»Es sei denn was?«

»Wir haben seinen Computer. Der Artikel müsste unter ›gesendete Objekte‹ zu finden sein. Ich werde gleich mal nachsehen.«

»Woher sollte ich auch wissen«, beschwerte sich Penny, »dass er neuerdings unter die investigativen Journalisten gegangen war?«

»Wenn jemand bekommen soll, was er verdient, hört sich das für mich weniger nach Journalismus an. Eher nach Erpressung.« De Jong beugte sich vor. »Kann man das auch größer machen?« Er deutete auf eine Aufnahme, die den Weihbischof und Pinkwart zeigte, wie sie gerade das Bischöfliche Generalvikariat verließen. Im Hintergrund standen ein paar Schwarzröcke und noch jemand. Penny zoomte näher heran, das Bild wurde grober und unschärfer, schließlich bestand es nur noch aus bunten Punkten. Also wieder zurück.

»Kennst du den Kerl?«, fragte sie.

»Er heißt Dornwald«, sagte de Jong. »Mitglied der GSO, Gesellschaft für Selbstoptimierung. Genauso wie Pinkwart, der gestern ermordet aufgefunden wurde.«

Penny nickte. »Über diese Sekte haben wir schon mal einen Beitrag gedreht. Selbstoptimierung liegt momentan voll im Trend.«

»Wusstest du, dass Mickie ein Konto bei Myglüx.de hatte?«, fragte de Jong. »Das ist ein Netzwerk, da kannst du positive Energie sammeln.«

Sie zuckte mit den Schultern. »Mir hat er nicht davon erzählt. Hört sich übrigens ganz schön bescheuert an.«

»Na ja«, sagte de Jong. »Über das Netzwerk hat er wahrscheinlich Undine Wittekind kennengelernt. Und über Undine deren Bruder, Cornelius Wittekind, dem das Netzwerk gehört.«

»Und weiter?«

»Für Wittekind hat er eine Firmenhymne geschrieben. Tja, und dann hat er dir das von dem Neuanfang erzählt.«

»Hat er denn damit so viel Kohle verdient?«

»Unwahrscheinlich. Meine Vermutung ist: Mickie hat herausgefunden, dass in Hiltrup etwas gemauschelt wurde, in das die GSO verwickelt gewesen sein muss. Und damit wollte er gewisse Leute erpressen.«

Penny machte ein skeptisches Gesicht. »Soweit ich weiß, kann man Leute nur erpressen, wenn man sich dafür bezahlen lässt, dass man die Wahrheit nicht bekannt macht. Aber er wollte sie bekannt machen.«

»Vielleicht auch nicht.«

»Außerdem«, sagte sie, »so wie ich ihn kenne, ging es da nicht ums Geld. Eher um Lebens- und Beziehungskrise. Um Neubesinnung. Mickie hatte keine Ahnung vom Geld.«

Jetzt kam das wieder. Mickie hatte keine Ahnung, Mickie war ein Weichei, Mickie war ein weltfremder Träumer. De Jong fragte sich allmählich, wie Penny und Mickie es überhaupt geschafft hatten, sich auch nur fünf Minuten lang gleichzeitig in einem Zimmer aufzuhalten. »Hast du Mickie überhaupt jemals gemocht?«, fragte er.

Penny zögerte mit der Antwort, als müsste sie dafür sehr weit in ihrer Erinnerung zurückgehen. »Er kann nichts dafür, dass er so geworden ist. Seine Eltern waren superehrgeizig, sein jüngerer Bruder hochbegabt. Er war der Star der Familie. Und für Mickie ist Ehrgeiz bis heute ein Reizwort.«

»Verstehe.« De Jong nickte. »Deshalb wollte er die Zeit lieber nutzen, um sein Glück zu finden.«

»Hat er das gesagt?«

»Na ja, in gewisser Weise habe ich ihn so verstanden«, sagte de Jong ausweichend.

Penny stand auf und reckte sich. »Ich weiß nicht, wie es dir geht, aber ich komme um vor Hunger. Wie wär's denn jetzt mit Essen?«

De Jong zuckte mit den Schultern. »Das geht mir alles ein bisschen zu schnell«, sagte er und grinste. »Außerdem bin ich heute Abend auf einem Grillfest eingeladen.«

20. Kapitel

Von Penny aus war es nicht weit zu Mickies Wohnung. Also begab er sich dorthin und döste eine Weile auf dessen Bett, in der Hoffnung, dass Mickie noch einmal erschien. *Die Wahrheit kommt irgendwann ans Licht*. Wie hatte er das bloß gemeint? – Dieses Mal ließ sich Mickie aber nicht blicken.

De Jong beschloss, ihm noch ein paar Minuten Zeit zu geben, und schaltete schon mal Mickies Computer ein. Aber der Versuch, das Emailprogramm zu öffnen, ging schief: Es war mit einem Passwort gesichert und das lautete dieses Mal nicht *Der Tod macht blau*. De Jong probierte alles Mögliche, aber ohne Erfolg. Währenddessen gingen ihm andere Sachen durch den Kopf: Dass Penny eine Sache wie Myglüx für bescheuert hielt, war nachvollziehbar. Aber bewiesen war damit noch lange nichts. Für positive Energie mochte es kein Messgerät geben, aber das hieß ja nicht, dass sie reiner Humbug war. Angenommen, sie ersparte einem die ermüdenden Besuche von Selbstoptimierungskursen, das wäre doch schon eine ganze Menge. Giulia und auch Penny träumten von Männern, die nicht dieselben blieben, die sie immer schon gewesen waren, sondern in der Lage waren, sich neu zu erfinden, und das unablässig. Was, wenn ein solches Netzwerk in der Lage war, jemanden wie de Jong zu einem solchen Mann zu machen?

Ein Versuch konnte nicht schaden. De Jong schaltete Mickies Computer ein und besuchte Myglüx.de. Er klickte auf *neuen Account eröffnen* und kam ins Grübeln, als er einen Benutzernamen angeben sollte. Irgendwas Berühmtes musste her, ein Name, der gleichzeitig Programm war: Gaius J. Caesar, Dumbledore, Ludwig van Beethoven oder Rocky Balboa. Aber alle waren schon vergeben. Er versuchte es noch mit Cassius Clay, aber am Ende blieb es dann bei Charlie Brown. *Willkommen bei Myglüx, Charlie Brown*, sagte der Computer. De Jong begab sich in Mickies Glüxkonto und überwies per Mausklick dessen gesamtes Glüxvermögen an Mister Brown.

Und jetzt? – Abwarten, dachte de Jong. Es war nur ein simpler, unvoreingenommener Test, ob an dieser positiven Energie irgendwas dran war. Charlie Brown hin oder her – er wollte einfach weitermachen wie immer und dann mal sehen, ob es in der nächsten Zeit zu einer Häufung von Glücksmomenten kommen würde.

Und nur wenige Sekunden, nachdem er dies gedacht hatte, klingelte sein Handy.

Er nahm an.

»Hey! Ich bin's.«

»Giulia!«, sagte er, völlig perplex. »Das ist vielleicht eine Überraschung.«

»Wenn es dir nicht passt …«

»Doch, immer. Jederzeit. Wo steckst du?«

Sie antwortete nicht.

»Giulia?«

»Es ist vorbei.« Ihre sonst so beschwingt plappernde Stimme klang grabesschwer.

»Was ist vorbei?«

»Rembert. Ich habe ihm gesagt, dass ich ihn nicht mehr sehen will.«

»Das ist ja …« De Jong kämpfte gegen das aufbrandende Glücksgefühl, wollte es im Zaum halten, damit es nicht zu sehr in seiner Stimme mitschwang. »Es tut mir leid.«

»Im ersten Moment habe ich es bereut, weißt du? Aber nur im ersten. Dann kam er gleich mit einer seiner indischen Weisheiten, und ich wusste: Das war's jetzt.«

»Klar«, sagte de Jong, der nur an die Glücksenergie denken konnte. Einen klareren Beweis, dass da was dran war, gab's ja wohl nicht.

»Hättest du Zeit? Können wir uns treffen?«

»Natürlich, Giulia. Jederzeit. Sag nur, wo.«

»Sehr schön, dann komme ich dich besuchen. Wohnst du immer noch auf diesem Kahn?«

Er bejahte und wollte sie schon zu ihrer Entscheidung, Rembert betreffend, beglückwünschen, hielt es aber taktisch gesehen für keine gute Idee. Es wäre unklug, die Blumen, die du ihr schenken willst, vorher zu zertrampeln, lautete irgendeine östliche Weisheit, die der von ihr Abservierte irgendwann einmal zum Besten gegeben hatte. Jetzt, wo sie ihm zum Verhängnis geworden waren, sah de Jong keinen Grund mehr, sie nicht zu beherzigen.

»Wir reden nur«, stellte Giulia vorsichtshalber klar.« Ganz unverbindlich und ohne Hintergedanken, nicht wahr?«

»Ganz und gar ohne«, versicherte er und fügte schnell hinzu: »Alles andere ginge mir auch viel zu schnell.«

Giulia hatte keine Zeit genannt. Trotzdem beeilte sich de Jong, radelte in Windeseile zurück zum *Alten Mädchen* und wartete dort. Mit jeder Minute, die er seine Ungeduld bekämpfte, wurde er ungeduldiger, sodass er sich schon nach knapp zehn Minuten sicher war: Sie würde sich heillos verspäten. Es war genauso wie früher. Als Ablenkung machte er sich einen Tee und verbrachte die Wartezeit draußen auf dem Achterdeck – als Lektüre fiel ihm Mickies unrealisiertes Projekt namens *Linsengericht* in die Hände.

Die Geschichte drehte sich um zwei Zwillingsbrüder, von denen der eine strebsam und ehrgeizig war, der andere willensschwach und alkoholsüchtig. Der eine auf dem steilen Weg nach oben, der andere ständig pleite und im Eimer. Dieser andere war allerdings ein genialer Kopf, ein regelrechter Nerd, leider so verpeilt, dass ihm nicht annähernd klar war, wie viel Geld man mit seinen Ideen machen konnte. Also kaufte sein Bruder, dem das sehr wohl klar war, ihm nach einer durchzechten Nacht für eine schlappe Kiste Whisky eine dieser Ideen ab. Machte mit ihr ein Vermögen. Und damit sein nichtsnutziger Bruder das nicht mitkriegte und seine Idee zurückforderte, sperrte er ihn auf der Burg ihres hartherzigen Vaters ein. *Einem genialen Magier gleich, der nicht früher, sondern heute lebte,* schloss die Geschichte, *belächelt wie ein Narr, vegetierte er dort im Elend bis ans Ende seiner Tage.*

Wieder einmal hatte Mickie nicht mit Pathos gespart, es triefte reichlich davon. Die Geschichte bewegte sich nur zäh vorwärts – dass sie überhaupt vorankam, verdankte sie aus de Jongs Sicht der Schleimspur, für die die besonders gefühlsgeladenen Szenen sorgten. Seltsam fand er, dass die Geschichte kein Happy End hatte – so wie er das Ende überhaupt mit dem im Elend vegetierenden Narren seltsam fand.

Natürlich konnte er die Musik nicht beurteilen, aber was die Textstellen anging, schienen sie ihm viel besser zu wirken, wenn man sie in Masematte zu hören bekam. Oder auf Koreanisch, Hauptsache, man konnte so gut wie nichts verstehen.

Als er das Manuskript weglegte, war es halb fünf. Weit und breit keine Spur von Giulia. Stattdessen näherte sich ein Mann auf dem Fahrrad, klein und stämmig, mit einer Nase, die nur während des Karnevals unauffällig wirken konnte. Er stoppte neben dem Hausboot und stieg ab. Hauptkommissar Merzenich.

»Schön, dat ich Sie erwische!«, rief er, stellte sein Gefährt ab und kam ohne zu fragen an Bord. »Wissen Sie, dat wir in Köln auch solche Schiffe haben, nur viel größer?«

»Eigentlich bin ich verabredet«, sagte de Jong.

»Kein Problem!« Der andere hob beide Hände, als hätte de Jong nach einer Waffe gegriffen. »Ein Minütchen, dann sind Sie mich wieder los. Versprochen.«

»Also gut«, sagte de Jong und sah auf die Uhr.

»Ihnen ist klar, dass ich Sie als Kollege besonders schätze«, begann Merzenich in einem Ton, der sich eher nach einer anderthalbstündigen Vorlesung anhörte als nach einem Minütchen.

»Soviel ich weiß, waren wir nie Kollegen.«

»Na ja, Sie wissen schon, wie ich das meine. Einmal Kripo, immer Kripo. Und da habe ich mich schlicht und einfach gewundert, dass Sie offenbar den Mann ja doch kennen.«

»Welchen Mann?«

»Pinkwart, den Tatortkommissar, der ermordet wurde. Klingelt es jetzt? Ich ermittle nämlich in der Mordsache.«

»Aber ich habe doch gar nicht bestritten, dass ich ihn kenne.«

»Nur vom Sehen. Von der Glotze.«

»Glotze haben Sie gesagt.«

»Wie auch immer.« De Jongs Herumeiern setzte Merzenichs guter Laune ein wenig zu. »Jedenfalls kennen Sie den Mann persönlich.«

»Nur flüchtig«, versicherte de Jong.

»So flüchtig, dat Sie eine tätliche Auseinandersetzung mit ihm hatten. Dafür gibt's Zeugen.«

»Ach, das.«

Der Hauptkommissar wartete auf mehr. *Ach das* reichte ihm nicht.

»Eine Meinungsverschiedenheit«, schlug de Jong vor.

»Da hab ich aber was anderes gehört. Pinkwart hat Sie mit einer Zaunlatte attackiert.«

De Jong zuckte mit den Schultern. »So genau habe ich gar nicht hingesehen.«

»Und am Tag danach, am Tag des Mordes, sind Sie mit ihm essen gegangen. Natürlich vor der Tat, die ihn ums Leben gebracht hat.«

»Dafür haben Sie auch Zeugen?«

Merzenich nickte.

De Jong überlegte eine Weile. »Kleines Versöhnungsmahl«, sagte er dann.

Der Rheinländer hatte die Hände in den Taschen vergraben, stand an der Reling und sah abwechselnd nach links und nach rechts. Beobachtete ein Teichhuhn bei der Überquerung des Dortmund-Ems-Kanals. Vermutlich, dachte de Jong, überlegt er, dass sie in Köln auch Teichhühner haben, nur viel größere.

»Unter einer fruchtbaren Zusammenarbeit hab ich mir jedenfalls was anderes vorjestellt«, sagte der Kommissar schließlich.

»Das tut mir leid«, sagte de Jong, »aber ich hatte Sie darauf aufmerksam gemacht, dass ich nicht mehr bei der Kripo bin.«

»Also noch mal: Warum wollte der Kerl Sie umbringen?«

»Eifersucht. Herr Pinkwart war auf eine Frau fixiert und vermutete in mir einen Konkurrenten.«

»Hat er Ihnen das so gesagt?«

»Nicht mit diesen Worten«, sagte de Jong. »Es erschloss sich mir aber aus der Situation.«

»Und warum wurde er dann kurz darauf selbst umgebracht?«

»Wenn ich das wüsste ...«

»War der Mann irgendwie religiös oder so?«

»Keine Ahnung«, sagte de Jong. »Wie kommen Sie darauf?«

Merzenich drehte sich abrupt um. »Denken Sie doch an den Schauplatz des Mordes: die Kirche. Fast alle Morde, die in Kirchen begangen werden, haben einen religiösen, ja rituellen Hintergrund.« Er nickte nachdenklich. »Wir müssen uns die Priester vornehmen.

Geistliche, Messdiener und Prälaten, die janze Palette. Und am besten einen mit Nahkampfausbildung. So viele kann es ja nicht geben.«

Einen wie dieser Monk, dachte de Jong. »Aber bei allem religiösen Tathintergrund sollten wir bedenken, dass St. Lamberti in diesem Fall keine Kirche, sondern ein Tatortfilmset war.«

»Absolut.« Der Kölner deutete mit dem Finger auf de Jong. »Das wäre unser zweites Eisen im Feuer. Der zweite Kommissar.«

»Welcher zweite Kommissar?«

»Beim Tatort sind die doch immer zu zweit. Dat is wie bei jeder Zweierbeziehung: nach außen eitel Sonnenschein und in Wirklichkeit Kampf bis aufs Messer. Vor allem beim Film, da gibt es keine Freundschaft. Nur Konkurrenz.«

»Das vermuten Sie«, sagte de Jong.

»Pinkwarts Partner hat sich selbst als Drehbuchschreiber betätigt. Und seine Folge handelt davon, dass Pinkwart – also Hauptkommissar Rilke – ermordet wird und sein Partner von jeglichem Verdacht freigesprochen. Na? Jetzt sind Sie dran.«

»Kennen Sie den Fall, da hat jemand ein Buch geschrieben, das so spannend war, dass einer seiner Leser es nicht mehr aus den Händen legen konnte? Der arme Kerl musste jämmerlich verhungern. Und obwohl der Thrillerautor das mit voller Absicht getan hat, wurde er nicht wegen Mordes belangt. Das perfekte Verbrechen sozusagen.«

»Jetzt hören Sie aber auf«, meckerte der Hauptkommissar. »Veräppeln kann ich mich selbst.«

21. Kapitel

Die deutsche Grillleidenschaft war schon Gegenstand vielfacher Untersuchungen gewesen. Internationale Forschergruppen sprachen von einem anankastischen Grillsyndrom und brachten das Phänomen in Zusammenhang mit dem Trauma des verlorenen Weltkriegs sowie dem späteren Gelöbnis, dass von deutschem Boden niemals wieder ein Krieg ausgehen sollte – wenn dies schon so sein musste, mochten viele denken, dann sollte auf deutschem Boden auch niemals wieder ein Grill ausgehen. Vorbei waren jene Zeiten, in denen Sommer in der freien Natur nach sattem Grün geschmeckt hatten, die Luft erfüllt gewesen war vom süßen Duft der Blüten und dem saftiger Wiesen – heute roch Sommer nur nach Fleisch. Sobald die Temperaturen anstiegen, schnellte auch der Fleischkonsum in die Höhe, mit fatalen Auswirkungen auf das globale Klima. Experten zufolge stellte nämlich nicht die Grillwurst an sich das Problem dar, sondern die direkte Koppelung des Appetits auf Fleisch an sommerliche Wärme: Je heißer das Wetter, desto mehr Fleisch pro Kopf wurde verzehrt. Je größer die Nachfrage nach Fleisch, desto mehr wurde produziert, je mehr Methangas in der Atmosphäre, desto heißer die Sommer – eine tödliche Fleischspirale, die unaufhaltsam auf jenen Tag zusteuerte, an dem das arktische Eis geschmolzen und der Meeresspiegel endlich hoch genug angestiegen war, um die letzte rot glühende Grillkohle in den Wogen eines gigantischen planetaren Ozeans für immer verzischen zu lassen.

Helge Schimmecks Grillwolke schwebte über einem Anwesen draußen am östlichen Stadtrand, wo man die idyllischen Seiten ländlichen Lebens genießen konnte und gleichzeitig auf die Vorteile der Urbanität nicht verzichten musste. Hier gab es keine engen Vorgärten, die mit Buchsbaumhecken umgeben waren, an denen man mit dem Nachbarn ein Schwätzchen hielt. Die Grundstücke verfügten über ausgedehnte Wiesen, lauschige Kastanienbäume, die über hundert Jahre alt waren, in denen der Wind rauschen konnte, ohne vom Verkehrslärm gestört zu werden. Grundstücke mit eigenem, unverbaubarem Horizont, über dem abends friedlich die Sonne unterging.

Es wehte ein mildes Sommerlüftchen, eine Livecombo schrubbelte Jazzclassics. *»They're writing songs of love, but not for me«*, hauchte eine attraktive dreadlockige Leadsängerin ins Mikro, unterbrochen vom schrillen Gekreisch der Rückkopplungen. Die Stimmung war ausgelassen, die Freunde der Selbstoptimierung unter sich. Helge Schimmeck hatte sich in einen fettig schimmernden Satinanzug gezwängt und bemühte sich eifrig um die Rolle des lockeren Gastgebers. Er scherzte und smalltalkte, was das Zeug hielt, aber seine Heiterkeit wirkte aufgesetzt.

»Schön, dass du gekommen bist!«, freute er sich, als er de Jong die Hand schüttelte. Dann drückte er ihm einen Teller in die Hand und lotste ihn zum Grill. »Wenn du durstig bist, dann bedienst du dich einfach …« Er deutete auf seine gut gekleideten Angestellten, die als Tablett-Träger fungierten.

»Warte: Was ist mit den Negativen?«

Für einen Moment sah Schimmeck irritiert aus, als hätte er noch nie etwas von Negativen gehört, dann sah er sich um und senkte seine Stimme. »Später«, sagte er und wandte sich Undine zu, die sich in diesem Moment an ihn schmiegte und ihm etwas ins Ohr flüsterte.

De Jong stand da, nahm einem der Anzugträger ein Bier ab, ging zum Grill und wartete, bis er drankam. Immer noch beobachtete er die Gastgeber, Helge und Undine, die wie ein frisch verliebtes Paar wirkten, als hätte es nie einen Privatdetektiv gegeben, der ihr Liebesleben beschatten sollte, nie einen Mickie, dem sie den Hof machte. Die beiden waren der fleischgewordene Gegenbeweis für alle, die behaupteten, dass Langzeitbeziehungen zwangsläufig als Langeweilebeziehungen enden mussten.

Da die Schlange am Grill nicht zu schrumpfen schien, verzichtete er schließlich auf sein Fleisch, ging zum Salatbüffet und belud sich den Teller mit diversen Vorspeisen. Am Ende der langen Schüsselreihe stieß er fast mit Undine zusammen. Sie steckte in einem hautengen Kleid, das durch seine rosa Farbe an eine Pelle erinnerte, die bis knapp unter die Achseln reichte.

»Hallo, Herr Kommissar«, hauchte sie.

»Exkommissar«, sagte de Jong.

»Wie steht's, haben Sie Mickie inzwischen gefunden?«

»Negativ«, sagte er. »Leider. Sicher haben Sie das mit Herrn Pinkwart gehört?«

Undine zuckte die bloßen Schultern auf eine Art, die ihn vermuten ließ, dass sie für ihre Verhältnisse schon etwas zu viel getrunken hatte.

»Immerhin war er doch einer Ihrer ehemaligen Verehrer.«

»Sie meinen, dass er so etwas nicht verdient hat?«

»Finden Sie denn, er hat?«

Energisches Kopfschütteln. »Keiner hat so was verdient.« Sie beugte sich vor und kam ihm ziemlich nahe. De Jong umwehte Sektgeruch und etwas Duftendes, und er fragte sich für einen Moment, ob es Botenstoffe waren.

»Aber ich weiß, wer ihn auf dem Gewissen hat.«

»Lassen Sie mich raten: Ihr Bruder, das geflügelte Insekt?«

»Fast.« Sie bemerkte, dass Helge ihr von Weitem eine Kusshand zuwarf, setzte selbst ein meterbreites Grinsen auf und warf zurück. »Aber es war Helge, mein Gatte.« Dabei lag das Kusshandgrinsen noch auf ihrem Gesicht.

»Helge Schimmeck?«

»Natürlich.« Das Grinsen kollabierte schlagartig. »Aber damit kommt er nicht davon.«

»Und warum? Ich meine, welches Motiv hatte er?«

»Bitte, denken Sie nicht, ich würde meinen Mann nicht lieben.« Wieder zuckten die nackten Schultern. »All das Gerede, dass er meinen Bruder nicht ausstehen kann. Dabei ist er immer zur Stelle, wenn Cornelius pfeift.«

»Also doch wieder Ihr Bruder.«

Die Frau, die an Männermagnetismus litt, angelte sich eine fette, schwarz glänzende Olive aus einer Schale und hielt sie zwischen Daumen und Zeigefinger. »Die hier sollten Sie auf jeden Fall probieren. Sie kommen direkt aus Attika, das ist in Griechenland.« Das kleine, runde Ding verschwand in ihrem Mund, allerdings nicht, bevor es Undines volle Lippen ausgiebig liebkost hatten. »Oder sind Oliven etwa nicht Ihr Fall?« Sie schluckte hinunter. Dann entschwand sie.

De Jong begab sich an einen Tisch, machte sich über sein Essen her und lauschte der Konversation ringsum, hoffte auf nützliche Tipps in Sachen Selbstcoaching oder Rezepte für einen erfolgreichen Karrierestart. Stattdessen unterhielt man sich über den letzten Urlaub, die Vorzüge von SUV-Limousinen und den Elternabend am kommenden Dienstag.

»Tja, was sag ich immer: Die Welt ist zwar nicht klein, aber man trifft ständig dieselben Leute, was?« Monk, der kämpferische Gottesmann, knallte ein Bierglas an seins und setzte sich zu de Jong an den Tisch.

»Sie auch hier?«, staunte der Exkommissar.

»Undine hat mich eingeladen. Ich sagte Ihnen ja schon, wir beide haben einen Draht zueinander.«

»Sie arbeiten demnach immer noch daran, Ihre Kirche zu optimieren?«

Monk schüttelte den Kopf. »Im Gegenteil.«

»Im Gegenteil?«

»Ich war es, der den Pakt mit dem Teufel eingefädelt hat, und jetzt muss ich ihn irgendwie wieder ausfädeln. Das ist nicht leicht.« Monk stand auf, holte sich ein neues Bier und brachte auch de Jong eins mit. Sie verzogen sich auf die Wiese, an den Rand der Veranstaltung.

»Apropos Teufel«, sagte de Jong. »Kann es sein, dass beim Bau von *Pope City* etwas gemauschelt wurde? Da gab es eine Finanzierungslücke, die sich auf wundersame Weise wieder schloss.«

Monk entkronte seine Flasche. »Ist Ihnen *Sellmann & Röhm* ein Begriff? Das ist eine Privatbank, die gern in Großprojekte investiert. Sellmann, einer der Inhaber, ist Mitglied der GSO und Duzfreund Wittekinds. Aber im Unterschied zu ihm wurde mir nun mal nicht die Ehre zuteil, zur erlauchten Runde zu gehören, die was auch immer gemauschelt hat. Sodass ich Ihnen eigentlich gar nichts darüber sagen kann.«

»Schade«, sagte de Jong.

»Ich sagte: eigentlich«, wiederholte Monk. »Wenn es jetzt nicht Pinkwart erwischt hätte. Die Sache ist zu ernst.«

»Hat er etwas damit zu tun?«

»Der alte Knabe hat angeblich über so manches Bescheid gewusst. Bei ihm war schwer zu sagen, was echt und was frei erfunden war.«

De Jong dachte an den Tatort: die Lambertikirche. An die Hinweise, die auf einen kampferprobten Täter deuteten. Auf jemanden wie Monk. »Sie beide mochten sich nicht so besonders, nicht wahr?«

»Die kleine Prügelei neulich, das war nicht das erste Mal. Aber so war er nun mal: Am nächsten Tag kommt er an und entschuldigt sich. Er nervte, aber eigentlich war er kein schlechter Kerl. Leider konnte er seine Klappe nicht halten.«

»Könnte er etwas über den geheimen Deal gewusst haben?«

Der Priester zuckte mit den Schultern. »Vielleicht hatte er keine Ahnung. Aber irgendwer wollte da auf Nummer sicher gehen.«

Sie schwiegen eine Weile. »Was wird jetzt aus dem Teufelspakt?«, fragte de Jong.

»Wissen Sie, was geschrieben steht: Es ist besser, ein Mensch sterbe für das Vok, als dass das ganze Volk verderbe.«

»Ich bin nicht gerade religiös.«

»Morgen, Punkt zwölf, gibt's draußen in *Pope City* einen Prayer-Event, den Sie nicht verpassen sollten. Selbst als unreligiöser Mensch. Denn es steht zwar nicht geschrieben, ist aber trotzdem besser, der Dreck stinkt zum Himmel, als wenn er unter den Teppich gekehrt werde und ein ganzes Haus verderbe.«

»Das mit dem Dreck würde mich näher interessieren«, sagte de Jong.

Monk nickte und hielt seine Flasche ins Licht der untergehenden Sonne, um herauszufinden, wie viel Bier noch darin war. »Dann kommen Sie morgen und sehen zu, wie ich die Händler aus dem Tempel hinaustreibe.« Er sprang auf, machte ein paar Schritte auf dem Rasen und breitete die Arme aus. »Na, was sagen Sie zu einem solchen Grundstück?«

De Jong nickte. »Sich selbst zu optimieren zahlt sich offenbar aus.«

Monk zeigte auf eine Gruppe Obstbäume am Ende des Grundstücks. »Dahinter kommt ja mindestens noch mal so viel.«

»Sie machen Witze.«

»Nein, im Ernst, das ist ein Riesengrundstück, ein Stadtpark auf privater Basis.« Monk schwankte leicht. »Passen Sie auf, de Jong. Was halten Sie von einer kleinen Führung?«

Warum nicht? Die Festlichkeit fand sowieso ohne sie statt, das Fleisch war nicht sein Fall und für die attraktive Sängerin war inzwischen ein Kerl eingesprungen, der endlos quasselte, bevor er sang. Monk stapfte los und de Jong ihm hinterher. Sie ließen die Grillwiese links liegen, kraxelten einen kleinen Hügel hinauf und folgten einem Trampelpfad, der an den Obstbäumen vorbeiführte. Hinter einem alten Geräteschuppen ging es wieder bergab, links und rechts wucherten hüfthoch Brennnesseln.

Monk kam bergab besonders gut voran, er hatte einfach zu viel Bier getrunken, um sich noch im Griff zu haben. Als der Trampelpfad eine scharfe Kurve machte, kam er ins Schlingern und verlief sich in einem Gebüsch. Kurz darauf hörte de Jong ihn fluchen.

»Alles in Ordnung, Hochwürden?«, rief de Jong und brach durch das Pflanzenwerk.

»Und wie!«, antwortete er und rappelte sich auf. Sein Bier hatte er verschüttet. »Na, was sagen Sie jetzt?«

De Jong blickte in die Richtung, in die er zeigte. Sie standen am schilfbewachsenen Ufer eines kleinen, runden Teiches, der idyllisch von der Abendsonne beleuchtet wurde. Ganz zart streichelte eine hauchfeine Brise über die Oberfläche. Wasserläufer und Libellen tummelten sich. Die Partygeräusche drangen aus weiter Ferne herüber.

»Wenn das nicht wie im Paradies ist …«, schwärmte sein besoffener Begleiter.

In der Tat war es ein traumhaftes Fleckchen, und an Abenden wie diesen konnte es locker für das Paradies durchgehen. Wenn de Jong nicht vom ersten Augenblick nur einen Gedanken gehabt hätte: dass das Mickies Teich war. Genauso hatte er im Traum ausgesehen.

»Das darf doch wohl nicht …!«, entfuhr es ihm.

»Klar, das ist alles ziemlich verkommen«, plapperte Monk, der seine Äußerung falsch deutete. »Hier ist bestimmt jahrelang nichts gemacht worden. Aber da kann man was draus machen.«

»Klar«, sagte de Jong, ohne ihm zuzuhören.

»Soviel ich gehört habe, hat die neue Herrin des Hauses vor, das Gewässer unbedingt zum Schwimmteich umzurüsten.«

»Warum denn das?«

»Na, warum wohl? Um darin zu plantschen.« Urban Monk ließ sich ins Gras plumpsen und winkte de Jong heran. »Los, kommen Sie schon. Das ist ein schönes Plätzchen hier.«

So hockten sie oberhalb des Tümpels und starrten auf die schwarze Wasseroberfläche. De Jong versuchte, sie mit seinem Blick zu durchdringen. Durch die grünliche Brühe bis hinunter auf den schlammigen Grund, um sicherzugehen, dass da nicht irgendwo zwischen Wasserpflanzen und Algen Mickie aus seinem Auto zu ihnen heraufschaute. Und dann stellte er sich vor, welchen Anblick sie beide wohl aus seiner Perspektive boten.

»Man kann über ihn sagen, was man will, aber er ist verdammt weit herumgekommen.« Monk erzählte gerade irgendetwas, während er sich eine Zigarette drehte.

»Wer?«, fragte de Jong, weil er den Anfang wohl verpasst hatte.

»Rudi natürlich, mein Onkel. Von wem rede ich denn? Er hat die Pyramiden gesehen und ist auf fast alle Achttausender geklettert. Soviel ich weiß, hat er sogar an einer Tiefseekreuzfahrt teilgenommen.«

»Blödsinn, Tiefseekreuzfahrten gibt's überhaupt nicht.«

»Ist ja auch egal.« Monk rülpste. »Jedenfalls hab ich ihn immer bewundert und für den glücklichsten Menschen gehalten. Und wissen Sie, was er mal zu mir gesagt hat? Urban, mein Kleiner, hat er gesagt, das wahre Glück ist hier, an diesem kleinen Teich.«

»An diesem Teich?«

»Quatsch, nicht an dem. Er hatte auch so einen, hab ich doch gerade erzählt. Setz dich hin und lausche dem Flüstern der Libellen, hat er gesagt. Mehr brauchst du nicht.«

»Was hat der denn damit gemeint?«

»Egal, de Jong, Hauptsache, er hatte recht.«

Der Exkommissar versuchte, eine vorbeischwirrende Mücke zu klatschen, aber sie entkam. »Woher wollen Sie wissen, ob er recht hatte, wenn Sie nicht wissen, was er damit meinte?«

»Na, hören Sie mal, ich war damals schlappe sieben Jahre alt. Tatsache ist, dass mein Onkel stundenlang an seinem Teich gesessen hat. Hab mir damals vorgestellt, dass irgendwas da unten auf dem Grund des Sees ist.«

»Was sollte denn da schon sein?«

»Ein dunkles Geheimnis oder so was. Ich hab mir vorgenommen, eines Tages da hinunterzutauchen.«

»Diese Brühe zum Swimmingpool zu machen, wird aber gar nicht so einfach sein«, sagte de Jong und überlegte, ob er nicht versuchen sollte, Undine den Plan auszureden.

»Ach was«, meinte Monk, »das kriegen Sie heutzutage schneller hin, als Sie denken.«

Die Sonne ging unter. Schweigend hockten sie am Ufer des Gewässers, das nicht nur dem glich, was Onkel Rudis Idylle gewesen war, sondern auch einem anderen, das, wo immer es sich befinden mochte, ein grausiges Geheimnis barg.

»Also, ich werde dann mal wieder«, sagte de Jong und stand auf. Nicht, dass er abergläubig gewesen wäre, aber im Finstern wollte er ungern hier hocken bleiben. Nur für den Fall, dass es doch Mickies Teich sein sollte.

»Klar doch, ich komme mit.« Monk folgte ihm. »Das eine oder andere Bierchen zum Abschluss wäre jetzt nicht schlecht …«

22. Kapitel

Es war erst kurz nach zehn, als sie sich wieder zu den anderen Gästen gesellten, aber gerade fand das statt, was man gerne als »großen Aufbruch« bezeichnet. Das Gastgeberpaar war erneut in Anspruch genommen, um Bedauern und gleich anschließend Verständnis zu äußern. Im Austausch dafür gab es reichlich Lob für diesen »fantastischen Abend«. Ein paar Gäste blieben noch übrig, einige versorgten sich mit einer letzten, verschrumpelten Wurst vom Grill, andere saßen bei einem Glas Wein und stierten mit leerem Blick vor sich hin.

Die Nacht brach herein. Bis jetzt hatte de Jong Monk Gesellschaft geleistet, dabei hatte er vor Stunden schon gehen wollen, aber jetzt war es eben so. Urban Monk holte ihnen jeweils noch ein Bier, dann entschuldigte er sich auf die Toilette und kehrte nicht mehr zurück.

Irgendwann setzte sich jemand zu de Jong an den Tisch. Aber nicht Monk. Es war Helge. »Das finde ich echt klasse, dass du gekommen bist«, sagte er. Seine Sprache war verwaschen und undeutlich. Wie konnte er sich als Gastgeber so gehen lassen? De Jong sah sich um, aber außer ihnen beiden konnte er niemanden mehr entdecken.

»Wie spät ist es eigentlich?«, fragte er.

»Echt klasse, das wollte ich nur sagen.«

»Hab ich doch gern gemacht«, sagte de Jong. »Aber jetzt gehe ich mal, damit du endlich in die Heia kommst …«

»Einen trinken wir noch, was meinst du?«, verlangte Schimmeck. »Doch, doch, das kannst du mir jetzt nicht abschlagen.«

»Nee«, sagte de Jong. »Ehrlich, ich habe mehr als genug.«

Schimmeck hatte das Letzte wohl nicht mitbekommen. Jedenfalls standen kurz darauf wieder zwei volle Flaschen auf dem Tisch. »Jetzt zier dich nicht so …« Er stieß mit de Jongs Flasche an, die kippte um und entließ ihren Inhalt leise gluckernd und zischend auf den Boden. »Tja, jetzt wo wir ungestört reden können … Das wäre alles nicht passiert, wenn diese Scheißglüxe nicht wären. Diese gottverdammten Scheißglüxe.«

Schon wieder hatte de Jong wohl nicht richtig zugehört. »Was wäre nicht passiert?«

»Cornelius, weißt du doch. Mein Schwager. Ein netter Kerl auf seine Art, aber – irgendwie ist er auch ein absolutes Arschloch, verstehst du? Aalglatt und eiskalt. Das war er immer schon. Ein gemeingefährliches Genie im Gewand eines Kapuzenpullis und auf dem moralischen Niveau einer Küchenschabe.«

»Klar«, sagte de Jong. »Oder auch einer Heuschrecke.«

»Die ganze Familie ist – wie soll ich sagen – krank. Verstehst du, was ich meine: Es gibt ja viele Familien, wo du denkst, die würden sich am liebsten gegenseitig abmurksen. Aber nach außen halten sie immer zusammen. Die Wittekinds sind anders: Die machen lieber die Tür zu und drehen die Musik laut, damit keiner draußen mitkriegt, wie sie sich gegenseitig abmurksen. Und dann tun sie es wirklich.«

»Und was war jetzt mit Cornelius?«, fragte de Jong.

»Der Punkt ist, dass ich mich mit den Glüxkonten übelst verzockt habe. So was kann passieren.«

»Stimmt«, korrigierte sich de Jong. »Ich habe keine Ahnung, wovon du sprichst.«

»Wenn du keine Glüxe von Freunden kriegst, kannst du dir auch welche kaufen. Du solltest immer mehrere Konten haben, das stärkt das Selbstbewusstsein. Oder du investierst deine Glüxe in Projekte – Kirchen oder Krankenhäuser, irgendwas Soziales eben. Wenn du geschickt bist, profitierst du ordentlich. Aber wenn du die Wahrheit wissen willst: Ich hab mich dämlich angestellt.«

Obwohl de Jong ziemlich benebelt war, fand er, dass es interessant wurde: Helge, der sich reich gedacht und dennoch dämlich angestellt hatte.

»Ich will dich nicht mit Einzelheiten langweilen, aber Tatsache ist, dass ich ein paar faule Glüxkonten aufgekauft habe und sie für das Doppelte verticken wollte. Guter Plan, aber – na ja, das ist leider in die Hose gegangen. Und was war: Ich hatte diese Luxushütte am Bein und konnte nicht zahlen. Blöd, was?«

»Ganz schön blöd.«

»Genau. Und dann kam Cornelius ins Spiel.«

»Die gemeingefährliche Schabe.«

»Genau. Er ließ ja mit sich reden. Scheißfreundlich, da wurde mir klar, dass er darauf schon ewig gewartet hatte. Kein Problem, kompletter Schuldenerlass, das mach ich doch gern. Wenn du mir dafür einen kleinen Gefallen tust.«

»Nett von ihm.«

»Genau. Hab ich ja auch gedacht. Und deswegen ist all das passiert. Weil er nett war, klar? Ich hatte keine Wahl.«

»Was ist denn passiert?«

»Mickie Kelzenberg.« Helge rülpste vernehmlich. »Wovon rede ich denn die ganze Zeit?«

Die Kerzen waren alle heruntergebrannt, nur hier und da glimmte noch ein Docht. Um sie herum waren der nächtliche Garten und lautstarkes, fast aufdringliches Zirpen der Grillen. Es wurde jetzt doch etwas kühl.

De Jong hörte sich das Zirpen an. »Gute Frage«, kam er dann auf das zurück, was Schimmeck vor einer ganzen Weile gesagt hatte. »Wovon redest du eigentlich? Was hat Mickie damit zu tun?«

»Ich rede davon, dass man mir die Pistole auf die Brust gesetzt hat. Du sorgst dafür, dass dieser kleine Schnösel keine Probleme mehr macht, oder du bist geliefert. Am Arsch. Also hab ich es getan.«

»Probleme? Von welchen Problemen redest du?«

»Keine Ahnung, es war mir auch egal. Dieser Kelzenberg hat immerhin meine Frau flachgelegt, schon vergessen?«

»Hat er nicht.«

Schimmeck nickte bestätigend. »Was ich getan habe, war falsch, ich weiß, aber was sollte ich denn machen?«

»Sag mal: Was erzählst du mir da, Helge: dass du Mickie umgebracht hast?«

Es dauerte so lange, dass de Jong gar nicht mehr mit einer Antwort rechnete.

»Wenn du es so nennen willst, Holger.«

»Niklas. Scheiß egal, wie ich irgendetwas nennen will!«

»Ehrlich gesagt, wollte ich das nicht. An dem bewussten Abend bin ich zu ihm gefahren, um mit ihm zu reden. Aber das konnte man gar nicht, der Kerl war sternhagelvoll. Und stinksauer, weil er sich gerade mit seiner Freundin gestritten hatte. Er wollte mich rauswerfen, wurde handgreiflich. Tja, und dann …«

»Was und dann?«

»Ich hab zugeschlagen, es war praktisch Notwehr, weißt du. Und dann ist er gegen den Kühlschrank geknallt. Ich hab sofort gesehen, dass er …«

Helge nahm einen riesigen Schluck aus seiner Pulle. Dann knallte er die Flasche auf den Tisch und sah sein Gegenüber an wie der Erste, der all das ungeschehen machen würde, wenn es nur in seiner Macht stünde. »Es hat ja nichts in der Zeitung gestanden. Da wird jemand umgebracht und die Zeitung bringt nichts darüber. So was gibt es doch nicht. Deshalb war ich froh, als du dich mal umgehört hast. Inzwischen denke ich mir nämlich, vielleicht war er ja nicht tot. Vielleicht hat er noch gelebt und ich dachte nur, er wäre tot. Und er hat sich irgendwie bekrabbelt. Verstehst du? Das würde doch erklären, wieso man bis heute nichts in der Zeitung …«

»Red keinen Scheiß, Helge. Du hast ihn umgebracht.« De Jong war sich nicht sicher, ob sein Tischgenosse das mitgekriegt hatte. Schimmeck hatte so viel intus, dass es keinen Sinn mehr hatte weiterzureden. Irgendwann in den letzten Minuten musste er in jenes Stadium hinübergeglitten sein, in dem man vor sich hinbrabbelt und gleichzeitig in einer völlig anderen Welt ist. Aber das war nicht de Jongs Problem. Sein Problem war, dass er auf dieses Geständnis nicht vorbereitet gewesen war. Und deshalb war auch er zu alkoholisiert, um die Frage beantworten zu können, wie es jetzt weiterging.

So saßen sie eine Weile da – Helge monologisierte sinnlos, während de Jong sich fieberhaft den Kopf zerbrach über Dinge, die er nicht mehr zu Ende denken konnte. Immer wieder verlor er den Faden und begann von Neuem …

»Hey, es ist scheiß spät«, nuschelte Helge schließlich.

»Klar ist es spät. Aber das …«

»Quatsch! Du kannst nicht mehr fahren, Niklas.« Als kostete es ihn sämtliche Kräfte, hob Helge den Arm zum Zeichen des Einspruchs, ohne dass de Jong die Absicht geäußert hatte zu gehen. »Du pennst hier, basta. So weit kommt's noch, was …?«

23. Kapitel

Das Gezwitscher der Vögel weckte ihn gegen halb elf. Es war eine kurze Nacht gewesen. Helge hatte darauf bestanden, dass de Jong bei ihm übernachtete, dann hatte er sich plötzlich ins Haus verdrückt mit dem Hinweis, dass er gleich zurück sein werde. De Jong hatte eine ganze Weile gewartet und dann auf einer der Holzbänke übernachtet. Alles stand noch wie gestern da: der kalte Grill, die Sitzgarnituren, vereinzelte Gläser und leere Flaschen. Über eine von ihnen stolperte er, als er sich auf die Terrasse begab, sie polterte die Kellertreppe hinunter und zerschellte auf den Steinen.

Der Exkommissar schleppte sich ins Wohnzimmer. Auf der breiten Ledercouch schnarchte ein weiterer Gast, der im Schlaf ein dickes, rotes Plüschkissen umarmte.

»Hey, schon wach?« Helge Schimmeck näherte sich aus der Küche. Er trug einen roten Morgenmantel und sah aus wie ein bettlägriger Schwerkranker. »Wie wär's mit einem leckeren Frühstück?«, erkundigte er sich mit heiserer Stimme, und de Jong war nicht klar, ob es sich um eine Einladung handelte oder um die Aufforderung, für Kaffee zu sorgen.

»Warum nicht?«, sagte de Jong und dann fiel ihm ihr nächtliches Gespräch wieder ein. Ihm war klar, dass er hier nicht einfach so frühstücken konnte. Ebenso wenig konnte er gehen ohne ein Wort der Erklärung. »Noch mal wegen gestern«, sagte er.

»Was war denn da?«

»Wir haben über den Mord gesprochen.«

Schimmeck blinzelte verkatert. »Welchen Mord denn?«

»Den an Mickie. Michael Kelzenberg.«

Der Gastgeber hatte dunkle Ringe unter den Augen. Der Motivationscoach des *Positive Thinking* nach einer durchzechten Nacht. Auch er durfte sich so etwas schließlich hin und wieder gönnen. »Jemand hat Herrn Kelzenberg ermordet?«

Schimmeck klang ehrlich überrascht, schockiert sogar. De Jong traute seinen Ohren nicht. »Allerdings, und du bist der Jemand, Helge. Hast du mir gestern Nacht erzählt.«

Ein ungläubiges Grinsen verformte sein Gesicht. »Quatsch!«

»Kein Quatsch.«

»Jetzt hör aber auf: Ich soll den Mann ermordet haben?«

»Du hast es selbst gesagt. Weißt du nicht mehr?«

Helge nippte an seinem Kaffee. »Sag mal, du willst mich verscheißern, oder was?«

De Jong hatte den Eindruck, dass es genau umgekehrt war. »So besoffen kannst du doch gar nicht gewesen sein, dass du dich daran nicht mehr erinnerst.«

»Kann ich wohl. Und wenn man besoffen ist, redet man eben eine Menge dummes Zeug. Das weißt du doch selbst.« Schimmeck nahm Kurs auf die Küche.

»Jetzt komm schon. Trink wenigstens einen Kaffee, dann fühlst du dich besser.«

»Ich fühle mich überhaupt nicht schlecht.« Trotzdem kam de Jong mit und nahm die Tasse mit dem schwarzen Gebräu. »Hör zu, Helge, man redet aber doch nicht irgendwelches dummes Zeug. Du hast gesagt, dass du Mickie getötet hast. So etwas saugt man sich doch nicht aus den Fingern.«

»Mensch, Niklas, wenn man dich so reden hört, könnte man denken, du warst noch nie breit.« Helge ließ sich auf einem Stuhl aus Aluminium nieder und stellte seine Tasse auf den Küchentisch, der auch aus Alu war. Es war eine regelrechte Alu-Küche. »Aber vielleicht kannst du meine besoffenen Spinnereien ja ein bisschen nachvollziehen, wenn ich dir sage, dass ich zurzeit mit dem Rücken zur Wand stehe.«

»So etwas Ähnliches erwähntest du gestern auch. Und deshalb hättest du dich dann mit Wittekind geeinigt …«

»Hab ich auch was über die Unglüxe gesagt?«

»Über was?«

Schimmeck sprang auf, schob de Jong aus der Küche, den weitläufigen Flur entlang, hinein in ein Zimmer mit einem Schreibtisch, auf dem sich ein aufgeklappter Laptop befand.

»Lenk jetzt bloß nicht ab«, sagte de Jong.

»Mach ich doch gar nicht. Pass auf«, sagte Schimmeck. »Das kam wie aus heiterem Himmel.« Er klapperte mit der Tastatur, die Myglüx-Startseite leuchtete auf. »Alles ist reine Psychologie, verstehst du? Genauso wie an der Börse.«

»Nein.«

»Diese Energie, die fließt, wenn du jemanden beglüxt. Die kannst du nicht messen, aber es gibt sie und zwar deswegen, weil du dran glaubst, kapiert? Lass uns bitte darüber jetzt nicht debattieren. Der Punkt ist, dass es umgekehrt genauso gilt.«

»Es gibt sie nicht, weil du nicht dran glaubst?«

Statt einer Antwort klickte Helge. Auf dem Bildschirm wurde es dunkel, statt des leuchtenden Blau und Gelb dominierten jetzt Lila und Schwarz. Neben dem Benutzernamen Schimmi blinkten etliche kleine Totenköpfe in Lila, daneben eine Zahl: 24,5 MegaUnglüxe.

»Da ist wohl noch Luft nach oben«, spottete de Jong.

»Du bist gut.« Helge konnte darüber kein bisschen lachen. Stattdessen schnaufte er erbost. »Luft nach oben«, zischte er. »Das ist verheerend. Gelinde gesagt, eine Katastrophe.«

»Ach was«, sagte de Jong. »Wer glaubt denn so einen Scheiß?«

»Es ist ganz einfach: Du gibst den Namen des Betreffenden ein und dann klickst du auf den *Fahr-zur-Hölle-*Button.«

Da war er, ein dunkelviolett leuchtender Daumen, der nach unten zeigte: *Fahr zur Hölle* stand darunter. 24 Mega-Us. »Das ist ein regelrechter Shit-Storm.« Helge schüttelte verzweifelt den Kopf. »Irgendeiner hat mich auf dem Kieker. Nur wer? Und warum?«

»Warum schaltest du den Kasten nicht einfach aus, ziehst den Stecker und die Sache ist erledigt?«, sagte de Jong ungerührt.

Schimmeck hörte gar nicht zu.

»Genauso wie die Glüxe dich nach oben bringen, bringen dich die Unglüxe nach unten«, monologisierte er. »Tausende von Leuten, die dir Schlechtes wünschen. Gegen die kannst du nichts ausrichten. Und das Schlimmste ist: Je größer mein Unglüxkonto, desto mehr klicken auf diesen scheiß Daumen. Das ist keine Community, sondern eine geifernde Meute, die nach Blut lechzt.«

»Um noch mal auf den Mord zurückzukommen«, sagte de Jong.

»Verdammt noch mal, hörst du mir denn überhaupt nicht zu!« Schimmeck platzte der Kragen. »Ich versuche dir gerade zu verklickern, dass ich echte Probleme habe und im Moment ganz bestimmt keinen Kopf für deine verdammten Wortklaubereien!«

»Wortklaubereien?«

»Ich hab dir doch gesagt, dass er wahrscheinlich gar nicht tot ist, sondern noch lebt.«

»Ja, das hast du.« Also erinnerte sich der Kerl doch noch. »Aber warum ist er verschwunden?«

»Keine Ahnung. Aber wenn er noch lebt, bin ich ja wohl kein Mörder.« Schimmeck fuchtelte hektisch. »Und jetzt entschuldige mich bitte.«

»Na schön.« De Jong reichte es. Er zog den Umschlag mit den Negativen aus seiner Jackentasche und warf ihn auf den Tisch. »Glaub mir, ich werde herausfinden, ob das, was du gestern Nacht abgesondert hast, stimmt oder nicht. Und bilde dir bloß nicht ein, dass ich die Sache auf sich beruhen lasse.«

»Na, dann viel Erfolg dabei.« Der GSO-Coach schnaufte verächtlich. »Wenn ich noch mal einen Detektiv brauche, dann werde ich sicher nicht Küppers nehmen, das kannst du deinem Chef schon mal ausrichten.«

»Mach ich gern«, gab de Jong zurück. »Küppers sieht seine Arbeit sowieso nicht darin, Morde zu vertuschen.«

Sinnlos, auf eine Antwort zu warten. Helge Schimmeck, hoffnungsvolles Talent des *Positive Thinking,* war nicht in der Lage zu antworten. Während de Jong das Haus verließ, stierte er immer noch auf den Monitor, mit leeren, aber dennoch gebannten Augen, wie die Maus, die auf die Schlange starrt. Und de Jong musste über seine letzte Äußerung nachdenken und zugeben, dass er selbst immerhin zugelassen hatte, dass ein Mord vertuscht worden war.

24. Kapitel

Dabei war es ein Traum von einem Vormittag. Die Bienen summten, und hier draußen, am Rand der Stadt, roch es nach Urlaub auf dem Land und nach Sommerferien. An solchen Tagen ließ man sich ins Gras fallen und verbrachte die Zeit damit, in den blauen Himmel zu blinzeln und die Kondensstreifen der Düsenjets zu bewundern.

Das galt jedoch nicht für de Jong. Ihm war weder nach Blinzeln noch nach Kondensstreifen zumute. Da war erst der skurrile Grillabend gewesen, der Spaziergang zu einem Teich, der ihn an Mickies momentanen Aufenthaltsort erinnert hatte, und später eine volltrunkene Plauderei, in deren Verlauf ihm sein ehemaliger Klient wie nebenbei einen Mord gebeichtet hatte, nur um ein paar Stunden später mit verkaterter Stimme alles wieder abzustreiten. Hatte de Jong ihn vielleicht falsch verstanden? War er selbst in Wirklichkeit noch besoffener als Helge gewesen, sodass er sich dessen Geständnis nur eingebildet hatte?

So gesehen, hatte ihn die letzte Nacht kein bisschen vorangebracht.

Nach einigem Suchen fand er sein Fahrrad wieder, stieg auf und radelte aufs Geratewohl los. So richtig gut kannte er sich hier nicht aus. Vielleicht hatte es mit jenem uralten Gesetz zu tun, dem zufolge es den Täter immer zurück an den Tatort zieht, jedenfalls fand er sich nach einigen Minuten am grasbewachsenen Ufer des vermaledeiten, kleinen Teiches wieder – dieses Mal war er von der Straße aus gekommen und falsch in einen Feldweg abgebogen. De Jong stieg ab, ließ das Rad ins Gras fallen und setzte sich daneben.

Allmählich verstand er, wieso Monks Onkel – seinen Namen hatte er vergessen – diesen Ort allen Attraktionen der Welt vorgezogen hatte: Es war in der Tat ein ideales Plätzchen, um innezuhalten und sich Gedanken zu machen. Für jemanden wie de Jong natürlich obendrein ein Ort, um Zwiesprache mit dem zu halten, der irgendwo auf dem Grund eines Teiches schlummerte.

»Hey, Mickie, bist du da?«, sagte er. »Ehrlich, du hast es nicht schlecht getroffen. Diese Stille und das Zirpen der Grillen – das dürfte deinem Traum doch schon nahekommen, oder nicht?«

Das Letzte war als Scherz gemeint gewesen, den Mickie möglicherweise nicht komisch fand, jedenfalls antwortete er nicht. Es blieb still, bis auf ein Motorengeräusch weiter weg. Ein Trecker, aber es konnte auch ein Rasenmäher sein …

Na gut, dachte de Jong, du musst ja nicht antworten …

Wie war das noch: *Ich bin Musiker, und das kannst du nicht sein ohne einen Traum von etwas.* So was Ähnliches hatte er doch gesagt. Aber konnte man überhaupt etwas sein ohne einen gottverdammten Traum? Und was zur Hölle wollte man sein? Bei den meisten ging es doch immer nur darum, besser als die anderen zu sein – worin man das war, war egal. Helge Schimmeck war ein Musterbeispiel: Erst hatte er eine steile Karriere bei den Selbstverbesserern hingelegt, und dann murkste er jemanden ab, nur um seine Schulden loszuwerden. Der Mann konnte einem leid tun – vorausgesetzt, man hatte eine gewisse Übung im Mitleidempfinden mit Ärschen wie ihm.

Nur, dass Mickie auf dem Grund eines Sees lag, daran war Schimmeck nicht mal schuld.

»Zugegeben, das konnte ich nicht verhindern«, räumte de Jong ein. »Keine Ahnung, wie das gehen soll, aber ich werde das irgendwie in Ordnung bringen. Erst finde ich heraus, ob Schimmi wirklich hinter dem Mord steckt. Und warum er das getan hat. Wohl gemerkt: Ich mache das für dich – und nicht, um bei Penny zu landen.«

Mickie blieb weiter stumm, aber seine Antwort hatte de Jong ja schon. *Ist es das, was du dir für dein Leben vorgenommen hast: herausfinden, wer wen umgebracht hat?*

»Natürlich nicht«, sagte de Jong. »Es hat sich so ergeben. Am Anfang nimmst du den Mund gehörig voll und später backst du kleine Brötchen, so läuft das doch immer.«

Schweigen. Als wollte Mickie sagen: »Wenn du meinst …«

»Sieh dich doch selbst an: Der große Musical-Komponist schreibt banale Liedchen für Baumärkte und Hersteller von Klopapier. Wenn das nicht schovel gelaufen ist. – Hey, Mickie, ich rede mit dir!«

Ein paar Krähen, erschreckt durch seinen Ausbruch, flogen auf. Unglaublich, de Jong redete mit einem Teich, so weit war es mit ihm gekommen. Er sprang auf und bestieg sein Fahrrad, um der Idylle zu entfliehen.

Aber er fuhr nicht los, sondern stieg gleich wieder ab, weil sein Handy klingelte. Als er die Verbindung herstellte, rauschte es am anderen Ende.

»Ich bin's, Eugen. Wollte nur mal hören.«

»Du?«, fragte de Jong grantig. »Na, sag schon, was wolltest du hören?«

»Wie es mit dem Fall weitergegangen ist.«

»Der Fall ist aus und vorbei. Dein Klient ist ein Mörder, und für Mörder arbeite ich nicht. Abgesehen davon habe ich die Leiche bis jetzt nicht mal ausfindig gemacht.«

Am anderen Ende war einen Moment perplexe, aber rauschende Stille.

»Das war aber jetzt ein Witz, oder?«

»Klar, Eugen, was dachtest du denn?«

»Und sonst?« Küppers klang erleichtert. »Wie geht's Giulia?«

Schon wieder eine falsche Frage. »Kannst du mir sagen, woher ich das wissen soll?«

»Nein, Niklas, natürlich nicht. Ich dachte nur ...«

»Wie sieht's denn bei dir aus, wo wir schon bei dem Thema sind?«

»Bei mir? Was meinst du?«

»Millie – wer denn sonst? Die andauernde Streiterei mit ihr, geht dir das nicht gehörig auf den Geist? Anders gefragt: Ist es ernsthaft das, was du für dein Leben wolltest?«

Küppers wusste nicht, wie ihm geschah, und schnaufte indigniert. »Sag mal, was soll das denn jetzt überhaupt?«

»Warum beantwortest du nicht einfach meine Frage?«

»Allmählich wird mir klar, was mit dir los ist«, sagte Küppers. Es war ihm irgendwie anzumerken, dass er Ferien hatte und zu locker, um einzuschnappen. »Niklas, du wirst alt, so sieht's aus.«

»Quatsch! Was hat das denn damit zu tun?«

»Du nimmst das Leben nicht, wie es ist, sondern fängst an, nach dem tieferen Sinn zu fragen. Das ist das, was man ein untrügliches Zeichen nennt.«

Wenn irgendetwas eine Erscheinung fortschreitenden Alters war, fand de Jong, dann doch wohl Küppers' in letzter Zeit auffällig besserwisserische, fast schon professorale Anwandlungen.

»Wenn du mit einer Frau nicht mehr ins Bett willst, sondern lieber auf der Bettkante hocken bleibst und mit ihr über das Leben diskutierst, dann geh davon aus, dass der Nachmittag vorbei ist. Draußen dämmert es allmählich. Die Vögel gehen schlafen und die Mütter rufen ihre Kinder herein, weil das Abendessen wartet.«

De Jong schnaufte abfällig. »Das ist ja wohl mit Abstand der abgedroschenste Mist, den ich je gehört habe.«

»Ist auch nicht von mir. Hab ich irgendwo gelesen, aber frag mich nicht, wo.«

»Keine Sorge«, sagte de Jong. »Du weißt ja nie, wo du was gelesen hast.« Ihm war längst klar, dass er nur deshalb wütend auf Küppers war, weil er auf Mickie nicht mehr wütend sein konnte. Und weil sich Küppers nach Giulia erkundigt und Giulia ihn versetzt hatte und damit seine schöne Theorie von den wirksamen Glüxen zum Teufel war. »Warst du schon mal auf einem Klassentreffen?«, fragte er.

»Klar. Wieso?«

»All diese Ehemaligen aus alten Pennälertagen – die sind wie aufgezogene Spielzeugmäuse, die tausend Runden laufen und irgendwann stehen bleiben. Verstehst du, was ich meine?«

»Nicht so ganz. Ich hatte in meiner Klasse keine Mitschüler zum Aufziehen.«

»Aber wenn du einen von denen fragst: Ist es das, was du dir von deinem Leben versprochen hast, was kriegst du dann wohl für eine Antwort?«

»Du bist doch nur neidisch«, sagte Küppers. »Weil der Motor bei dir nie so richtig angesprungen ist.«

»Na ja.« De Jong gab auf. Seine Wut war ihm irgendwie abhandengekommen. »Ich wünsche dir jedenfalls noch eine schöne Weiterreise. Jetzt muss ich noch rausfinden, wer die Morde begangen hat.«

»Morde? Habe ich richtig gehört? Ich dachte, das war ein Scherz.«

»Mir ist heute gar nicht nach Scherzen«, sagte de Jong und legte auf.

25. Kapitel

Beim Zurückradeln war er kaum bei der Sache. Zu sehr war er mit der Frage beschäftigt, wie er sich so dämlich hatte anstellen können. Wie er auch nur für einen Moment in Erwägung ziehen konnte, dass die Glüx-Idee irgendetwas anders als ausgemachter Schwindel sei. Dass Giulia eigentlich mit ihm zusammensein wollte statt mit Rembert Kranich, war eine schlichte Tatsache und das nicht erst seit heute, auch dass sie dem esoterischen Schleimbeutel trotzdem immer wieder auf den Leim ging. Da konnte ein virtuelles Konto aus heißer Luft ebenso wenig bewirken wie ein Grundkurs im Sich-am-eigenen-Schopf-aus-dem-Sumpf-Ziehen. Mickie hatte das begriffen; bei de Jong dauerte es wohl etwas länger. Damit bei ihm der Groschen fiel, musste sich erst einer der professionellen Positivdenker als kaltblütiger Mörder outen.

Schimmeck war arrogant, eingebildet und von sich überzeugt, aber für naiv hatte de Jong ihn bis heute nicht gehalten. Nur, genau das war er, wenn er glaubte, er könnte heute einen Mord gestehen und sich am nächsten Tag einfach so aus der Affäre ziehen, indem er sich auf die Unzurechnungsfähigkeit des Sturzbesoffenen berief. De Jong würde schon dafür sorgen, dass Helge für seine Tat bezahlte, auch wenn er sie ihm dafür auf gute, alte, kriminalistische Art nachweisen musste.

Der Selbstoptimierungsguru hatte behauptet, dass man ihm die Pistole auf die Brust gesetzt habe – der Kartoffelchips-süchtige Konzernchef befand sich längst auf seiner Liste. Das Motiv war eigentlich längst klar: irgendein unschöner Deal zwischen dem Bistum Münster und der GSO, den Monk als Teufelspakt bezeichnet hatte und von dem nicht nur Mickie, sondern auch Pinkwart gewusst hatte.

Monk und sein Teufelspakt. De Jong stoppte, weil er an einem Wegweiser vorbeigekommen war, der Richtung Hiltrup wies und zu dem Gedankenwirrwar in seinem Kopf passte: *Pope City – Europas erste und einzige katholische Fun-Meile!* Es war halb zwölf. Ihm fiel Monks Prayer-Event ein, der um zwölf starten würde. Ein kleiner Abstecher konnte sicher nicht schaden; die Andeutungen des Geistlichen über den Dreck, der unter einen Teppich gekehrt wurde, hatten den Exkommissar neugierig gemacht.

Das Wetter zog weiterhin alle Register, hin und wieder zeigten sich winzige, hauchdünne Wölkchen am blauen Himmel – ein Traumsommer mitten in den Schulferien. Auf der Hiltruper Kanalinsel, die der verstaubten Freizeitmeile am Aasee schon lange den Rang abgelaufen hatte, herrschte entsprechend Hochbetrieb. Lange Schlangen belagerten die Kassen, quengelnde Kinder raubten ihren Eltern den letzten Nerv, alles drängelte und schob. De Jong brauchte einige Zeit, bevor ihm auffiel, dass das Gedrängel nicht nur wetterbedingter Andrang war, sondern vor allem ein künstlich erzeugter Stau. Die Kassenschalter waren nämlich geschlossen, und der Einlass wurde von zwei Streifenwagen der Polizei blockiert.

»Tut mir leid«, sagte einer der Beamten, zu dem er sich unter Zuhilfenahme beider Ellbogen vorgekämpft hatte. »Hier ist momentan geschlossen.«

»Wieso? Was ist denn passiert?«

»Sie haben einen Toten gefunden«, raunte ihm eine junge Frau zu, an deren rechtem Arm mit aller Kraft ein Sechsjähriger zog.

»Mama, warum können wir die Leiche nicht angucken? Wir haben doch bezahlt.«

»Heute nicht. Bestimmt ein anderes Mal.«

»Wer ist denn der Tote?«, erkundigte sich de Jong.

»Ein Mann«, sagte ein korpulenter Kerl mit Sonnenbrille, der sich mit seinem verschwitzten Kunstfaser-Oberhemd eine Gasse durch die Menge freitranspiriert hatte. »Er wurde überfahren. Vom Papamobil.«

»Cool!«, sagte der Junge.

De Jong wurde hellhörig. Er näherte sich dem Beamten, aber der hob abwehrend die Hand, zum Zeichen, dass er darüber nichts sagen dürfe.

»Hauptkommissar Merzenich von der Mordkommission«, versuchte de Jong sein Glück, »hat mich telefonisch herbestellt. Anscheinend glaubt er, dass ich den Mann kenne und sachdienliche Hinweise liefern kann.«

»Du hast aber versprochen, dass wir mit dem Papamobil fahren«, quengelte der Junge.

»Ein anderes Mal ganz sicher«, wiederholte die Mutter, und der Schwitzende stimmte ihr zu.

»Also gut, kommen Sie mit durch«, sagte der Beamte zu de Jong und öffnete die Eingangstür einen Spaltbreit.

Die Teststrecke für das Papamobil befand sich am äußeren Rand des Freizeitparks, gegenüber den Verliesen der Spanischen Inquisition und der *Stairway to Heaven,* einem Fahrgeschäft, das noch eine Baustelle war. Die *Autostrada Vaticana* bestand aus einem asphaltierten Oval, auf dem mit großen, fetten Buchstaben *Viva il Papa* prangte. Bunte Fähnchen in den vatikanischen Farben hatten eine o-förmige Bahn abgesteckt. Eine Absperrung aus bunten Kunststoffbändern mit der Aufschrift *Wartungsarbeiten! Kein Zutritt!* trennte das Fahrgeschäft von den anderen im Park.

Das Papamobil sah aus, wie man es aus dem Fernsehen kannte. Es stand quer zur Fahrtrichtung der Bahn. Gleich daneben lag die Leiche, die mit einer orangefarbenen Plastikplane bedeckt war. Die Kripo war damit beschäftigt, Spuren zu sichern. Der freundliche Beamte eskortierte de Jong direkt zum Hauptkommissar, dessen Hemd genauso verschwitzt war wie das des Besuchers an der Kasse.

»Hier ist Herr …«

Merzenich starrte ihn entgeistert an. »Ach, sieh mal an. Dat hätte ich jetzt nicht gedacht.«

»Sie hatten ja mal erwähnt, dass Sie für Hilfe dankbar wären«, schleimte de Jong.

»Allerdings.« Merzenich kniff skeptisch die Augen zusammen. »Aber dann jetzt auf einmal …«

»Wer ist denn der Tote? Heißt er zufällig Urban Monk und ist Geistlicher?«

Plötzlich misstrauisch geworden, kniff der Kommissar die Augen zusammen. »Sagen Sie mal: Wat haben Sie denn eigentlich mit der Sache zu schaffen?«

»Nichts weiter«, wiegelte de Jong ab und sah in die Luft, als ob ihn die Sache eigentlich nur beiläufig interessierte.

»Dann lassen Sie mich mal raten. Sie hatten zufällig Streit und sind später gemeinsam essen gegangen?«

»Er war derjenige, der mir bei der Meinungsverschiedenheit mit dem seligen Pinkwart zu Hilfe geeilt ist. In einem Restaurant waren wir nicht, allerdings haben wir uns während eines Grillabends unterhalten.«

Merzenich stieß einen Seufzer aus und stapfte in die Richtung, wo der Tote unter der Plane lag. »Dieser Bedauernswerte dürfte der einzige Mensch auf diesem Planeten sein, der jemals von einem Papamobil getötet wurde. Ich würde das gern amüsant finden, aber dazu ist die Sache zu ernst.«

»Sicher, dass es kein Unfall war?«

»Man hat sich nicht mal die Mühe gemacht, es wie einen aussehen zu lassen. Herr Monk wurde mit einem schweren Gegenstand – einem Radkreuz, wie wir vermuten – von hinten niedergeschlagen. Mithilfe der Absperrung hat der Täter sich das Publikum vom Leib gehalten. Er hat den Bewusstlosen mit einer Plane bedeckt und mehrmals überfahren, ohne dass ihn jemand dabei gestört hätte.«

»Gibt es denn keine Zeugen, die den Fahrer gesehen haben? Hier sind schließlich genug Leute.«

»Dat denken Sie, Herr Kollege. Gehen Sie mal davon aus, dat der Mörder den Tatort sorgfältig ausgewählt hat. Warteschlangen an den Kassen, Gedrängel an den Fahrgeschäften – denken Sie, da achtet irgendeiner darauf, was sonst so passiert?« Der Kommissar führte de Jong an die Plane heran, damit er die Reifenspuren in Augenschein nehmen konnte. »Die Leute fanden das nicht verdächtig. Was immer da passierte, hielten sie wahrscheinlich für Instandsetzungsarbeiten.«

»Und dem Servicepersonal ist auch nichts aufgefallen?«

Merzenich schüttelte den Kopf. »Die sind chronisch unterbesetzt, über 50 Prozent sind Minijobber. Und die Technik mussten wir erst aus dem Bett klingeln.«

»Erst Pinkwart und dann Monk«, sagte de Jong.

Merzenicht nickte. »Der eine stirbt in St. Lamberti, der andere in *Pope City*, überfahren vom päpstlichen Gefährt. Überall religiöse Symbolik.«

»Mit einem Radkreuz erschlagen«, fügte de Jong hinzu.

»Aber das Wichtigste sind Sie, mein Lieber: Sie kannten Pinkwart und Sie kannten diesen Monk.«

»Kennen wäre zu viel gesagt«, erwiderte de Jong.

»Tut mir leid, Kollege«, Merzenich machte ein leidendes Gesicht wie ein Arzt, der seinem Patienten Schmerzen zumuten muss, »aber ich hab sonst nichts, wo ich ansetzen kann.«

»Also gut. Monk war hier, um Dinge aufzudecken, so viel weiß ich jedenfalls.«

»Was für Dinge?«

»Irgendein Deal, der zwischen dem Bistum und der Gesellschaft für Selbstoptimierung gelaufen ist«, sagte de Jong. »Etwas, das mit diesem Freizeitpark zu tun hat. Genaueres hatte ich vor, heute zu erfahren. Monk wollte einen Prayer-Event dazu nutzen, um auszupacken.«

Merzenich nickte. »Er wurde also zum Schweigen gebracht.«

»Und was Pinkwart angeht, er war lange das Aushängeschild der Gesellschaft. Monk hielt es für möglich, dass er auch in das krumme Geschäft eingeweiht war.«

»Welches Geschäft?«

»Keine Ahnung«, sagte de Jong. »Er sprach davon, dass er heute die Händler aus dem Tempel vertreiben wollte.«

Der Kölner Hauptkommissar grunzte. »Dat ausgerechnet hier, wo der Mammon herrscht? Das schafft keiner. – Also gut, dann erzählen Sie mir doch mal, was Sie über diese ominöse Gesellschaft ...« Merzenichs Handy klingelte. »Ja, was gibt's denn? ... Nein!« Der Kommissar öffnete den Mund und schloss ihn wieder. »Sagen Sie das noch mal.«

Der Gesprächsteilnehmer am anderen Ende kam dieser Bitte offenbar nach, was der Hauptkommissar mit mehreren fassungslosen Neins und zwei ›Jetz sagense bloß‹ quittierte.

»Neuigkeiten?«, fragte de Jong dazwischen.

»Ich kann hier aber nicht weg, bin gerade noch mit einem anderen Mordfall ... Na schön, ich werde sehen, was ich tun kann.« Merzenich klappte das Handy zu und steckte es in die Tasche.

»Neuigkeiten?«, erkundigte sich de Jong noch einmal.

»Dat könnense wohl laut sagen.« Merzenich hatte es plötzlich eilig wegzukommen. »Wir haben noch einen

Toten. Tut mir leid, de Jong, ich muss Sie an die Kollegin Truthaan weiterreichen. Sie wird Ihre Aussage zu Protokoll nehmen.«

»Darf man erfahren, um wen es sich handelt?«

»Eins nach dem anderen. Erst mal müssen wir die Leiche aus dem Tümpel herausziehen.«

26. Kapitel

Die nächste Sekunde brauchte lange, um zu verstreichen. Aber dann hatte de Jong es plötzlich auch eilig. Er rannte dem Kommissar hinterher, der bereits in Richtung Ausgang eilte. »Sie haben jemanden in einem Tümpel gefunden?«

»Genau gesagt ist es ein Baggersee. Zwei Schwimmer sind auf den Grund getaucht, nachdem sich einer am Kotflügel verletzt hat.«

»Und in dem Auto fand man einen Toten?«

Merzenich stoppte so abrupt, dass de Jong nicht mehr bremsen konnte. Er rannte den Kommissar über den Haufen und stürzte über ihn. »Wer hat was von Auto gesagt?«, fragte Merzenich. De Jong hatte jetzt definitiv den Status des Mitermittlers verwirkt. Merzenichs Argwohn war praktisch mit den Händen zu greifen.

»Niemand.«

»Eben. Also woher wussten Sie, dass die Leiche in einem Fahrzeug gefunden wurde?«

»Das ist doch albern, Herr Kommissar. Sie erwähnten einen Kotflügel, deshalb habe ich nicht an ein Flugzeug gedacht. Oder ein U-Boot.«

»Was würden Sie davon halten, mich zu begleiten? Natürlich nur, wenn Sie nichts Besseres zu tun haben.«

De Jong war klar, dass das kein Vorschlag zur Güte war. »Warum sollte ich?«, fragte er trotzig.

»Weil Sie mir dieses Mal wirklich bei der Aufklärung behilflich sein könnten.« Merzenich holte tief Luft und zählte dann auf: »Zwei Tote, und immer sind Sie mit von der Partie, de Jong. Und vom dritten wissen Sie schon lange vor uns.« Der Hauptkommissar schüttelte den Kopf. »Dat is mir jetzt ein bisschen zu viel des Guten.«

Unterschlagung von Beweismitteln, Vertuschung eines Kapitalverbrechens mit tödlichem Ausgang, Beihilfe zur illegalen Beisetzung außerhalb einer ausgewiesenen Grabstätte – de Jong fiel gleich eine ganze Reihe von Straftaten ein, derer er sich schuldig gemacht hatte. Wie auch immer, es hatte keinen Sinn, die Augen davor zu verschließen, dass Merzenich ihm auf der Spur war. Immerhin, wenn er ihn zum Fundort der Leiche begleitete, ergab sich für ihn vielleicht die eine oder andere Möglichkeit, die Ermittlungen in die richtige Richtung zu lenken oder wenigstens in eine, die um ihn selbst herumführte.

Gute zwanzig Minuten, nachdem sie Hiltrup verlassen hatten, standen sie immer noch auf der Hammer Straße im Stau, da auf der Umgehungsstraße, auf die sie abbiegen mussten, ein Fahrstreifen gesperrt war. Merzenich war im Stress, er telefonierte mehrmals mit Hauptkommissarin Truthaan, seiner jungen Kollegin, die es offenbar nicht rechtzeitig schaffte, den Tatort in *Pope City* zu übernehmen. Zwischendurch erklärte er de

Jong, dass sie in Köln auch ständig im Stau gestanden hätten, natürlich seien die Staus dort viel länger.

»Wisst ihr schon, wie die neue Leiche heißt?«, erkundigte sich de Jong.

»Welche neue?«

»Die aus dem Tümpel.«

»Immer eins nach dem anderen«, wiederholte der Hauptkommissar genervt.

Der äußerste Norden Münsters galt als die wasserreichste Gegend der Stadt. Hier gab es die Rieselfelder, ehemalige Kloake Münsters und jetzt preisgekröntes Vogelschutzgebiet, den Dortmund-Ems-Kanal, die alte und die neue Ems sowie zahlreiche Baggerseen, von denen die meisten von lokalen Anglervereinen aufgekauft und mit Zäunen von der Öffentlichkeit abgeriegelt worden waren. Die restlichen Gewässer waren noch frei zugänglich, was ihnen aber nicht gut bekam: An sommerlichen Tagen reisten die Leute nicht nur zum hüllenlosen Planschen an, sondern auch, um in der freien Natur zu grillen, sich ihrer Notdurft zu entledigen und wüste Saufgelage zu veranstalten. Schließlich glich die ehemals idyllische Natur einer verkommenen Grünanlage, der ein unbefristeter Streik der Müllabfuhr den Garaus machte.

Heute allerdings interessierte sich niemand für den Müll. Der kleine Baggersee hatte sich zum Tatort gemausert. An den Büschen befestigte Absperrbänder hielten Schaulustige fern, die mit wildem Efeu und Brennnesseln bewachsene Böschung hatten zahlreiche Füße niedergetrampelt. Ein grellgelber Kran, der sämtliche Schilfhalme platt gewalzt hatte, beugte sich wie die monströse Karikatur eines gierigen Fischreihers über den kleinen Tümpel. Gleich daneben lag die Beute, die er herausgezogen hatte: ein unförmiger Klumpen aus Schlamm, der sich auf den zweiten Blick als Mickies alter Passat entpuppte. Am ehemals lauschigen Teichufer hockten zwei Taucher bei einer Zigarette. Beamte der Spurensicherung fotografierten. Zu de Jongs Erleichterung hatte man den Toten schon abtransportiert.

Merzenich holte sich von den Kollegen die neuesten Infos, und de Jong gesellte sich zu ihm. »Weiß man denn jetzt, wer der Tote ist?«

Niemand antwortete ihm. Merzenich begab sich zu den jungen Leuten, die den schrecklichen Fund gemacht hatten, einem Pärchen aus Emsdetten, das hergekommen war, weil es die überlaufenen Freibäder hasste. Die Frau erzählte, wie sie sich verletzt habe, als sie mit dem Fuß an »etwas Spitzem vorbeigeschrammt« sei – wie zum Beweis zeigte sie ihren rechten Fuß vor, der in einem eindrucksvollen Verband steckte –, woraufhin er getaucht und auf das Autowrack gestoßen sei. »Und dann haben wir dieses Bündel darin entdeckt. Es war schrecklich ...«

»Dr. Hattkemper geht davon aus, dass der Mann mindestens drei bis vier Tage im Wasser gelegen hat«, sagte Merzenich. »Was bedeutet, dass er schon tot war, bevor Pinkwart ermordet wurde.«

»Wobei noch nicht sicher ist, dass es zwischen diesen Fällen einen Zusammenhang gibt«, meinte de Jong.

»Mein Gefühl sagt mir, dass es einen gibt«, beharrte der Hauptkommissar.

»Und bisher haben wir ja auch noch keinerlei Hinweise, die bei der Identifizierung helfen könnten«, fügte der Exkommissar hinzu.

»Was erwarten Sie, Herr Kollege?« Diesmal benutzte Merzenich das Wort auf eine spöttische, fast verschlagene Weise, dass de Jong auf der Hut war. »Einen Personalausweis?«

»Ein unbekannter Toter also«, schloss de Jong und klang etwas zu erleichtert.

Aber Merzenich schüttelte den Kopf. »Na ja, glücklicherweise haben wir es mit einem nicht besonders schlauen Mörder zu tun. Ich würde ihn sogar dämlich nennen, denn er hat tatsächlich vergessen, die Nummernschilder abzuschrauben, bevor er das Fahrzeug im Teich versenkte.«

»Wieso glauben Sie, dass das der Mörder war?«, fragte de Jong.

Merzenichs Antwort war ein ebenso schräger wie erneut argwöhnischer Blick, der seinerseits eine Antwort verlangte.

»Ich meine, es ist doch theoretisch möglich …«, schwamm de Jong herum. »Jedenfalls lässt sich nicht zwingend folgern, dass derjenige, der den Mann getötet hat, derselbe ist, der das Auto entsorgt hat.«

»Interessanter Gedanke!«, lobte der Kommissar. »Der Mann murkst den armen Kerl ab und verkrümelt sich. Zufällig kommt ein anderer vorbei und sagt: Wie bekloppt sieht dat denn aus? Ein oller Passat mit 'ner Leiche drin. Da werde ich doch mal schauen, ob sich nicht irgendwo ein passender Teich findet.« Das falsche Grinsen verschwand wie abgeschaltet. »Oder wie?«

De Jong hatte sich inzwischen auf Merzenichs Taktik eingestellt, sein Opfer mit rheinischem Frohsinn einzulullen und dann unvermittelt zuzuschnappen wie ein gefräßiger Piranha. »Bisher wissen wir doch nicht mal, ob es wirklich Mord war.«

Erneut runzelte sich die Stirn des Hauptkommissars, aber von einem interessanten Gedanken war jetzt keine Rede mehr. »Sicher, Herr Kollege. Man sollte auch Unfall mit Fahrerflucht in Betracht ziehen. Denn das ist ja hier eine ziemlich befahrene Ecke, stimmt's?« Er schüttelte den Kopf. »Der Passat ist zugelassen auf eine gewisse Penelope Rickmann.«

In diesem Moment entdeckte er sie: Penny. Sie stand oberhalb der Böschung neben einem Streifenbeamten, hatte auch ihn schon entdeckt und fixierte ihn mit einem Blick, den er nicht recht deuten konnte: *Du musst mir jetzt helfen* konnte er ebenso bedeuten wie: *Das hast du jetzt davon*. De Jong beantwortete den Blick nicht, er überlegte noch, ob es nicht klüger sei, wenn der Kölner nichts von ihrer Bekanntschaft erfuhr.

»Der Tote heißt Michael Kelzenberg«, erklärte Merzenich, »Frau Rickmanns Lebensgefährte. Der Mann war Musiker und für Wittekinds Internetunternehmen tätig. Sie kannten ihn nicht zufällig?«

»Nur flüchtig«, sagte de Jong, um einen möglichst beiläufigen Tonfall bemüht. »Wir haben als Kinder dieselbe Klasse besucht.«

»Alte Bekannte«, freute sich Merzenich. »Dat ist doch schon ein brauchbarer Anhaltspunkt. Noch dazu Schulfreunde.«

»Freunde habe ich nicht gesagt.«

»Ach nee? Jetzt wird es interessant: Wat hatten Sie denn gegen ihn?«

De Jong nervte Merzenichs reichlich brachiale Befragungstechnik. »Dass wir nicht befreundet waren, heißt doch nicht, dass ich etwas gegen ihn hatte.«

»Vielleicht«, gestand der Kommissar ein.

De Jong reagierte jetzt doch mit einem versteckten Winken auf Pennys Blick – ein Fehler, weil das Merzenich natürlich nicht entging. »Darf ich vorstellen«, sagte er mit ausladender Geste: »Die Lebensgefährtin unserer Tümpelleiche.« Detektivisch scharfsinniges Grinsen. »Sie haben sie natürlich noch nie gesehen, hab ich recht?«

»Gesehen schon«, wand sich de Jong.

Das Grinsen verlosch erneut, als hätte sich eine Sicherung verabschiedet. »Also ich fasse mal zusammen: Ein Tatortkommissar wird ermordet, nachdem Sie sich mit ihm geprügelt haben. Dann wird der arme Priester vom Papamobil überrollt, und wer steht rein zufällig daneben?«

»Also von Danebenstehen kann ja wohl nicht die Rede sein«, wehrte sich de Jong. »Außerdem habe nicht ich mich mit dem ersten Ermordeten geprügelt, sondern eben dieser Priester.«

»Der dann auch das Zeitliche segnete. Obendrein stellt sich jetzt heraus, dat auch der arme Kerl da aus dem Teich ein alter Bekannter von Ihnen war.«

»Na ja«, sagte de Jong ausweichend. »Sagen wir entfernter Bekannter.«

Merzenich winkte mit einer Kopfbewegung in Richtung Penny. »Und diese junge Dame erzählt uns, dat

Sie ihr versprochen hätten, den Mörder ihres Liebsten zu finden.«

Gratuliere, wie kann man nur so dämlich sein, dachte de Jong und im selben Augenblick: Geschieht mir recht, ich bin der Dämliche! Er sah in Merzenichs fragendes Jetzt-erklären-Sie-mir-das-mal-Gesicht. »Genau«, eierte er, wenig überzeugend, herum, »und das würde ich ja wohl kaum tun, wenn ich …«

»Die Frage ist: Woher wussten Sie überhaupt, dat Kelzenberg ermordet worden war?«

»Stimmt«, gab de Jong zu.

Merzenich wartete. »Also woher?«

»Nun ja«, überlegte de Jong fieberhaft. »Mickie Kelzenberg war verschwunden. Es ging wohl eher darum, ihn zu finden. Von Mord war, soviel ich weiß, keine Rede.«

»Soviel Sie wissen.« Der Rheinländer schüttelte den Kopf, nicht um de Jong zu widersprechen, sondern eher, um zum Ausdruck zu bringen, dass er sich mehr erwartet hatte. Als wären sie doch wieder Kollegen und nicht Kommissar und Verdächtiger, schlenderten sie ein paar Schritte oberhalb des Teiches entlang. Merzenich holte eine Zigarettenpackung hervor, klopfte eine Zigarette heraus und betrachtete sie ausgiebig, als wäre der Glimmstängel das Letzte, was er in der Packung vermutet hätte. »Wenn ich mir jetzt zwei und zwei zusammenrechne«, überlegte er, »und nicht ganz genau wüsste, dat Sie ja eigentlich keiner Fliege was zuleide tun können …«

»Absolut korrekt«, bestätigte de Jong. Jetzt war er derjenige, der wartete. »Was dann?«

Merzenich zuckte mit den Schultern. »Dann käm vielleicht vier dabei raus.«

Auch de Jong zuckte mit den Schultern. »Manchmal helfen Rechenexempel einfach nicht weiter.«

Der Hauptkommissar steckte seinen Glimmstängel wieder ein. »Geben Sie mir irgendwas, de Jong. Damit dat keine hässliche Sache wird, Sie wissen schon.«

De Jong betrachtete den Teich mit seinen Müllansammlungen, die die beliebtesten Badeplätze anzeigten, und war ein bisschen traurig darüber, dass Osse und Konsorten ausgerechnet dieses geschundene Gewässer für Mickie ausgesucht hatten. Schimmecks Schwimmteich hätte viel besser zu ihm gepasst. »Na gut«, sagte er nach einer Weile. »Vielleicht hätte ich tatsächlich was für Sie.«

»Dann raus damit, worauf warten Sie noch.«

»Es ist nämlich so«, sagte de Jong. »Herr Schimmeck hat mir gegenüber ausdrücklich erwähnt, dass er Herrn Kelzenberg getötet hat.«

Jetzt nickte der Kommissar, noch vorsichtig, aber interessiert. »Dat hat er erwähnt? Und wann war das?«

»Letzte Nacht. Auf einer Grillparty.«

»Ich versuche gerade, mir dat vorzustellen: Sie aßen jeder eine Bratwurst, und zwischen zwei Bissen sagte er: ›Jetzt raten Sie mal, wen ich neulich umgebracht habe: diesen Kelzenberg.‹ – Etwa so?«

»Nein, natürlich nicht. Schimmeck war vollkommen betrunken. Er hatte keine Kontrolle mehr über das, was er sagte.«

»Aber woher wissen Sie dann, dass er nicht fantasiert hat?«

»Das weiß ich eben nicht. Nur, was bringt einen dazu, von einem Mord zu fantasieren? Und jetzt, nach diesem tragischen Fund, kann man doch davon ausgehen, dass …«

Wie de Jong schon befürchtet hatte, war der Hauptkommissar nicht richtig überzeugt, eher ein bisschen ungehalten. »Hat er Ihnen bei der Gelegenheit vielleicht auch verraten, wieso er Pinkwart und Monk umgebracht hat?«

»Bis jetzt wissen wir doch gar nicht, ob es da einen Zusammenhang gibt. Kelzenberg und Undine Wittekind waren näher bekannt, allerdings nicht liiert.«

»Behauptet wer?«

»Undine.«

»Also war es Eifersucht?«

De Jong schüttelte den Kopf. »Herr Schimmeck äußerte sich dahin gehend, dass er die Tat als Gefallen für Cornelius Wittekind begangen hat. Genauer gesagt, nachdem Wittekind ihn unter Druck gesetzt hat.«

»Undine Wittekinds Bruder?«

»Genau der.«

»Und was hatte der gegen Herrn Kelzenberg?«

»Kelzenberg hat für Wittekind gearbeitet. Ich vermute, dass er auf etwas gestoßen ist, das nicht bekannt werden sollte. Es hängt mit dem Bau von *Pope City* zusammen.«

»Ach, wirklich?« Merzenich holte tief Luft. Dann schüttelte er den Kopf und starrte schweigend auf das dunkelgrüne Nass zu seinen Füßen.

De Jong war es leid. »Na gut, wenn Sie unbedingt wollen, nehmen Sie mich doch fest, allerdings unter einer Bedingung: Ich verlange eine ausführliche Belehrung über meine Rechte.«

»Lassen Sie mich ausreden, de Jong!« Merzenich wiegelte ungeduldig mit der Hand ab. »Sie wissen doch: Mörder ermittelt man nicht mit glasklarer Logik. Das ist der entscheidende Irrtum eines gewissen Sherlock Holmes. Geschissen auf die Logik! Der Kriminalist hat seine berühmte Nase. Und Sie, mein Guter, riechen nicht wie ein Mörder.«

»Ich werde mich bemühen, das als Kompliment aufzufassen.«

»Damit will ich Folgendes sagen: Sie beweisen mir das, indem Sie mir den Mörder liefern und ersparen sich damit eine Menge Unannehmlichkeiten.«

»Ist Ersteres nicht eigentlich Aufgabe der Polizei?«

Merzenich legte de Jong kumpelhaft den Arm um die Schultern. »Wir sind die Kripo, und die Bürger dieser schönen Stadt erwarten mit Recht von uns, dass wir unsere Arbeit tun. Nur machen die sich eben keine Vorstellung davon.«

»Müssen sie das denn?«

»Sagen Sie mir, wie ich das schaffen soll, wenn ich kaum Leute habe? Und jetzt kommen Sie ins Spiel, de Jong. Wir hatten bereits darüber gesprochen.«

»Verstehe ich Sie richtig?«, zweifelte der Exkommissar. »Sie wollen mich als Mitarbeiter gewinnen, obwohl Sie mich des mehrfachen Mordes verdächtigen?«

»Sagen wir so: Die gegen Sie sprechenden Zufälligkeiten sollten Ihnen ein zusätzlicher Ansporn sein, sich in den Dienst von Recht und Gerechtigkeit zu stellen.«

27. Kapitel

Es fand sich sogar noch ein Beamter, der ihn nach Hause fuhr: Polizeikommissar Schierlinger, ein ebenso freundlicher wie korpulenter Mann, der die Autofahrt nutzte, um ein verspätetes Mittagessen einzunehmen: ein Sandwich von der Größe eines Wanderschuhs in der Größe 48, zwischen dessen kräftigen Hälften Zwiebelscheiben, Tomatenstücke und Salatblätter steckten, mit reichlich Mayonnaise und Ketchup verleimt. Bei jedem Bissen krachte es und Myriaden von Krümeln wirbelten durch den Innenraum des Fahrzeugs, während einzelne Tomaten und Zwiebeln fettverschmiert auf die Hosenbeine des Fahrers oder zwischen die Sitze plumpsten. An jeder Ampel richtete Schierlinger die mehr und mehr schwindenden Reste des essbaren Schuhs auf de Jong: »Sie auch mal beißen?«

Aber der Exkommissar winkte höflich ab.

Als er eine Dreiviertelstunde später an Bord des *Alten Mädchens* kletterte, bildete er sich ein, nach Zwiebeln zu riechen, deshalb duschte er erst mal ausgiebig und gönnte sich danach ein bisschen Ruhe, um seine Lage zu überdenken. Dazu begab er sich wieder auf die Veranda auf Achtern, stellte das Kopfteil des Liegestuhls fast horizontal und betrachtete den blauen Himmel. Das sommerliche Firmament zog ihn förmlich hinauf, zerstreute seine Gedanken und verfrachtete ihn auf diese Weise woanders hin, in die endlosen Savannen Afrikas oder in pazifische Weiten. Mickie hatte wohl recht gehabt, kam ihm in den Sinn: Ein solch grenzenloser Himmel machte einem mehr als klar, dass das Leben nicht darin bestand herauszufinden, wer wen umgebracht hatte …

Das Handy beendete seinen meditativen Halbschlaf auf brutale Weise.

»Hey, ich bin's.« Giulia.

»Ich hab lange auf dich gewartet«, sagte er.

»Ich weiß, Niklas, es tut mir auch unendlich leid, ehrlich. Aber es handelte sich sozusagen um einen Notfall.«

»Wusste gar nicht, dass du neuerdings beim Notdienst arbeitest.«

»Gleich nachdem wir telefoniert haben, klingelte es an der Tür. Es war Rembert.«

»Ach.« Wer wohl sonst, dachte de Jong.

»Ich hab ihm gesagt, dass es aus ist. Dass es schön mit uns war, aber dass es keinen Sinn macht. Dass unsere Beziehung keine Zukunft hat, weil wir immer wieder am selben Punkt ankommen. Wie eine Karawane in der Wüste, die auf die eigenen Fußspuren trifft. Verstehst du?«

»Klar«, sagte de Jong, der sich vor langer Zeit Ähnliches hatte anhören müssen. »Und das hat so lange gedauert, dass du keine Zeit hattest, mir Bescheid zu sagen?«

»Ja, ich meine nein. Aber wir sind danach noch essen gewesen und später dann …«

»Verstehe«, sagte de Jong und wollte auflegen.

»… was ich meine, ist: Gib uns noch ein bisschen Zeit, okay?«

»Noch mehr Zeit? Wozu denn?«

»Weil wir es noch mal versuchen wollen. Es einfach so zu beenden, dazu ist es zu wertvoll. Kannst du das verstehen?«

»Dann wünsche ich euch viel Glück dabei«, sagte de Jong und beendete das Gespräch.

Der Himmel war der gleiche wie vor dem Telefonat, und doch war alles anders. So sehr de Jong sich auch bemühte, über ihm dieselbe Weite zu entdecken, die sich über der sibirischen Tundra erstreckte, es gelang ihm nicht. Was er sah, war nur ein knallig blauer, kitschiger Sommerhimmel, der zum Münsterland etwa so gut passte wie schwere, bleigraue Regenwolken zur Sahara.

Er steckte das Handy ein, streckte sich auf dem Liegestuhl aus und schlidderte unausweichlich in ein Stimmungstief. Solche Tiefs waren tückisch: Unvermittelt, ohne Vorwarnung taten sie sich auf, und man stürzte unweigerlich hinein. Von einem Augenblick auf den anderen sah die Welt komplett anders aus: düsterer, wolkenverhangen und weniger lebenswert. De Jong konnte den aufdringlich strahlenden Himmel nicht mehr ertragen und ging hinein zu den Möbeln aus dunkelbraunem Furnierholz, der muffig fleckigen Sitzgruppe und der Küche mit dem unaufhörlich monoton tropfenden Wasserhahn. So war es schon ein bisschen erträglicher. Um auf andere Gedanken zu kommen, fuhr er den

Computer hoch und tippte *Das Wunder von Hiltrup* in die Suchmaschine. So landete er schließlich auf der Seite der *Lebendigen Gemeinde der Heiligen Jungfrau Maria* und las die wundersame Geschichte der Malina Kerssenbrock, der auf der Kanalinsel die heilige Jungfrau begegnet war.

Die Geschichte war nicht neu. Und dass sie wahr war, wie die *Lebendige Gemeinde* wortreich beschwor, konnte ja nur der in Erwägung ziehen, dessen Gehirn in einer Lake aus Weihwasser schwamm, was im Übrigen ein verlinktes Gutachten des Dachverbandes der Fahrradflickzeughersteller genauso sah, das bemängelte, belastbare Beweise für die Wirksamkeit der Fahrradpfütze seien bis heute nicht vorgelegt worden.

De Jong suchte weiter, aber er geriet immer wieder an Informationsschrott und watete durch die internettypische Soße aus Halbwahrheiten, haltlosen Gerüchten und übler Nachrede, die durch bloßes Anklicken zur Wahrheit mutierte. So erfuhr er, dass die Unbefleckte nicht nur in Hiltrup erschienen war, sondern zwei Tage später auch noch im Südviertel, wo sie sich für den Wiederaufbau des legendären Südbades zur Ehre Gottes stark gemacht habe, leider ohne Erfolg, da der einzige Zeuge dieser Erscheinung Mitglied der Linken gewesen sei. Bei einer dritten Erscheinung in Ottmarsbocholt habe es jede Menge Zeugen gegeben, doch sie seien kurzerhand vom BND festgenommen worden und würden bis heute an einem geheimen Ort festgehalten.

»Man sollte sich doch mal die Frage stellen«, riet ein anderer Blog, »was aus jener Schülerin namens Malina Kerssenbrock geworden ist. Angeblich soll sie ihren Namen geändert haben, aber deshalb ist sie doch noch lange nicht unsichtbar. Ebenso wenig wie die Heilige Inquisition. Die gibt's ja angeblich auch nicht mehr. Hört endlich auf, all diejenigen, die den Finger in die Wunde legen, als verrückt zu denunzieren. Ihr werdet sie nicht zum Schweigen bringen, auch wenn Mickeymouse behauptet, dass …«

Moment mal. Mickeymouse? Das war interessant. Der Name war rot eingefärbt und unterstrichen, also klickte de Jong auf *Mickeymouse*. Eine neue Seite öffnete sich, ein weiterer Online-Kommentar mit der Überschrift *Das wahre Wunder von Hiltrup*. Auch hier wurde der Frage nachgegangen, was aus Malina geworden sei. Nonne, sagten die einen. Zeugenschutzprogramm, sagten die anderen. Jemand behauptete, sie habe sich mitsamt einem Millionenvermögen nach Panama abgesetzt. Schweigegeld? Aber Schweigegeld wofür? Dafür, dass sie niemandem verriet, dass alles ein abgekartetes Spiel war? Alberne Spekulationen, schloss Mickeymouse. Der hanebüchene Unsinn solle doch nur vom Eigentlichen ablenken, nämlich vom wahren Hiltrup-Wunder. Welches in Folgendem bestanden habe: *Pope City* sei tot gewesen, mausetot, ein Projekt, das zweistellige Millionensummen verschlungen habe und in der Pleite jämmerlich verendet sei. In ganz Europa habe sich kein Geldgeber gefunden, der bereit gewesen sei, auch nur einen Cent in Europas größte katholische Bauruine zu investieren. Aber dann, eines Tages, habe es auf wundersame Weise wieder zu atmen begonnen, es habe sein Bett genommen und sei gewandelt. Und dank *Pope City* sei Hiltrup, das man noch kurz zuvor den Kranken Mann am Dortmund-Ems-Kanal genannt habe, zur nordrhein-westfälischen Boom-Gemeinde schlechthin geworden. Da sei doch die Frage erlaubt, wer dieses Wunder vollbracht habe. So eisern, wie darüber geschwiegen werde, müsse man schon davon ausgehen, dass es der Teufel höchstpersönlich gewesen sei.

Nur dass der weder Pferdehufe noch Hörner hatte, dachte de Jong, sondern in Gestalt einer modernen Gesellschaft zur Optimierung des eigenen Selbst daherkam, gegründet von einem ebenso weltfremden wie geschäftstüchtigen Kerl namens Longstrumph.

Er klickte auf *Herunterfahren*, um besser nachdenken zu können. Aber alles, was dabei herauskam, war dumpfes Starren auf den schwarzen Monitor. Ein für Stimmungstiefs typisches Verhalten. Und dann klingelte das Telefon.

»Hey«, sagte Penny.

»Warum lässt du eigentlich nichts von dir hören?«, fragte er, und seine Stimme hatte sofort den vorwurfsvollen Unterton, der natürlich nicht ihr, sondern Giulia galt.

»Tut mir leid, Niklas, aber …«

»Ich weiß, es geht dir alles zu schnell. Hattest du ja gesagt. Entschuldige bitte.«

»Sag mal, was ist denn los mit dir?«

»Ich hätte eine Idee, was wir heute machen könnten: Hast du heute Abend Zeit? Lass uns miteinander schlafen, Penny, was hältst du davon?«

Sie antwortete nicht.

»Hey, wenn es dir wieder zu schnell geht«, schlug er vor, »dann machen wir es eben langsam. Fände ich sowieso schöner. Wäre das ein Vorschlag?«

Immer noch keine Antwort. »Hast du etwas getrunken?«, erkundigte sie sich, ohne auf seinen Vorschlag einzugehen.

Hatte er nicht. »Okay«, ruderte er zurück. »Ich wollte dich nicht überfallen, tut mir leid.«

»Braucht es nicht. Denk bitte nicht, dass …«

»Was?«

Sie antwortete eine ganze Weile nicht, und ihm lag schon etwas Hämisches auf der Zunge. »Was ich dir immer schon sagen wollte: Du bist anders. Was ganz Besonderes.«

»Danke.«

»Ich weiß nicht, wie ich es beschreiben soll, Niklas. Nicht besonders männlich, ich meine: anders eben.«

»Ach«, sagte de Jong anstatt noch mal danke.

»Und es freut mich, dass sie dich nicht festgenommen haben.«

»Mich auch. Aber wir wissen leider immer noch nicht zweifelsfrei, wer Mickie ermordet hat.«

Er hörte etwas, eine Art Schmatzen, das irgendwie gleichgültig klang. »Na und«, sagte sie. »Eigentlich will ich auch gar nicht mehr wissen, wer ihn getötet hat.«

»Ach, jetzt auf einmal?«

»Nicht auf einmal, sondern schon längst. Und ich sage dir auch gern, warum.«

»Warum?«

»Weil wir uns eigentlich niemals verstanden haben. Das wird mir erst jetzt richtig klar, wo er nicht mehr da ist. Das sieht man doch schon daran, dass er es hinter meinem Rücken getrieben hat. Während er mir ins Ohr gesäuselt hat, dass wir noch mal ganz neu anfangen würden und der ganze verlogene Scheiß. Da macht er mit dieser riesentittigen Tussi namens Undine rum.«

»Ich hab dir doch schon gesagt, dass da nichts gelaufen ist«, versicherte de Jong.

»Woher willst du das wissen?«

»Weil ich das herausgefunden habe. Ich habe ermittelt, schon vergessen?«

»Jedenfalls kann er mich mal, so viel ist sicher.«

»Aber mich kann er nicht mal, Penny. Mickie war kein Mistkerl. Er hat etwas gewusst, und deshalb musste er sterben. Und ich habe einen Verdacht, wie es sich abgespielt haben könnte.«

»Was abgespielt?«

»Das Wunder von Hiltrup: Damit meinte er nicht die Muttergottes. Seine Fotos, die er dir geschickt hat, beweisen, dass die heilige Kirche eine höchst unheilige Allianz eingegangen ist. Hinter dem Gebetsevent steckt etwas ganz anderes.«

»Ach was, das haut mich jetzt total um.«

»Nein, hör mir zu: Urban Monk hat den Deal mit der Optimierungssekte eingefädelt. Das Geld floss, und der Erbauungspark konnte fertiggestellt werden. Aber natürlich haben die das nicht umsonst gemacht. Vielleicht wollten sie Macht und Einfluss in der Kirche gewinnen, ohne dass das nach draußen drang, eine Art geheime feindliche Übernahme, was weiß denn ich? Fest steht jedenfalls: Monk wollte das offenlegen, deshalb wurde er überfahren. Und Mickie hat gedacht, er könnte Wittekind damit erpressen. Falsch gedacht. Also musste er sterben.«

Penny sagte lange Zeit nichts. Weder »das ist ja unerhört« noch »allerhand, dass du das in der kurzen Zeit rausgekriegt hast« – nichts.

Und dann doch etwas: »Weißt du, manchmal denke ich, du hängst dich in diese Mordgeschichte nur rein, weil du dich an mich heranmachen willst.«

»Was?« De Jong hoffte, dass er entrüstet genug klang. »Wie kommst du denn darauf?«

»Also willst du nicht?« Die klassische Fangfrage.

»Nein, ich meine: doch, schon, aber …«

»Siehst du, das meine ich.« Sie legte auf.

De Jong hielt das Telefon in der Hand und fand, dass Penny einen ganz anderen Eindruck hinterließ, wenn man nicht in ihren traurigen Augen versinken oder sich von ihrer hellen Haut verzaubern lassen konnte, die zu ihren dunklen Klamotten so atemberaubend aussah. Nach diesem Telefonat hätte er beinah schwören können, dass es zwei komplett verschiedene Pennys gab, von denen er nur eine näher kennenlernen wollte.

28. Kapitel

Den restlichen Samstagabend verbrachte er auf der muffigen Couch, trank ein paar Flaschen Bier und sah sich einen düsteren, französischen Spielfilm aus den Siebzigern an; eine Liebesgeschichte über einen Kerl, der, um seiner Angebeteten zu imponieren, auf die schiefe Bahn geriet. Als sie hinter seine Machenschaften kam, beging sie Selbstmord, worauf auch ihm der Spaß am Leben verging und er sich vor einen Zug warf. De Jong fand, dass man ihm das unter den gegebenen Umständen nicht verübeln konnte, und döste weg, ohne den Fernseher auszuschalten.

Auch der Sonntagmorgen versprach wenig Aussicht auf Aufhellung – trotz der Sonne, die wieder vielversprechend vom Himmel lachte. Dazu kam, dass der Kühlschrank gähnend leer war. So stattete de Jong wohl oder übel Aristoteles einen Besuch ab, der nicht besonders begeistert davon war, dass er den Exkommissar am Sonntag, lange bevor sein Laden öffnete, schon verpflegen sollte. Und davon war wiederum de Jong nicht begeistert.

»Weißt du was?«, brummte er statt einer Begrüßung. »Du musst gar nicht so genervt aus der Wäsche gucken.

Wie wär's, wenn du mir heute ausnahmsweise was Leckeres zu essen bringst?«

»Was Leckeres?« Vom ersten Augenblick an war da ein lauernder Unterton in Aristoteles' Stimme. Und der passte perfekt zu diesem Morgen, der irgendwie nie eine Chance gehabt hatte, ein gemütlicher, entspannter Sonntagmorgen zu werden.

»Genau. Auf die holländische Woche ist geschissen. Bring mir endlich mal was Vernünftiges, das schmeckt.«

Aristoteles war beleidigt. »Und an was hattest du so gedacht?«

»Keine Ahnung.« De Jong überlegte. »Ich weiß natürlich, ihr Griechen habt eine andere Vorstellung von leckerem Essen, sonst hättet ihr den Raki nicht erfunden. Aber irgendeine nebulöse Vorstellung von gutem Geschmack, ganz tief in dir drinnen, müsstest doch selbst du haben.«

»Ich verstehe wirklich nicht ...«

»Moussaka und Tzatziki und dann wieder Moussaka, und die auch noch mit Pommes und Krautsalat. Das kommt einem doch irgendwann aus den Ohren raus, oder nicht?«

»Vielleicht«, meinte der Wirt mit einer Höflichkeit, die ihn sichtlich Kraft kostete, »sollten wir uns darüber ein anderes Mal unterhalten.«

»Ein anderes Mal? Warum denn?«

»Weil du heute nicht deinen besten Tag hast, Niklas. Das spüre ich.«

»Wie willst du das denn beurteilen?«

»Weil ich dich kenne. Du hast sonst zwar auch nicht das, was man gute Tage nennt, aber bessere als heute.«

»Na schön. Und wenn?«

Der Grieche quälte sich ein Lächeln ab. »Dann sehen wir uns an einem dieser anderen Tage wieder, wäre das ein Angebot?«

»Moment mal. Bedeutet das etwa, du willst mich rausschmeißen?«

»So in etwa.« Aristoteles ging vor und öffnete schon mal die Tür. »Aber eigentlich kann davon keine Rede sein, weil ja noch geschlossen ist.«

De Jong, der sich gerade erst hingesetzt hatte, erhob sich wieder, wobei er den Stuhl geräuschvoll nach hinten schob. »Na schön, das ist schließlich dein Laden. Aber kann ich dir nur sagen: Du wirst schon sehen.«

»Sehen?«

Der Exkommissar, auf dem Weg zur Tür, winkte ab und drehte sich nicht mal um.

»Was denn? Niklas, was werde ich verdammt noch mal sehen?«

»Dass es in dieser Stadt glücklicherweise eine Menge guter Restaurants gibt.« De Jong blieb stehen und musterte Aristoteles so herablassend wie möglich. »Wenn du dich nur ein bisschen anstrengst, kann deins eines fernen Tages auch zu ihnen gehören.« Damit verließ er das *Monasterion*, nicht ohne im Vorbeigehen eine der Rakiflaschen, die zu Dekorationszwecken auf dem Sims standen, einzustecken.

Danach hatte er eigentlich vor, ziellos durch die Stadt zu streifen. Münster eignete sich aber nicht so sehr zum ziellosen Umherstreifen, dafür war es einfach zu klein. Eh man sich's versah, war man wieder da angekommen, wo man den Streifzug begonnen hatte oder beschrieb auf der Promenade sinnlose Kreise um die City, während dämliche Radfahrer wie die Bescheuerten klingelten und einen dazu zwangen, mit Fußgängern zu kollidieren, die ihre Augen nicht benutzen konnten, weil sie sich gerade in einer Smartphone-Trance befanden. Am Ende lief es darauf hinaus, dass er auf das *Alte Mädchen* zurückkehrte und sich der erbeuteten Raki-Flasche widmete.

Der Anrufbeantworter behauptete, dass es keine neuen Anrufe gebe. Dabei konnte das gar nicht sein, de Jong war sich ziemlich sicher, dass Penny sich melden würde, weil sie sich wegen gestern Abend entschuldigen wollte.

Und das Telefon meldete sich tatsächlich, nur war es nicht Penny.

»Kleine Dienstbesprechung«, sagte Merzenich.

»Ach, der Herr Kollege!«, spottete de Jong und goss sich einen Raki ein. »Haben Sie etwas Neues für mich?«

»Also, wenn überhaupt, dann ja wohl umgekehrt«, meckerte Merzenich beleidigt. »Sie haben was Neues für mich.«

»Und das wäre?«

Genervtes Grunzen am anderen Ende. »Ich hab's Ihnen von Anfang an gesagt: Hauptkommissar Schabowski. Wissen Sie noch?«

»Schabowski? Der aus dem Politbüro? Seit wann ist der Kommissar?«

»Quatsch. Schabowski alias Jens Breckerfeld. Genau wie Pinkwart alias Rilke. Warum die dem den Namen verpasst haben, fragen Sie mich nicht.«

»Versprochen«, sagte de Jong. Er gönnte sich einen weiteren Kurzen.

»Schabowski fühlte sich von Pinkwart unterdrückt. Rilke hatte immer die genialen Ideen und Schabowski musste immer nur danebenstehen und von den Socken sein. Voller Bewunderung murmeln ›also ehrlich, da wär ich nie im Leben drauf gekommen‹ und so weiter.«

»Das ist nicht schön«, bestätigte de Jong. »Auf die Dauer, meine ich.«

»Der hat den anderen richtig fühlen lassen, dat der nur die zweite Geige war. Auch weil gerade das die Quote gebracht hat, sagt jedenfalls der Regisseur.«

»Und deshalb hat Schabowski Pinkwart abgemurkst?«

»Pinkwart hat anonyme Briefe erhalten. Jemand hat gedroht, ihn umzubringen. Sein Kollege hat inzwischen gestanden, die Briefe geschrieben zu haben. Will ihn aber nicht ermordet haben.«

»Mehr haben Sie nicht? Was ist mit der religiösen Komponente? Mord in St. Lamberti, Papamobil und so weiter?«

»Einziger Hinweis in die Richtung ist, dat Schabowski als Kind Messdiener war.«

»Tja, da wäre also noch Luft nach oben.«

»Wie steht's denn mit Ihrer Theorie, de Jong?« Merzenich wirkte ein wenig angefressen. »Pinkwart, Kelzenberg und Monk, die alle umgebracht wurden, weil sie zu viel über die Machenschaften dieser Sekte wussten? Dat scheint mir doch reichlich nebulös.«

»Ich habe sogar ein Geständnis«, beharrte de Jong. »Von Herrn Schimmeck persönlich.«

»Ein Geständnis!«, amüsierte sich der Hauptkommissar. »Der Mann streitet alles ab.«

»Er sagt, ›ich war's nicht‹, und Sie glauben ihm.«

»Das ist keine Glaubensfrage. Es gibt schlichtweg keine Indizien, die ihn belasten.«

»Wie denn auch, wenn die Leiche so lange im Wasser gelegen hat? Was wollen Sie denn da noch finden?« Noch während er das sagte, blitzte in ihm ein Gedanke auf: Schimmeck hatte den Beethovenkopf überhaupt nicht erwähnt, lediglich gesagt, dass er zugeschlagen habe. Möglich, dass er zu besoffen gewesen war. De Jong nahm sich vor, morgen einen zweiten Versuch bei Helge zu unternehmen. Ihm entfuhr ein Rülpser.

»Sagense mal, sind Sie überhaupt nüchtern?«, erkundigte sich der andere mit dem feinen Sinn des Rheinländers für alkoholische Befindlichkeiten.

»Nicht ganz. Zufällig habe ich Raki hier und würde Ihnen, wenn Sie hier wären, natürlich einen anbieten.«

»Nein danke«, sagte Merzenich kühl. »Ich bin mitten in einer Vernehmung.«

»Dann will ich Sie auch nicht weiter stören«, sagte de Jong und unterbrach die Verbindung.

Nach dem Anruf fühlte er sich besser. Er spürte, wie er allmählich an Boden gewann und sah das Licht am Ende des Stimmungstiefs aufleuchten. Durchaus möglich, dass er das nur dem Raki verdankte. Kurz entschlossen trat er nach draußen auf die Veranda, wo der Tag schon zu Ende ging. Erste Sterne funkelten am noch blauen Himmel, und der Mond wartete als blasse Silhouette geduldig auf seinen Auftritt.

De Jong musste zugeben, dass ihn der Stadtbummel und die Raki-Trinkerei doch mehr Zeit gekostet hatten als gedacht.

Dass er das Telefon noch in der Hand hielt, merkte er daran, dass es vibrierte. Und dann klingelte es. »Was denn, hat unser Ossi schon die Morde gestanden?«, wunderte er sich.

»Niklas, sind Sie das?« Eine weibliche Stimme, die er kannte, aber nicht Pennys. Die Verbindung war nicht gut.

»Wer ist denn da?«

»Ich bin's, Undine.«

»Hey, wissen Sie was? Ich spüre sie jetzt ganz deutlich, Ihre Botenstoffe, die sind wirklich fantastisch.« In Wirklichkeit spürte er die Wirkung des Alkohols. »Was halten Sie davon, wenn wir beide uns …«

»Sie müssen mir helfen, Herr Kommissar.«

»Gern, aber ich sage Ihnen gleich: Wenn ich jemanden für Sie verprügeln soll oder …«

»Es ist etwas Schreckliches passiert. Könnten Sie sofort kommen? Ich weiß nicht mehr aus noch ein.«

De Jong bemühte sich um Konzentration, denn ihre Stimme hatte so einen panischen Unterton, die ihm das Scherzen verleidete. »Etwas Schreckliches? Was meinen Sie denn damit, jetzt sagen Sie schon!«

»Niklas, Sie sind der Einzige, den ich fragen kann.«

Es knackte. Die Verbindung war unterbrochen.

Was dachte die sich denn: sofort kommen, das war leichter gesagt als getan. Schließlich hatte er reichlich Alkohol getrunken und konnte nicht mehr Auto fahren. Aus Fernsehkrimis wusste er, dass man sich in solchen

Notfällen einen extra starken Kaffee kochte – so viel Zeit musste sein –, ihn im Spülbecken auf lauwarm herunterkühlte und sich dann zwang, ihn zu trinken. Der Effekt war aber leider enttäuschend, also rief de Jong ein Taxi. Alles in allem dauerte es fünfunddreißig Minuten, bis er Helge Schimmecks Anwesen betrat.

Es war kurz nach neun und immer noch warm. Die Geräusche der Stadt waren weit entfernt, nur die Grillen zirpten friedlich in den Büschen ringsum. Am Nachthimmel tanzten die Spots einer nahen Disco. Bei Schimmecks brannte Licht, aber so viel de Jong auch klingelte, Undine öffnete nicht. Schließlich ging er am Haus entlang zum Gartentor, fand es offen und gelangte über den Rasen in den Hintergarten. Die Terrassentür war nicht verschlossen.

»Hallo!«, rief er. »Undine?«

Irgendetwas an dieser Situation kam ihm bekannt vor, wie eine Art Déjà-vu. Und er musste auch nicht lange rätseln, was es war. Auf dem Boden, mit dem Rücken gegen die Glasfront, die Wohnzimmer und Terrasse trennte, lehnte ein Körper: Helge Schimmeck. Seine Augen waren geschlossen. In seiner Schläfe klaffte eine hässliche Wunde. Die rechte Hand hielt einen Revolver umklammert. Seine Jacke und die Schuhe, auch der Parkettboden waren mit Blutspritzern gesprenkelt.

Etwas abseits auf dem Boden fand de Jong einen Zettel. Er entfaltete ihn, vorsichtshalber mit den Schuhspitzen, um keine Fingerabdrücke zu hinterlassen: *Ein Unglück kommt selten allein,* stand da in krakeliger Schrift, aber gut lesbar. *Ich spiele nicht mehr mit. Macht ohne mich weiter. Helge.*

Ein Selbstmord wie aus dem Lehrbuch: die Tatwaffe in der Hand des Toten, der Abschiedsbrief, säuberlich vom Toten unterschrieben. Alles war so, wie es sein sollte. Nur, was hatte de Jong damit zu tun? Und wo steckte Undine Wittekind?

De Jong holte sein Handy hervor und wählte Undines Nummer. Sie meldete sich tatsächlich: »Niklas?«

»Wo sind Sie?«

»Haben Sie ihn gefunden?«

»Er ist ja wohl kaum zu übersehen. Wieso sind Sie nicht hier?«

»Das fragen Sie noch? Ich konnte nicht dableiben, zusammen mit ihm …«

»Helge hat Selbstmord begangen. Wir müssen die Polizei rufen.«

»Ja, aber ich bin schuld. Ich habe ihn dahin getrieben.« Sie schniefte. »Ich hasse mich selbst dafür …«

»Aber wie? Wie haben Sie ihn dahin getrieben?«

»Wie soll ich das erklären, Niklas … Er war so langweilig. Eigentlich konnte er ja nichts dafür, dass er langweilig war, nicht wahr?« Erneutes Schniefen. »Da war seine Karriere, die ging ihm über alles, und ich habe ihn überhaupt nicht interessiert. Kein bisschen! Und mein bescheuerter Bruder brauchte nur zu pfeifen, und dann hat er ihm auch noch dabei geholfen, dass er meine Firma übernehmen kann, alles, was ich mir aufgebaut habe …«

»Was meint er mit ›ein Unglück kommt selten allein‹?«

»Ich war es, die ihm die Unglüxe auf den Hals geschickt hat. Eine dumme Idee, ich weiß, aber als sie Mickie aus dem Teich gezogen haben und mir klar wurde, dass er … Ich meine, ich hab die Kampagne losgetreten und sie ist aus dem Ruder gelaufen. Ich wollte, dass sie aus dem Ruder läuft. Weil ich ihn büßen lassen wollte, für Mickie, verstehen Sie?«

»Sie haben gesagt, er hätte auch Pinkwart auf dem Gewissen.«

»Ja, bestimmt hat er das, aber eigentlich ist er nicht der Hauptschuldige. Mein Bruder hat ihn dazu getrieben. Der war sich für so was zu schade.«

»Und wieso wollte Cornelius, dass Pinkwart stirbt?«

Keine Antwort. Stattdessen schniefte Undine wieder. Und dann fing sie in ihrem weinerlichen Singsang wieder an, sich selbst die Schuld zu geben und holte weiter aus, ging zurück in die Zeit, in der sie und Helge sich kennengelernt hatten und dass ihr grausamer, sexistischer Vater immer nur Cornelius verhätschelt habe, einen verwöhnten, intriganten Schnösel, der sich nicht zu schade sei, seinen eigenen Bruder für ein Linsengericht zu verkaufen.

»Moment«, hakte de Jong ein. »Was war das mit dem Linsengericht? Welchen Bruder hat er verkauft?«

»Seinen eigenen.«

»Ja, und wie heißt der und wo steckt der?«

Schniefen.

»Undine!«

»Woher soll ich das wissen? Außerdem meinte ich gar nicht Bruder, sondern Schwester. Nur weil es in dieser Geschichte ein Bruder ist, in der Bibel, weißt du? Mich hat er verkauft, so wie er alle verkauft hat …« Ihre Geschichte war langatmig und kaum zu verstehen, zumal sie immer wieder von heftigem Schluchzen unterbrochen wurde. De Jong versuchte vergeblich, sie zu stoppen, gab es schließlich auf und ging ein wenig umher, um den Tatort in Augenschein zu nehmen. Auf der Fensterscheibe, direkt neben dem Toten, fielen ihm rötliche Wolken auf. De Jong trat näher und sah genauer hin. Natürlich hatte nicht nur die Leiche und der Boden ringsum Blutspritzer abbekommen, sondern auch die Glasscheibe. So wie es aussah, hatte jemand versucht, sie mit einem Lappen zu entfernen.

»… und was machen wir denn jetzt?«

»Ich überlege gerade.«

»Aber deswegen hab ich Sie angerufen, Niklas. Damit Sie mir das sagen. Was machen wir nur?«

»Haben Sie die Blutflecken auf der Fensterscheibe weggewischt?«, fragte er.

»Welche Blutflecken? Niklas, wovon sprechen Sie?«

»Jemand hat hier Blutflecken aufgewischt. Ziemlich unwahrscheinlich, dass Helge noch dazu gekommen ist, was meinen Sie?«

»Ja, aber … das bedeutet doch …«

»Genau, Undine. Es handelt sich nicht um Selbstmord. Also rufen Sie die Kripo an.«

»Ja, aber wer hat denn …?«

»Das kriege ich schon raus. Wenn Sie mir sagen, wo ich Ihren Bruder finde.«

»Cornelius? Aber …«

»Ich meine nicht Cornelius. Den anderen. Catweazle.«

»Catweazle? Wer soll denn das sein?«

»Das wissen Sie genau. Sagen Sie mir bitte, wo er steckt. Was hat er zu verbergen? – Undine?«

Sie hatte aufgelegt.

29. Kapitel

De Jong überprüfte sorgfältig, ob er irgendwo Fingerabdrücke hinterlassen hatte. Dann verdrückte er sich, weil er es für unklug hielt, an einem weiteren Tatort mit dem rheinischen Kommissar zusammenzutreffen. Dies war auch der Grund, weshalb er darauf verzichtete, ein Taxi anzufordern, sondern zu Fuß losging, die nächtliche Straße entlang, und ein paar großzügige Atemzüge warme Sommerluft nahm.

Der Nachthimmel war übersät mit Sternen. Es waren so viele, dass es de Jong vorkam, als müssten es eigentlich noch mehr sein, nur dass eben nicht alle zur gleichen Zeit an diesem Firmament Platz gefunden hatten. Sieh dir das an, dachte er. Würde er sich vornehmen, jeden einzelnen dieser glitzernden Punkte anzuschauen, bräuchte er dafür schon mehr als ein Leben. Und Mickie würde sofort zur Stelle sein, um ihm zu erklären, dass dies zu tun wesentlich mehr Sinn habe als seine Zeit mit der Suche nach demjenigen zu verschwenden, der ihn auf dem Gewissen hatte. Mag sein, dass du recht hast, dachte de Jong. Aber inzwischen war Mickie ja nicht mehr der Einzige, der tot war: Da waren noch Pinkwart, der Tatortkommissar, Monk, der kampferprobte Geistliche, und jetzt auch noch Schimmeck, Mickies mutmaßlicher Mörder. Wer könnte ein Interesse daran gehabt haben, seinen Mörder zu ermorden? All diese Fragen zu beantworten, das war schon ein wesentlich ehrgeizigeres Ziel. Und das Schöne war, dass man höchstwahrscheinlich – davon war de Jong jedenfalls überzeugt – nur eine einzige Antwort brauchte. Es musste etwas geben, das diese Morde verband, etwas, das aus dieser scheinbar willkürlichen Metzelei einen sinnvollen, gut strukturierten Ablauf werden ließ. Eine eingängige, ja bestechende Logik, die es selbst einem Kleinkind ermöglichte, mühelos nachzuvollziehen, wieso genau diese Menschen hatten sterben müssen. Und dieses geheimnisvolle Etwas, so viel stand fest, war nicht das Wunder von Hiltrup.

Die Warendorfer Straße war eine Linie am nächtlichen Horizont, von den Scheinwerfern der sie befahrenden Autos in die Dunkelheit gezeichnet. Ein paar davon verlangsamten, bogen danach rechts ab und näherten sich zügig. De Jong vermutete, dass es die Kripo auf dem Weg zum Tatort sei. Um nicht erkannt zu werden, wich er in einen Feldweg aus und wartete, bis der Konvoi ihn passiert hatte. Auf dem Weg zur nächsten Bushaltestelle meldete sich sein Handy. Er kramte es aus der Tasche und hielt es sich ans Ohr.

»Hey, hier ist Penny.«

»Hey«, sagte er und wartete.

»Es tut mir leid.«

»Das muss es nicht«, sagte er voreilig und bereute es sogleich. »Was denn?«, fragte er dann.

»Na, das gestern. Dass ich nicht mit dir schlafen wollte und so.«

»Ach was«, hörte er sich, wieder viel zu großzügig, sagen. »Mach dir keinen Kopf deswegen. War eine blöde Idee von mir.«

»Nein, war es gar nicht. Es war eine ... sehr schöne Idee. Überhaupt, was du alles für mich getan hast ...«

»Da nicht für«, sagte de Jong.

»Und es ist mir nicht egal, wer Mickie umgebracht hat. Auch wenn sich das gestern so angehört hat. Ich wollte, dass du das weißt. Im Gegenteil, ich will es unbedingt erfahren.«

»Kann ich verstehen.« De Jong wartete wieder. Erneut näherten sich Scheinwerfer von der Warendorfer Straße her. Der Bus. »Also ich muss dann jetzt los ...«

»Warte noch«, sagte Penny. »Hättest du vielleicht morgen Abend Zeit?«

»Kommt drauf an.«

»Ein Versöhnungsessen. Du kommst zu mir und ich koche was Leckeres.«

Er ließ sich Zeit mit der Antwort, wollte sie wenigstens ein bisschen schmoren lassen. Und ihr Gelegenheit geben, noch mal auf die sehr schöne Idee zurückzukommen. Das tat sie aber nicht.

»Also, Niklas, was denkst du?«

»Na schön, warum nicht?«, sagte er. »Dann bis morgen Abend.«

Daraus wurde aber nichts. Schon am nächsten Morgen, während des Frühstücks, das de Jong auf dem Oberdeck des *Alten Mädchens* einnahm, rief Penny an und erkundigte sich, ob er auch am Dienstagabend könne. Natürlich konnte er, empfand es aber als Unverschämtheit, dass sie ihm unterstellte, keine anderen Verpflichtungen zu haben. Deshalb ließ er sie im Unklaren und versprach, dass er mal sehen wolle, was sich machen lasse, ob er sich den Abend irgendwie freischaufeln könne. Was sie ihm aber nicht so recht abzunehmen schien. De Jong trudelte schon wieder bedenklich in Richtung Stimmungstief, aber zum Glück war heute ein Tag, an dem man dem Sommer nicht widerstehen konnte: der Himmel über dem Kanal wolkenlos, Freizeitpaddler zogen ihre Bahnen und *Het Oude Meisje* zeigte sich von seiner schönsten Seite. Sie wiegte sich sanft und verführerisch im strömungslosen Wasser, und anstatt wie sonst feucht zu müffeln, duftete es nach altem, von der Sonne beschienenem Holz.

Gegen Mittag rief Merzenich an. Ob de Jong schon gehört habe, dass es jetzt auch Schimmeck erwischt habe. »Dat war's dann wohl mit Ihrem sogenannten Geständnis«, sagte er.

»Vielleicht«, räumte de Jong ein. »Aber auch mit Ihrer heißen Spur ins Politbüro.«

»Sie wissen ja, bei der Kripo müssen wir noch so unwahrscheinliche Möglichkeiten in Betracht ziehen. – Na ja, jetzt sind wir bei angeblichem Selbstmord angelangt.«

»Wieso angeblich?«

»Weil es nur nach Selbstmord aussieht.«

»In Wirklichkeit aber Mord ist?«

»Richtig, Kollege. Und so wissen wir wenigstens endlich, dass wir es mit einer Serie zu tun haben.«

»Wieso das?«

»Ich tippe mal, der Mörder hat von Schimmecks Geständnis gewusst. Er schreibt den üblichen Brief von wegen, dass er mit seiner Schuld nicht mehr leben kann, und murkst ihn ab.«

»Könnte sein«, sagte de Jong. »Übrigens erwähnte Undine Wittekind, dass sie noch einen Bruder hat. Einen, von dem wir bisher nichts wussten.«

»Na und? Dat ist nicht verboten. Wie soll der Bursche denn heißen?«

»Catweazle.«

»Ach was.« De Jong hörte Merzenich glucksen: »Und Sie sind sicher, dat die Sie nicht veräppeln wollte?«

»Wenn es überhaupt eine Spur gibt, dann führt sie zu den Wittekinds, vor allem zu Cornelius Wittekind. Seine eigene Schwester hält ihn für einen skrupellosen Mörder.«

»Aber was hätten wir denn schon gegen ihn in der Hand?«

»Michael Kelzenberg wollte ihn erpressen«, zählte de Jong auf. »Helge Schimmeck hat Kelzenberg umgebracht, aber nur, weil Wittekind ihn in der Hand hatte und andere gern die Drecksarbeit machen lässt. Pinkwart meinte, dass es bei den Wittekinds schlimmer zugehe als bei den Kennedys und sagte, dass jemand den Mann stoppen müsse. Monk wollte Dreck, der unter dem Teppich der GSO lag, an die Öffentlichkeit kehren. Und dann ist da noch ein gewisser Dornwald, der an einem Enthüllungsbuch über die Selbstoptimierer schreibt und bestätigt, dass dort nichts passiert, was Wittekind nicht abgenickt hat.«

»Ich meinte was Konkretes«, sagte Merzenich unbeeindruckt.

»Deshalb hat er ja alle, die etwas Konkretes hatten, beseitigen lassen. Und jetzt erzählen Sie mir noch mal, Verbrechen lohne sich nicht.«

»Trotzdem, der Mann hat einflussreiche Freunde«, meinte Merzenich, und de Jong wollte schon erwähnen, dass er diesen Satz schon oft in einem x-beliebigen Mafiafilm gehört habe. »Womit ich sagen will«, fuhr der Hauptkommissar aber schon fort, »dass Sie, wenn Sie sich mit ihm anlegen wollen, ein paar echte Asse auf der Hand haben müssen.«

»Dann wäre es doch gut, wenn Sie sich die schleunigst besorgen.«

Merzenich ließ sich nicht ärgern, aus unerfindlichen Gründen war er wieder in seiner Kollegen-Laune. »Prima, das besprechen wir noch. Bis morgen Abend, de Jong.«

Der Exkommissar ging von Bord, um ein paar Besorgungen zu machen, was nicht lange dauerte, weshalb er beschloss, auf dem Rückweg noch bei Aristoteles vorbeizuschauen. Unterwegs fragte er sich mehrmals, wieso Merzenich sich mit »bis morgen Abend« verabschiedet hatte, als hätten sie sich für dann verabredet, fand aber keine andere Erklärung, als dass der Kölner mit seinem Terminkalender auf Kriegsfuß stand.

Aristoteles war immer noch ziemlich sauer über de Jongs Vortagesauftritt, aber de Jong hatte sich eine Strategie überlegt, wie er seinen Freund umstimmen wollte. Als Erstes orderte er eine große Vorspeisenplatte und danach ein Hasenstifado, weil er vermutete, dass es besonders selten geordert wurde, lobte beides überschwänglich und erwähnte wie nebenbei, im Internet gelesen zu haben, dass die bislang weit unterschätzte griechische Küche bei kulinarischen Experten als neuer aufgehender Stern am weltweiten Küchenhimmel gelte, sozusagen als Nachfolger der viel zu lange dort oben thronenden französischen Küche.

Aristoteles grummelte tapfer und verharrte möglichst lange in seiner Schmollecke, aber auf die Dauer konnte er sich de Jongs Charme nicht entziehen. Am späten Nachmittag waren die beiden wieder ein Herz und eine Seele – de Jong hatte sich bis dahin mindestens fünf Raki aufdrängen lassen, sie mit Todesverachtung hinuntergekippt und auch noch »einzigartig« und »vorzüglich« genannt.

Inzwischen tröpfelte es leicht, ein paar dunkle Wolken waren aufgezogen, Gewitter lag in der Luft. Rechtzeitig, bevor das Geprassel niederging, sammelte er die Frühstückssachen vom Oberdeck ein. Eigentlich hatte er vorgehabt, den Rest des Tages für literarische Arbeit zu nutzen, aber das verschob er Raki-bedingt auf den nächsten Tag. Er wartete den Gewitterschauer ab, nahm dann, wieder an Deck, ein schnelles Abendessen ein, ging wieder hinein und zappte sich ein wenig durch die Programme. Landete schließlich bei einem alten Tatort mit Rilke und Schabowski, es ging um den Mord an einem Investmentbänker, der sich einer Geschlechtsumwandlung unterzogen hatte. Als er den Fernseher wegen anschließend einsetzendem Polittalk abschaltete, konnte er schon verstehen, warum Merzenich in Breckerfeld einen idealen Hauptverdächtigen gesehen hatte. Hauptkommissar Schabowski war ein kleiner, unscheinbarer Typ, der es nicht leicht hatte, weil er ständig gemobbt wurde und immer wieder als der Idiot dastand, der er tatsächlich war. Eine gefährliche, unheilverheißende Mischung aus Klaus Kinski und Norman Bates. Wie geschaffen für einen Mörder. Zu schade.

Am Dienstagmorgen fuhr de Jong noch vor dem Frühstück seinen Laptop hoch und widmete sich dem zweiten Kapitel seines düsteren Romans. Die Geschichte über den unglücklich verlassenen Liebhaber, der seinen Nachfolger stalkte und auf einen geeigneten Moment wartete, ihn auf besonders grausame Weise umzubringen. Ein lupenreiner Thriller. De Jong wusste, dass Thriller gefragt waren, und war deswegen fest entschlossen, alles zu geben.

Der einzige Haken war, dass er leider nichts wirklich Lesenswertes zustande brachte. Dabei hatte er, was das Verfassen von Kriminalromanen anging, so einiges an Fachliteratur gewälzt. Der Tote sei das Spannungskapital des Krimis, wurde dort bei jeder Gelegenheit betont. *Spare your corpse* lautete das Grundprinzip – gehe sorgfältig mit der Leiche um, verplempere sie nicht leichtfertig in einer einzigen Auffindungsszene. Setze sie vielmehr scheibchenweise ein, töte das Opfer nicht gleich, foltere es gegebenenfalls, zerstückele es dann und sei stets möglichst geizig mit den Leichenteilen. Behalte dir immer welche bis zum Schluss auf, egal wie lange es dauert. So und nur so entstehe Spannung. Alles andere komme von selbst.

Theoretisch betrachtet. Aber alles, was de Jong zu Papier brachte, waren kannibalische Gewaltfantasien und ausufernde Sexszenen, aufgezeichnet von der Überwachungskamera des unglücklichen Liebhabers. Überflüssig zu erwähnen, dass die in den Sexszenen beschriebene Frau bis aufs Haar Giulia glich, und ihr Liebhaber, der einem außergewöhnlich unappetitlichen Mord zum Opfer fiel, von den Gesichtszügen her dem frühen Karl Marx glich, jedenfalls solange er noch Gesichtszüge hatte.

De Jong schuftete bis zum frühen Abend, schrieb das Anfangskapitel noch mal komplett neu, dann auch noch das dritte und vierte, aber am Ende des Tages verfuhr er so, wie viele große Schriftsteller, von denen er gehört hatte, verfahren hatten: Er löschte alles wieder bis zum letzten Buchstaben, fragte sich allerdings in dieser einen Sekunde, während der Text sich in nichts auflöste, wie besagte große Schriftsteller es mit dieser Strategie überhaupt jemals geschafft hatten, groß zu werden.

Gegen acht schwang er sich aufs Rad und nahm Kurs auf Pennys Wohnung. Mit jedem Tritt in die Pedale besserte sich seine Stimmung. Jetzt, nachdem er seine ambitionierten Fantasien im Hinblick auf Giulia literarisch ausgelebt und anschließend mithilfe weniger Tastenbefehle gelöscht hatte, war sein Kopf frei für das, was mit etwas Glück noch heute Abend zwischen ihm und Penny laufen konnte.

Mit diesem beschwingten Gefühl schloss er sein Fahrrad ab, klingelte und lief die Treppen hinauf zu ihrer Wohnungstür, die bereits offenstand.

»Da bist du ja«, begrüßte sie ihn mit ihrem himmlischen Lächeln. Penny sah klasse aus. Ein leichter, sommerlicher Rock umspielte ihre Waden, das lila Top ließ ihre bloßen, weißen Schultern verheißungsvoll aufleuchten, außerdem duftete sie verführerisch. De Jong nahm sich vor, gleich nach dem Essen, vielleicht noch vor dem Dessert, auf ihr Angebot zurückzukommen, mit ihm zu schlafen. Sie ging voraus ins Wohnzimmer, wo der Tisch schon gedeckt war.

»Das sieht ja schon sehr lecker aus«, lobte er.

Sie schenkte ihm ein weiteres Lächeln, ein dankbares. »Ich hab uns ein vegetarisches Menü gezaubert.«

Zwei Dinge fielen de Jong dann doch auf: Erstens, dass nicht für zwei, sondern für drei Personen gedeckt war, und zweitens, dass, kaum dass sie sich am Tisch niedergelassen hatten, nebenan im Bad die Klospülung betätigt wurde. Er sah Penny fragend an.

»Und gleich kann's auch schon losgehen«, sagte sie. »Es stört dich doch nicht, dass ich ihn ebenfalls eingeladen habe?«

De Jong wollte schon fragen: wen? – da öffnete sich die Toilettentür und er kam zu ihnen an den Tisch, grinsend und sich die Hände reibend: Merzenich. »Tja, sieht janz so aus, als wären wir jetzt vollständig versammelt, was?«

Das mit dem »bis morgen Abend« war also doch keine Verwechslung gewesen.

»Er hat mir erzählt, dass ihr beide jetzt zusammenarbeitet«, beantwortete Penny de Jongs Blick, der immer noch fragend war. »Und ich fand, es wäre eine ganz gute Idee …«

Eine gute Idee. Sie konnte nicht ernsthaft finden, dass das eine gute Idee war.

Hauptkommissar Merzenich nahm als Dritter am Tisch Platz und breitete umständlich eine geblümte Papierserviette auf seinem Schoß aus. Dann entließ er ein meterbreites Grinsen in die Runde, das so lange dauerte, bis Penny mit einem geflöteten »ja, dann wünsche ich guten Appetit allerseits« das makabre Theater eröffnete.

Während der Vorspeise, einem indischen Hirsemus mit iroschottischem Frischkäse und Lorbeerplätzchen, saßen sie sich schmatzend und schweigend gegenüber. Penny räusperte sich, und das war für Merzenich offenbar das Zeichen, sich mit Small Talk wichtigzumachen. Während er sein Smartphone schwenkte, schwadronierte er darüber, dass man jetzt in den USA eine App entwickelt habe, mit der man auch schießen könne. Das Smartphone als Schusswaffe, die das Spielzeug besonders bei den Amis noch beliebter mache. Wer glaubte denn so einen Schwachsinn?

Penny jedenfalls nicht. Als gute Gastgeberin ließ sie sich natürlich nicht anmerken, dass der quasselfreudige Rheinländer sie nervte, aber alle, die sie genauer kannten – zu denen sich de Jong inzwischen zählte – merkten sofort, dass sie ihm nicht wirklich zuhörte. Dafür sprach auch, dass sie die erstbeste Gelegenheit nutzte und in die Küche flüchtete, um »Nachschub« zu holen. Und de Jong nutzte ihre Abwesenheit, sich bei dem Kommissar zu erkundigen, seit wann die Kripo dazu übergegangen sei, Beteiligte in einem Mordfall anzubaggern anstatt auf seriöse Weise zu ermitteln.

Merzenich legte sein Besteck zur Seite und hob indigniert die Hände: »Von Baggern kann meinerseits keine

Rede sein«, versicherte er. »Betrachten Sie das hier ruhig als so eine Art beruflichen Termin. Wenn auch inoffiziell. Frau Rickmann, Sie und meine Wenigkeit – drei Menschen, die unbedingt wissen wollen, wer Herrn Kelzenberg umgebracht hat. Warum sollten wir uns nicht zusammensetzen?«

De Jong fiel sofort ein Grund ein.

Merzenichs Hände hatten sich wieder Messer und Gabel geschnappt und begannen, ein Hirseplätzchen zu zerlegen, ließen allerdings von ihrer Beute ab, sobald Penny mit der Hauptspeise aus der Küche zurückkehrte: vegetarischer Hasenrücken mit Kräuterkruste an goldenen Kartoffeln.

»Dat nenne ich jetzt mal was Feines!«, freute sich der Kommissar.

De Jong wurde klar, dass er sich kindisch verhielt. Dass seine und Pennys Vorstellungen von einem Versöhnungsessen auseinandergingen, konnte man schließlich niemandem vorwerfen. Zudem war es taktisch gesehen äußerst unklug, dieses Missverständnis zum Anlass für eine Eifersuchtsszene zu nehmen. Das Beste war, den vegetarischen Hasenrücken zu genießen und auf seine Chance zu warten.

Merzenich war gerade dabei, mit vollem Mund ebenso volles Verständnis dafür zu äußern, dass das für Penny gerade eine schwere Zeit sei. Worauf sie sich danach erkundigte, ob es inzwischen neue Erkenntnisse gebe.

»Wir ermitteln in jede Richtung«, sagte Merzenich. Die Kripo-Standardauskunft, Penny fand sie wohl etwas dürftig.

»Also haben Sie gar keinen konkreten Verdacht?«

»Na ja, konkret ist im kriminalistischen Sinne oft ein weiter Begriff.«

»Inwiefern?«

»Sie wissen doch, dass ich hier keine Ermittlungsdetails ausbreiten darf, aber …«

»Ich schon«, funkte de Jong munter dazwischen, der urplötzlich seine Chance erkannte, dieses seltsam inoffizielle Meeting doch noch für sich zu entscheiden.

»Wie bitte?«

»Als Exkommissar muss ich auf keinen Rücksicht nehmen«, erklärte de Jong. »So wie mein Exkollege Merzenich hier. Und für mich gibt es nur einen Verdächtigen: Cornelius Wittekind.«

»Wittekind … über den haben wir mal ein Feature gemacht, das ist noch gar nicht so lange her. Er hat ein soziales Netzwerk gegründet.«

»Genau«, sagte de Jong. »Das ist er.«

»Denken Sie auch, dass er hinter den Morden steckt?«, wandte sich Penny an Merzenich.

»Wie gesagt, ich darf hier nicht ins Detail gehen …«, eierte der Hauptkommissar herum, und de Jong weidete sich an ihrem enttäuschten Gesichtsausdruck.

»Wittekind ist ein junger Kerl mit Kapuzenpulli«, erklärte er, »verwöhnt wie ein verspieltes Kind, aber knallhart, wenn es darum geht, Hindernisse aus dem Weg zu räumen. Er ist eigentlich derjenige, der in der Gesellschaft zur Selbstoptimierung das Sagen hat. Obwohl er offiziell nichts damit zu tun hat. Die Kripo legt sich aber nicht gern mit ihm an, weil der Mann überall gute und einflussreiche Freunde hat. Oder sagen wir besser: arme Teufel, die ihm etwas schuldig sind.«

»So weit sind wir noch gar nicht«, dämpfte Merzenich de Jongs Eifer.

»Ich habe sogar ein Geständnis. Auch wenn das offiziell überhaupt nichts taugt, weil es erstens unter vier Augen und zweitens im Zustand der Volltrunkenheit abgelegt wurde. Aber dass Helge Schimmeck inzwischen auch auf seltsame Weise ums Leben kam, deutet darauf hin, dass er als Sicherheitsrisiko eingestuft wurde. Er drohte auszuplaudern, dass Wittekind ihn zu dem Mord gedrängt hat. Genauso vermutlich Monk und Pinkwart.«

»Und wieso geht die Kriminalpolizei nicht gegen diesen Mann vor?«, wunderte sich Penny.

»Wie schon gesagt, wir versuchen unser Möglichstes«, wiederholte Merzenich, jetzt klar in der Defensive, »aber bislang haben wir noch lange nicht genug in der Hand, um diesen Wittekind ...«

»Also gut, was halten Sie davon, wenn wir bei *Münster auf Zack* einen Bericht bringen?« Penny ordnete den Salat auf ihrem Teller, trennte mit der Gabel grüne Bestandteile von den roten. »Eine Doku über die Machenschaften, die Mickie Kelzenberg das Leben kosteten. Ich überlege schon seit einer Weile, ob ich ihm das nicht schuldig bin.«

»Das ist sehr lobenswert und natürlich kann Ihnen das keiner verbieten«, meinte Merzenich skeptisch. »Aber Sie wissen ja auch, wie das mit den Vorverurteilungen in der Presse ist. Und Sie sollten in Betracht ziehen, dass Wittekind sich zu wehren weiß.«

»Was wollen Sie denn damit sagen?«

»Nun ja, vielleicht nicht im körperlichen, sondern eher im juristischen oder medienrechtlichen Sinne.«

Ungeduld klang in Pennys Stimme mit. »Soll das heißen, der Kerl kommt ungeschoren davon?«

»Niemand will das«, sagte de Jong scheinheilig. »Aber du weißt doch, wie das ist: In diesem Land gilt die Unschuldsvermutung. Im Falle einer Schuldsvermutung braucht man Beweise, um sie zu einer Gewissheit zu machen.«

»Wie wahr«, bestätigte Merzenich. »Wovon spreche ich denn die ganze Zeit?«

»Und weil Wittekind das auch weiß, hat er sich dahin gehend abgesichert, dass man seine Person mit den einzelnen Morden sehr schwer in Verbindung bringen kann. Andere haben das für ihn erledigt, also war er's nicht.«

»Das heißt im Endeffekt«, sagte Penny ärgerlich, »dass er doch davonkommt?«

»Nur im Endeffekt«, sagte de Jong. »Es sei denn, er macht einen Fehler.«

»Was für einen Fehler?«

»Zum Beispiel, dass er sich verplappert. Und deshalb werde ich ihm noch einen Besuch abstatten.«

»Mit welchem Ziel?«

»Um ihn ein wenig weichzuklopfen. Ihn aufzuscheuchen. Ich war lange genug bei der Kripo, um zu wissen: Wenn man die richtigen Fragen stellt, dann kriegt man auch die richtigen Antworten.«

»Vielleicht müssen Sie als Exbulle ja keine Rücksichten mehr nehmen«, meckerte Merzenich mit einem gereizten Unterton, der deutlich machte, wie unzufrieden er mit dem Verlauf des Gesprächs war, »aber dafür gilt auch, dass Vernehmungen aller Art nun mal ausschließlich Sache der Polizei sind.«

»Vernehmungen sicher«, widersprach de Jong. »Aber die Rede war von Besuch abstatten, und das ist eben nicht Sache der Polizei. Kein Wunder, dass Ihnen der Unterschied nicht so ganz geläufig ist.« Sein Grinsen wurde breit. »Sonst wären Sie heute ja wohl nicht hier, oder?«

Pennys Räuspern beendete das gespannte, schon fast feindselige Schweigen. »Ich hätte da noch eine Nachspeise vorbereitet«, sagte sie.

30. Kapitel

Als de Jong an diesem Abend viel früher als geplant zum Hausboot zurückkehrte, plagte ihn jene eigentümliche Mischung aus Unzufriedenheit und Überdruss, die einem aufstößt, wenn man von einem Abend zurückkehrt, den man besser anders verbracht hätte. So gern er seinen kleinen Triumph über Heiner Merzenich ausgekostet hatte, er war nicht von Dauer gewesen: Der Kölner hatte eine rasante Kehrtwende hingelegt, de Jongs Entschlossenheit in dieser verfahrenen Angelegenheit gelobt und ihm jede in seinen Möglichkeiten stehende Unterstützung zugesagt. Nach dem Dessert waren die Mordfälle ein wenig aus dem Blickfeld geraten, dafür landeten sie wieder bei Pennys Lieblingsthema: Männer, die sie faszinierten, indem sie sie überraschten und ihr neue Welten eröffneten. Und Merzenich lief zur Höchstform auf, um es de Jong heimzuzahlen: angefangen hatte er mit seiner Polizeiarbeit, von der wohl viele glaubten, dass sie sich in öder Schreibtischarbeit erschöpfe, dabei sei es in Wirklichkeit so, dass man täglich damit rechnen müsse, dem Tod ins Auge zu schauen. Anschließend packte er urplötzlich seine feminine Seite aus und erzählte von einem Nähkurs, den er neuerdings jeden zweiten Dienstagabend besuche, ohne damit Probleme zu haben, natürlich nur, wenn der Job es erlaube, um all dies schließlich und endlich mit seinem geradezu tollkühnen Plan zu krönen, über die Weihnachtsferien ein Survivalcamp in Island zu besuchen, wo er bei zweistelligen Minustemperaturen zelten werde …

Penny lauschte ihm mit leicht geöffnetem Mund. Dass dies ein Abendessen war, an dem drei Menschen teilnahmen, schienen die beiden vollkommen vergessen zu haben. De Jong unternahm ein oder zwei Versuche, das Ganze ins Lächerliche zu ziehen und damit wieder Aufmerksamkeit zu erlangen, aber schließlich gab er auf. Die beiden heuchelten Enttäuschung, dass er sich so früh auf den Weg machte und er wünschte Penny viel Erfolg mit ihrem TV-Bericht über Mickie – nur mit halbem Herzen, denn er fand es eigentlich ganz schön scheinheilig, dass sie einem Mann, über den sie so abfällig sprach, angeblich etwas schuldig zu sein glaubte …

Es war eine stille, mondhelle Nacht. Grillen zirpten, und irgendwo weiter weg rief ein Kauz. Der Dortmund-Ems-Kanal war eine spiegelglatte Fläche, die alles verdoppelte: den nächtlichen Himmel, den Mond, das Gestrüpp am Ufer. Und noch jemand war da, um die Nacht zu genießen: Mickie. Jetzt, wo er nicht mehr in dem kleinen Teich wohnte, trieb er sich offenbar im Dortmund-Ems-Kanal herum. Sein Gesicht war deutlich zu sehen, vielleicht zwanzig Zentimeter unter der Wasseroberfläche, es schimmerte leicht grünlich und fahl wie das Mondlicht, das auf dem Wasser lag, gleich neben dem Heck des *Alten Mädchens.*

»So spät noch auf, Herr Kommissar?«, sagte Mickie.

Verständlicherweise war de Jong in dieser Nacht sehr dünnhäutig. »Spar dir den Kommissar«, knurrte er, holte sich von drinnen ein Bier und kam wieder heraus. Ließ sich auf der Holzbank auf dem Achterdeck nieder. »Du weißt genau, dass der passé ist.«

»Also gut, Niklas, soll ich dir sagen, wer mich umgebracht hat?«

Mit einem Plopp sprang der Kronkorken vom Flaschenhals, segelte durch die Luft und landete sanft auf der Wasseroberfläche, wo er wie ein winziges Floß davontrieb. »Wieso denn jetzt auf einmal?«

»Du wolltest es doch unbedingt.«

»Ja, und du wolltest es mir unbedingt nicht sagen.«

»Weil es nur Zeitverschwendung ist, deshalb.«

»Ich würde gern was anderes wissen. Wieso hast du mir nicht gesagt, dass du ein Erpresser bist?«

»Ein Erpresser?«

»Das ist jemand, der etwas Kompromittierendes über jemanden in Erfahrung bringt und Geld dafür verlangt, dass er es für sich behält.«

»Ach das«, sagte Mickie.

»Was?« De Jong bildete sich ein, dass der Tote unter Wasser gluckernde Geräusche machte. Drüben auf der anderen Kanalseite radelte jemand entlang, nahe genug, um diese obskure Unterhaltung mitzubekommen.

»Sag mal, was denkst du eigentlich von mir, Niklas? Denkst du, dass ich so was tun würde? Frag Penny, die kennt mich und weiß, dass ich so was nicht täte.«

»Besser nicht«, sagte de Jong.

»Du meinst Wittekind, stimmt's?«, fragte der Tote nach einer Weile.

»Also doch«, sagte de Jong und fühlte sich bestätigt.

»Cornelius Wittekind. Kennst du den Kerl überhaupt?«

»Kann man nicht gerade sagen. Aber du ja offenbar.«

»Klar. Zum Beispiel weiß ich, dass er Kartoffelchips mag. Er isst sie zum Frühstück und zum Abendessen. Und zwischendurch …«

»Weiß ich schon«, sagte de Jong.

Einen Augenblick blieb es still. »Kennst du zufällig das Gleichnis von den Silberstücken?«

»Glaub schon.« Der Exkommissar überlegte, dass er es neulich doch noch irgendwo gehört hatte. Auch im Zusammenhang mit der Wittekind-Sippe.

»Ein Vater verreist und vertraut seinen Kindern Silberstücke an. Na ja, wenn du mich fragst, verreist er nur zum Schein. In Wirklichkeit will er seine Kinder testen, ob sie was taugen.«

»Behauptest du«, sagte de Jong.

»Als er zurückkommt, hat der erste Sohn aus seinen fünf Silberstücken zehn gemacht und auch der andere hat seine zwei verdoppelt. Wie auch immer sie das angestellt haben – Spekulation, Erpressung, Diebstahl … Der Vater fragt nicht mal nach, Geld stinkt nicht, denkt er sich wahrscheinlich.«

»Vielleicht. Und der dritte?«

»Der hat immer noch das eine Silberstück und nicht mehr. Und der Vater sagt zu ihm: Was hast du dir dabei gedacht? Dass du dich ins Gras legst und am Himmel die Wolken zählst? Bildest du dir ein, das ist das Leben? Ich sag dir was: Wenn du was hast, irgendwas, dann mach mehr draus, egal wie. Verdopple es, vervierfache es, das ist der Sinn der Sache. Wer hat, der kriegt noch mehr, und genug haben kann man nie.«

De Jong schüttelte die Bierflasche und sah zu, wie ein Wurm aus Schaum herauskroch und auf die Bootsplanken tropfte. »Was weiter?«

»Er hat den dritten Sohn rausgeschmissen. Fristlos entlassen. Tja, da kannst du mal sehen.«

Wieder rief das Käuzchen. Näher jetzt, es musste in einem der direkt gegenüberliegenden Bäume sein.

»Was?«, fragte de Jong. »Was kann ich sehen?«

»Wieso wir alle so verkorkst sind. Wegen dieser blödsinnigen Verdoppelei. Und Wittekind ist ganz besonders verkorkst. Überleg mal: Dein Leben lang machst du nichts anderes, als Silberstücke zu vervielfältigen. Da stehen deine Chancen schlecht, ein halbwegs netter Mensch zu werden.« Mickie gluckste wieder, Luftblasen stiegen auf, und de Jong erklärte sich das Geräusch damit, dass er mit den Beinen im Wasser strampelte. »Habe ich dir schon erzählt, dass ich ein Musical geschrieben habe? Das weltweit einzige in Masematte.«

»Ja, hast du.«

»Es heißt *Der Tod macht blau.*«

»Ich weiß.«

»Wusstest du auch, dass man früher Klamotten blau gefärbt hat, indem man sie mit Urin vergoren hat? Und weil man möglichst viel davon brauchte, haben die Leute am Tag davor statt zu arbeiten nur gesoffen. Deshalb sagt man heute Blaumachen.«

»Nein, wusste ich nicht.« De Jong fand es im Grunde nachvollziehbar, dass einem, wenn man tot war, Dinge erwähnenswert schienen, von denen man sich im Leben gefragt hätte, was sie mit einer anderen Sache zu tun hatten, so wie dieses Färbethema. »Da ist noch ein anderes Musical«, sagte er. »Das über die Linsenspeise. Da kommen auch Söhne drin vor. Und ein Vater.«

»Keine Ahnung, Niklas. Das wurde niemals aufgeführt.«

»Ja, aber du hast es doch geschrieben«, sagte de Jong und hielt seine Flasche ins Mondlicht, um zu sehen, wie viel noch drin war. »Und ich hab mich gefragt, ob das so eine Art Schlüsselmusical ist, verstehst du, eins über diese verkorkste Familie. Und damit käme ich zu meiner zweiten Frage: Wer ist dieser Catweazle? Er ist der dritte im Bunde, stimmt's?«

»In welchem Bunde?«

»Der Wittekind-Geschwister.«

»Dann weißt du ja schon alles.«

»Ich weiß gar nichts. Wo steckt er überhaupt und was hat er mit den Morden zu tun?«

»Du solltest ihn kennenlernen und fragen. Dann brauche ich dir nicht alles zu erzählen.«

»Ja, aber Mickie, wo du jetzt schon mal da bist, könntest du mich ins Bild setzen. Oder mir wenigstens sagen, wo ich ihn finde ...« Ein verhaltenes Plantschen veranlasste ihn, an der Bootswand hinunterzusehen, aber er konnte den Ermordeten nicht mehr entdecken. »Mickie?«

De Jong wartete noch eine Weile, aber das Gesicht im Wasser blieb verschwunden. Mickie Kelzenberg war abgetaucht.

31. Kapitel

Dass er Wittenkind einen Besuch abstatten würde, um ihn nervös zu machen, hatte er nicht nur gesagt, um Merzenich in die Defensive zu drängen. Wenn er es recht überlegte, stellte sich aber schon die Frage, wie de Jong es anstellen wollte, zu dem Mann mit dem Kapuzenpulli vorzudringen, schließlich hatte man ihn das letzte Mal achtkantig hinausgeworfen. Er verfiel auf die Idee, Penny anzurufen und erreichte sie am nächsten Morgen gegen zehn, nachdem er gefrühstückt hatte.

»Du hast gestern Abend erwähnt, dass *Münster auf Zack* mal einen Bericht über Cornelius Wittekind gebracht hat«, sagte er, nachdem sie sich gemeldet hatte.

»Ja. Erfolgreiche Unternehmer im Münsterland, so in der Art.«

»Nichts über sein Privatleben?«

»Natürlich. So was sehen die Leute doch am liebsten. Seine Vorliebe für Junkfood und dass er einmal in der Woche in einer Pommesbude essen geht.«

»In welcher?«

»Da muss ich nachsehen. Das war irgendein Burgerschuppen mitten auf dem Land. Wittekind ist dann immer der einzige Gast, und das Personal steht ihm exklusiv zur Verfügung. Für Normalsterbliche ist der Laden geschlossen.«

»Interessant«, sagte de Jong. »Kannst du mir sagen, an welchem Tag er hingeht und wo der Burgerschuppen liegt?«

»Du willst ihm also immer noch einen Besuch abstatten?«

»Könnte sein.« Als Penny nicht antwortete: »Was ist jetzt mit der Adresse?«

»Nur unter einer Bedingung: Ich komme mit.«

»Ausgeschlossen. Wozu denn auch?«

»Ich will die Sache mit Mickie ins Fernsehen bringen. Das bin ich ihm schuldig.«

Wieso nur hörte de Jong aus dieser edlen Ankündigung heraus, dass sie aus dem tragischen Tod des Mannes, mit dem sie nicht mal hatte zusammenleben können, journalistisches Kapital schlagen wollte? Dass sie es auf Schlagzeilen à la *fastfoodverrückter Millionär von junger Journalistin der Anstiftung zum mehrfachen Mord überführt* abgesehen hatte? Er sagte: »Bist du nicht.«

»Na ja, dann wünsche ich dir viel Erfolg, Niklas. Vielleicht hast du ja Glück und erwischst zufällig am richtigen Tag das richtige Lokal.«

Sie einigten sich schließlich darauf, dass sie gemeinsam hinfahren würden, de Jong aber allein mit Wittekind reden würde, während Penny im Auto wartete. Sie bestand darauf, dass er die Unterredung mit dem Handy aufnahm und rückte erst dann damit heraus, dass Wittekinds Burger-Tag der kommende Tag sei, ein Donnerstag.

Der *American Saloon* befand sich in der Nähe von Ochtrup, genauer gesagt in der Nähe einer Dorfbauerschaft in der Nähe Ochtrups, mitten auf dem endlos platten Land, dort, wo das Münsterland unmerklich, konturlos und auf ziemlich langatmige Weise in die Niederlande übergeht. Es war eine zu groß geratene Blockhütte, gespickt mit Stars and Stripes und einem riesigen Cowboyhut, der über das Dach gestülpt war. Penny stoppte ihren Wagen, einen antiken, roten Karmann Ghia mit H-Kennzeichen, auf dem verlassenen Parkplatz. De Jong stieg aus.

»Und vergiss bloß nicht, dein Handy einzuschalten«, mahnte sie, bevor sie davonbrauste.

De Jong stand da und ließ die Gegend auf sich wirken, eine reine Fläche aus platten Feldern, die sich bis zum Horizont erstreckte. Die Straßenkreuzung in der Nähe, circa dreihundert Meter entfernt, wo man zwischen der Richtung Gronau und der nach Rheine wählen konnte, an der Penny links abgebogen war. Das Geräusch eines Treckers in weiter Ferne. Der Geruch nach trockenem Gras und warmem Asphalt. All die Zutaten, die man brauchte, wenn man etwas als »mitten im Nichts« gelegen bezeichnete.

Er kehrte dem Nichts den Rücken und wandte sich dem Blockhaus mit dem Cowboyhut zu. Trat an eins der Fenster und warf einen Blick hinein. Die Gaststätte hatte nicht viel mit einem Saloon aus seiner Fantasie gemeinsam: keine verrauchte, düstere Kaschemme, keine Pokerspieler an den Tischen, kein versoffener Pianist, der sich mit einem Glas Whisky auf einem alten Instrument abmühte. Stattdessen endlose Tischreihen unter langen mit Neonröhren ausgestatteten Deckenlichtern, weiße Plastikstühle und alle vier Meter ein Abfalleimer mit Schwingdeckel. Aufdringliche Werbung für gegrilltes Fleisch in allen Variationen, serviert in knallbunten Papiertüten, zierten die Wände. Der Thekenbereich, an dem sich normalerweise die Kundschaft drängelte wie an einer Kinokasse, lag verwaist da. Auch von Wittekind war keine Spur, dafür fand de Jong bald einen Weg, sich Zutritt zu verschaffen: Durch ein weit geöffnetes Fenster gelangte er in die Damentoilette. Vor der Tür erwartete ihn ein beleibter Mann in einer weißen Schürze und einer Pappmütze mit Stars and Stripes auf dem Kopf – also war doch Personal anwesend.

»Kripo Münster«, sagte de Jong, bevor der Mann seiner Irritation Ausdruck verleihen konnte. »Ich muss mit Ihrem Gast reden.«

»Hey, Jebb, ist irgendwas?«, rief Wittekind von seinem Platz aus.

De Jong bedeutete Jebb, dass er sich nicht einmischen dürfe, und schob sich an ihm vorbei ins Restaurant. Er hatte keine Schwierigkeit, Wittekind zu orten. Der Mann im Kapuzenpulli saß in einer Art Loge, vor ihm ein Riesenbecher Cola. Seinen Tisch zierte eine rot-weiß-blau-gestreifte Papiertischdecke.

»Ach, sieh mal einer an: der Journalist«, sagte er, als de Jong sich ihm näherte.

»Journalist war gestern«, sagte de Jong. »Jetzt bin ich von der Kripo.«

»Das ist jetzt ein Scherz, oder?«

»Richtig«, sagte de Jong. »Das mit der Kripo ist auch von gestern.«

»Also was sind Sie dann?«

»Jemand, der Sie zufällig in diesem«, er suchte nach Worten, »Lokal trifft und ein paar Fragen hätte.«

»Ich weiß zwar nicht, wie Sie hier hereingekommen sind, aber das ist eine geschlossene Veranstaltung. Nur ich und sonst keiner.«

Cornelius Wittekind trug dieses Mal einen weinroten Kapuzenpulli mit der Aufschrift *to boldly go where no man has gone before* – ein uralter Startrek-Spruch. Vor ihm auf dem Tisch befand sich ein rotes Plastiktablett, darauf eine Tüte Pommes frites und ein halber Hamburger. Die Gurkenscheiben klebten am Rand des Tabletts – offenbar schätzte er diese Zutat nicht besonders. Er griff nach dem halben Burger, biss aber nicht hinein, sondern wedelte ungeduldig in Richtung de Jong, der keine Anstalten machte zu gehen.

»Also gut, dann fragen Sie kurz, was Sie wollen, und dann gehen Sie wieder.«

De Jong nahm, ohne um Erlaubnis zu fragen, an seinem Tisch Platz. »Ich würde gern über Ihren Bruder sprechen.«

»Meinen Bruder? Wer hat Ihnen erzählt, dass ich einen habe? Ich habe eine zickige Schwester und das reicht mir vollkommen.«

»Da bin ich nicht so sicher«, sagte de Jong.

»Sie sind nicht sicher.« Der Myglüx-Chef schüttelte den Kopf, dann schnappte er sich eine Handvoll Pommes und stopfte sie sich in den Mund. »Philipp, mein kleiner Bruder, starb mit drei Jahren an Hirnentzündung.«

»Sie meinen Hirnhautentzündung?«

»Oder das, kann auch sein. Man hat alles versucht, aber er war eben nicht so der Kämpfertyp. Abgesehen davon wüsste ich nicht, was Sie das angeht. Stellen Sie endlich Ihre Fragen.«

»Also gut«, sagte de Jong. »Reden wir über Mord.«

Wittekind schüttelte den Kopf, den Mund zu einem spöttischen Grinsen verzogen, womit er deutlich machte, dass er seinen ungebetenen Gast nicht als Bedrohung, sondern eher als schräge Belustigung empfand.

»Genauer gesagt, über mehrere Morde, die Sie in Auftrag gegeben haben.«

»Cool, das ist endlich mal ein interessantes Thema.« Cornelius knurpste seelenruhig. »Von welchen Personen sprechen wir denn?«, erkundigte er sich höflich, wenn auch mit vollem Mund.

»Michael Kelzenberg«, antwortete de Jong. »Er komponierte für Myglüx eine Firmenhymne und war mit Ihrer Schwester näher bekannt. Dann ihr Mann, Helge Schimmeck, der mir vor seinem Tod bestätigte, dass Sie ihn mit dem Mord an Kelzenberg beauftragt haben. Ferner kämen noch Monk, ein Mitarbeiter des Generalvikariates, und Pinkwart, der bekannte Fernsehschauspieler, hinzu.«

»Und die soll ich alle umgebracht haben?« Wittekind schien ehrlich verwundert zu sein.

»Keineswegs«, stellte de Jong richtig. »Sie haben jemanden damit beauftragt.«

»Aber warum? Geben Sie mir ein Motiv, Herr …«

»Schon mal von dem Wunder von Hiltrup gehört?«

»Sie meinen die heilige Muttergottes, die den Radfahrern erschienen ist?«

»Nicht ganz«, sagte de Jong. »Ich meine *Pope City*, einen konfessionell ausgerichteten Freizeitpark, der erste in Europa, der sich aber leider als unfinanzierbar erwies. Der Kirche ging das Geld aus, die Bagger standen still. Und dann urplötzlich sprudelte von irgendwoher Geld. Und schon baggerten die Bagger wieder.«

»Eine schöne Geschichte, sehr ergreifend, wirklich.« Wittekind starrte auf seinen leeren Teller, dann hob er seine Stimme: »Hey Jebb!«, brüllte er. »Machst du mir noch so einen Cheeseburger? Aber die Gurkenscheiben lässt du gefälligst weg.« Er wandte sich wieder de Jong zu. »Nur, was habe ich damit zu tun?«

»Angenommen, Sie waren derjenige, der das Wunder ermöglicht hat. Aber nicht aus christlichen Gründen. Ihre sogenannte Gesellschaft für Selbstoptimierung hat schon lange auf diese Gelegenheit gewartet, einen Fuß in diese Tür zu bekommen.«

»Einen Fuß in welche Tür?«

»Sie unterwandert die alte, morsche Kirche von innen, frisst sie auf wie ein Parasit. Und dann übernimmt sie sie. Ein altes Prinzip.«

Der Myglüx-Erfinder machte ein betroffenes Gesicht, das sich erst entspannte, als der neue Burger serviert wurde, dieses Mal auf einem Teller, umwickelt mit einer Papierserviette. »Schöne Idee, nicht wahr? Kommen Sie, das müssen Sie zugeben.«

»Es ist aber nicht nur eine Idee«, widersprach de Jong. »Es ist eine Strategie, die allerdings eine gewisse Geheimhaltung braucht. Und die drohten Kelzenberg, Monk und wahrscheinlich auch Pinkwart zu brechen. Sie waren eine Gefahr für Sie. Also setzten Sie Schimmeck auf sie an.«

»Aber der ist doch auch tot.«

»Weil er sich mir anvertraut hat. Ich vermute, dass Sie ihn von da an als unwägbares Risiko betrachteten.«

Wittekind widmete sich seiner zweiten Portion. Ketchup tropfte auf seine Finger. Wie Blut, dachte de Jong, das an seinen Fingern klebt.

»Sie haben insofern recht, als Kelzenberg tatsächlich damit gedroht hat. Aber warum sollte ich ihn deswegen umbringen lassen? Unser Kirchendeal war gar nicht so ein streng gehütetes Geheimnis, wie er dachte. Sogar eine Zeitung hat damals was drüber gebracht.«

De Jong glaubte, sich verhört zu haben. »Eine Zeitung?«

»Ja, Sie wissen schon: diese unhandlichen Hefte aus Papier, mit allerhand Buchstaben bedruckt.«

Für einen Moment herrschte angespanntes Schweigen, aber es war nicht still. Aus einem Deckenlautsprecher dudelte leise, aber aufdringlich Countrymusik.

»Wissen Sie zufällig noch, welche?«, fragte de Jong, der jetzt ziemlich aus dem Konzept war. Er weigerte sich immer noch zu glauben, was er gerade gehört hatte.

»Da bin ich wirklich überfragt. Aber wen kümmert das noch? Sie stimmen mir doch sicher zu, dass es nicht besonders klug ist, jemanden mit etwas zu erpressen, das ruhig alle wissen können.«

De Jong nickte, starrte vor sich hin und sah sein schönes Ermittlungsgebäude einstürzen. Es passte doch alles so gut zusammen. Und jetzt saß er hier in dieser dämlichen Pommesbude und blamierte sich bis auf die Knochen. Während er grübelte, schwatzte sein Gegenüber unbekümmert weiter. Ganz klar, er sah den Exkommissar schwitzen und genoss seinen Sieg. »Da sehen Sie mal wieder, was für ein schlechter Gastgeber ich bin«, versetzte er schließlich kumpelhaft. »Kann ich Ihnen etwas zu trinken anbieten? Cola, O-Saft, Bier?«

Aus den Augenwinkeln nahm de Jong eine Bewegung wahr. Neben der Tür hatte das Serviceteam des Saloons Aufstellung genommen – sechs Mitarbeiter in weißer Schürze und blau-weiß-roten Mützchen auf dem Kopf. Etwas abseits stand Wittekinds öliger Butler, de Jong hatte sein Hereinkommen gar nicht bemerkt.

»Ein Wasser, wenn Sie haben«, brach er schließlich die erwartungsvolle Stille.

32. Kapitel

Als er gut zehn Minuten später draußen auf dem leeren Parkplatz stand und wartete, grübelte er immer noch. Wie vereinbart näherte sich schon bald Pennys roter Karmann Ghia, und dass er beim Zusteigen Hauptkommissar Merzenich auf dem Rücksitz entdeckte, besserte seine Laune auch nicht gerade.

»Wie war's?«, wollte Penny ungeduldig wissen. »Hattest du das Handy an?«

»Ja, hatte ich«, sagte de Jong und reichte ihr das Smartphone. »Aber es gibt nicht viel zu hören.«

Sie drückte auf dem Ding herum. Dann hörte man ein lautes Rauschen und hinter dem Rauschen irgendetwas, das man für Stimmen halten konnte.

»Man kann ja überhaupt nichts verstehen«, ärgerte sich Penny.

»Ich sag ja, es gibt nicht viel zu hören.«

»Nicht viel ist gut.«

»Auch wenn man jedes Wort verstehen könnte«, fügte de Jong mürrisch hinzu, »wäre es nicht der Rede wert.«

»Was wollen Sie damit sagen?«, fragte Merzenich von hinten.

»Wie kommt der denn hierher?«, fragte de Jong zurück, allerdings an Penny gewandt.

»Er hat mich angerufen«, sagte sie, startete den Wagen und fuhr los. »Und dann war er zufällig in der Nähe …«

»Sie haben gesagt, dass Sie die richtigen Antworten bekommen«, erklärte Merzenich, und eine winzige Prise Schadenfreude brachte seine Stimme zum Klingen. »Und die wollte ich natürlich auch hören.«

»Tja, da muss ich Sie leider enttäuschen: Ich habe mich geirrt. Der Mann war's nicht.«

»Wieso denn jetzt auf einmal?«, sagte Penny.

»Nicht jetzt auf einmal. Die ganze Zeit schon. Ich war auf der falschen Fährte. So was passiert.«

»Und ich fand sie gar nicht mal *so* falsch«, sagte Merzenich.

»Der Mann hat kein Motiv. Mickie wollte ihn mit etwas erpressen, was schon in der Zeitung gestanden hat. Niemand musste ihn zum Schweigen bringen.«

»Nicht mal das hat er richtig hingekriegt«, sagte Penny kopfschüttelnd.

»Wittekind hat kein Motiv, basta.«

»Und was ist mit den anderen?«, fragte der Kommissar. »Pinkwart, Schimmeck und Monk?«

De Jong seufzte genervt. »Sieht so aus, als müssten wir wieder ganz von vorn anfangen.«

Es war drückend warm, mit einer feuchten, schwülen Note. Irgendwann heute würde es noch ein Gewitter geben. Sie fuhren schon eine ganze Weile. Gerade passierten sie ein Schild, das nach rechts zeigte, mit der Aufschrift: *Camping Elend, 0,7 Km.* Wenn das nicht passt wie die Faust aufs Auge, dachte de Jong.

Keiner sagte etwas. Aber falls sie sich ausrechneten, mit diesem Schweigen halbwegs den Frieden wahren zu können, hatten sie sich verrechnet. Im Gegenteil: Es war zum Äußersten gespanntes Schweigen, hochexplosiv und brandgefährlich.

»Wieso fährst du hier rechts?«, wollte de Jong plötzlich wissen.

»Weil wir von hier gekommen sind.«

»Sind wir nicht. Wir müssen umdrehen und zurückfahren.«

»Warum sagst du mir jetzt erst, dass wir in die andere Richtung müssen?«

»Bisher war keine Gelegenheit dazu.«

Penny seufzte geräuschvoll, fuhr rechts ran und stoppte. Der Motor lief, sonst passierte nichts.

»Wir waren so nah dran«, sagte sie nach einer Weile.

»Waren wir nicht«, widersprach de Jong. »Wir haben nur gedacht, wir seien nah dran.«

»Also, was schlägst du vor, Niklas? Was ist unser nächster Schritt?«

»Am besten, du drehst da vorn und fährst zurück Richtung Ochtrup.«

Ochtrup war eine jener westfälischen Kleinstädte, von denen behauptet wurde, dass sie über gar keine echte Einwohnerschaft verfügten. Grund für die Abwanderung waren die Gewerbegebiete, die man so lange gepflegt und verhätschelt hatte, bis sie dick und hässlich geworden waren und schließlich selbst diejenigen Bürger vertrieben hatten, denen es normalerweise nichts ausmachte, in einer unansehnlichen Stadt zu wohnen. So hatte man sich schließlich nicht anders zu helfen gewusst, als den Stadtkern durch ein monströses Outlet zu ersetzen, hatte Ramschbuden in schicke mittelalterliche Häuschen verpackt, um einen Stadtkern vorzutäuschen, und mit Superbillig-Angeboten jedes Wochenende Heerscharen von Schnäppchenjägern aus der Euregio angelockt, um Einwohner vorzutäuschen.

Die drei umfuhren dieses Outlet, während de Jong ein Satz durch den Kopf ging, schon seit geraumer Zeit, und gerade jetzt fiel ihm ein: Er spukte dort herum, seitdem sie den kleinen Wegweiser passiert hatten, der zum Campingplatz Elend zeigte.

Einem genialen Magier gleich, der nicht früher, sondern heute lebte, belächelt wie ein Narr, vegetierte er dort im Elend bis ans Ende seiner Tage. So stand es geschrieben in Mickies unvollendetem Werk namens *Linsengericht*.

Ein Magier, der ganz in der Nähe eines Saloons vegetierte, den Cornelius Wittekind, sein unsympathischer Bruder, allwöchentlich aufsuchte? Was immer Mickie gemeint hatte, vielleicht war das einer dieser Zufälle, die einem seltsam vorkamen, die aber überhaupt nichts bedeuten mussten.

»Ich hätte noch eine Idee«, sagte de Jong, »was wir machen könnten.«

»Gern«, sagte Penny und kurvte in eine Parklücke. »Was haltet ihr davon, wenn wir das bei einer Tasse Kaffee besprechen? Ich weiß nicht, wie es euch geht, aber ich brauche jetzt unbedingt eine.«

De Jong hatte keine Lust auf Kaffee. »Hör zu«, sagte er, »wir machen hier keinen Sonntagsausflug. Wir versuchen einen Mord aufzuklären.«

»Na, na«, kam es von hinten, »es bringt doch wohl auch nichts, wenn wir das alles so verkniffen sehen.«

»Verkniffen?« De Jong drehte sich zu Merzenich um. »Was meinen Sie denn damit?«

Dabei lag auf der Hand, was er damit meinte. Man sah es an Merzenichs aufgesetztem Grinsen und Pennys dankbarem Lächeln, das auf das Grinsen antwortete.

»Was halten Sie davon, Frau Rickmann, wenn ich Sie zu einem Kaffee einlade?«

»Jederzeit, Herr Kommissar. Übrigens heiße ich Penelope.«

»Heiner.«

»Nenn mich am besten Penny.«

De Jong wurde urplötzlich klar, dass das hier nur mit einem von beiden weitergehen konnte, aber nicht mit beiden. »Ich habe sowieso den Eindruck, fehl am Platze zu sein«, sagte er, in der Hoffnung auf Einspruch.

Aber der kam nicht. Während sie ausstiegen, warf Penny de Jong einen kurzen Blick zu. »Dauert auch nicht lange«, sagte sie.

Der Exkommissar blieb im Wagen sitzen, während die beiden Arm in Arm in Richtung Fressbuden spazierten. Sollten sie seinetwegen glücklich werden, dieses Geturtel war ja nicht zum Aushalten.

Nein, glücklich war der falsche Ausdruck. Ehrlich gesagt, wünschte de Jong nicht, dass sie glücklich wurden und war selbst ein wenig schockiert darüber, welch brutales Vorgehen seine Fantasie ihm gleichsam diktierte: Während er die beiden im Rückspiegel verfolgte, wie sie untergehakt die Shoppingmeile entlangschlenderten, stellte er sich vor, wie er sich mit dem Radkreuz bewaffnete, den beiden hinterherrannte, um Merzenich, dem eitlen Schwätzer, eins überzubraten, und seinetwegen auch Penny, die sich erst bei de Jong ausgeweint hatte und jetzt so tat, als ob sie ihn nicht mal kannte. Es wäre eine spektakuläre Tat in diesem langweiligen Outletgetümmel. Eine Tat, die sicher als die Bluttat von Ochtrup in die Annalen der Stadt eingehen und schon nächstes Jahr von einem dieser schmucken, altmodischen Figurenbrunnen dargestellt werden würde. Und die diesem gründlich misslungenen Tag wenigstens einen Hauch von Sinn verleihen würde.

Das Radkreuz blieb, wo es war, stattdessen umklammerten de Jongs Hände das Lenkrad, während er vor sich auf die Straße starrte, bis ihn das Klingeln des Handys unterbrach.

»Ihr könnt mich«, schnauzte er hinein.

»Hier ist Osse«, sagte Osse. »Aber wenn es dir nicht passt …«

»Osse?« Er musste einmal durchatmen. »Tja, Moment – sorry, ich war gerade nur etwas … Worum geht's denn?«

»Als wir uns neulich gesehen haben, da habe ich was vergessen zu erwähnen. Diese Riesensache, von der Mickie immer gefaselt hat. Er hat immer wieder davon angefangen, dass wir dann ausgesorgt hätten und so.«

»Ja, ja.«

»Und dann hab ich ihn vor Kurzem in einer Kneipe getroffen. Tja, ich war wohl kaum noch nüchtern, aber erinnere mich dunkel, dass er gesagt hat, dass alles eine Nummer zu groß für ihn ist. Dass ihm das jetzt klargeworden ist.«

»Zu groß?«

»Tja, er hatte wohl eingesehen, dass er sich verhoben hatte. Ich sage nur Madison Square Garden. Das ist New York City, Mann.«

»Stimmt«, sagte de Jong. »Das Plakat in seiner Wohnung. Ich erinnere mich. Hat er sonst noch was gesagt?«

»Nee, nur dass er es trotzdem durchziehen will. Ob zu groß oder nicht, das spiele jetzt doch keine Rolle mehr. Schon aus Gründen der Mitmenschlichkeit.«

»Durchziehen? Was denn durchziehen?«

»Ehrlich, ich hab keine Ahnung. – Tja, das war's. Wir haben heute Abend 'nen Auftritt und jede Menge zu tun …«

»Danke jedenfalls für die Info«, sagte de Jong und drückte den Knopf.

Ein Großteil seiner Wut war verraucht. Außerdem gab es ja noch eine andere Möglichkeit, die viel simpler war und ihnen ihr kleines Kaffee-Stelldichein gründlich verleidete: einfach starten und losfahren. De Jong drehte den Schlüssel, den Penny stecken gelassen hatte, gab Vollgas und verließ Ochtrup, während der arme alte Karmann Ghia gab, was er konnte, er knatterte und keuchte, schien nicht mehr weit davon entfernt, seine automobile Seele auszuhauchen.

Denkst du, das stört mich, dachte de Jong wütend. Tu's doch. Los, ich gehe gern zu Fuß. Ja, ich kann es gar nicht erwarten, dass du den Geist aufgibst.

Natürlich versuchte seine Besitzerin, de Jong zu erreichen, aber er drückte den Anruf weg. Reagierte sich ab, hörte nach einer Weile auf, den Wagen zu quälen und sinnlos herumzukurven. Er drehte um, fuhr zurück nach Ochtrup und suchte den Weg von dort zum *American Saloon*. Aber da er sich die Richtung, aus der sie gekommen waren, nicht gemerkt hatte, nahm er wohl die falsche Straße, was er erst bemerkte, als er nur noch wenige Kilometer von Rheine entfernt war. Also wieder umdrehen. Als er den Wegweiser zum Campingplatz schließlich wiederfand, war es vier Uhr nachmittags. Er stoppte den Wagen am Straßenrand gegenüber.

Die Luft war fett und schwül, und am Himmel ballten sich Gewitterwolken zusammen. Der Straßenrand bestand aus dem üblichen Radweg und einer Schulbushaltestelle mit fest montiertem Mülleimer.

Eine endlose Weile sah er den Wolken dabei zu, wie sie sich über dem platten Land zusammenballten. Sie ließen sich Zeit damit. Demnächst, vielleicht erst in der Nacht, würde es ein Gewitter geben, aber es würde ein westfälisches Gewitter sein: kein Wolkenbruch, keine zuckenden Blitze, kein urwüchsiges Naturschauspiel, sondern nur ein wenig fernes Gegrummel, Dauerregen und nasse Füße.

Ein paar dicke Regentropfen platschten auf die Frontscheibe. Sie verdunsteten innerhalb von Sekunden, ohne dass Nachschub eintraf.

Osse hatte gesagt, Mickie hätte gesagt, er müsse die Sache durchziehen schon aus Gründen der Mitmenschlichkeit. Was hatte Mickie damit schon wieder gemeint? Wie konnte man jemanden aus mitmenschlichen Motiven erpressen? Geschenkt, dachte de Jong, denn wenn man dem Millionär im Kapuzenpulli glaubte, dann war die Erpressung ja auf ganzer Linie gescheitert. Nur, Mickie war trotzdem tot. Und wenn man Wittekind immer noch glaubte, dann hatte es keinen Sinn, in dieser ländlichen Einöde nach seinem Bruder zu suchen, da auch der ja schon lange tot war. Was hatte de Jong also hier verloren? Ein ganzes Rudel Freizeitradler sauste an ihm vorbei, einige klingelten vorwurfsvoll, weil de Jong auf dem Radweg geparkt hatte, was ihm noch gar nicht aufgefallen war. Keine Ahnung, dachte er, was ich hier verloren habe, also sollte ich es herausfinden.

Er drehte den Schlüssel und startete.

Aber der Wagen sprang nicht an.

33. Kapitel

Er versuchte es noch ein paar Mal, der Anlasser quälte sich eine Umdrehung nach der anderen ab, bis er schließlich verendete. »Mach dir nichts draus«, versöhnte sich de Jong mit der Klapperkiste, »immerhin hast du alles gegeben.«

Es donnerte erneut. Zwei weitere Radler passierten das Auto, einer von ihnen klingelte. De Jong stieg aus, überquerte die Straße und machte sich zu Fuß auf den Weg. Es war gar nicht weit: Der Campingplatz Elend erwartete ihn etwa fünfhundert Meter weiter am Ende des asphaltierten Weges. Er bestand aus einem umzäunten Parkplatz für Wohnmobile und Campingwagen, der mithilfe kniehoher Hecken in Parzellen aufgeteilt war. Nur einige davon waren besetzt, größtenteils von Dauercampern, deren Wohnanhänger auf Steinen aufgebockt waren, um die Reifen zu schonen. Unkraut wucherte bis unter die kleinen Fenster. Irgendwo kläffte ein Hund.

An einem Fahnenmast flatterten eine deutsche und eine niederländische Flagge. De Jong stieg über einen Schlagbaum und folgte einem Kiesweg, der vor zwei Holzbaracken endete. *Anmeldung* stand über der Tür der einen. Eine Tafel gab Auskunft über die aktuellen Übernachtungstarife. De Jong wandte sich dem zweiten Holzhaus zu, dem *Campertreff.* Er trat ein.

Abgestandene Luft empfing ihn, ein stickiges Gemisch aus Bier, Kaffee und Tabak, und der Charme des Verbrauchten, wenn man das überhaupt Charme nennen konnte. In einer Ecke stand ein blinkender Spielautomat, der schon zur Adenauerzeit veraltet gewesen sein musste. Eine monströse Bier-Leuchtreklame verbreitete grünliches Licht. Am Tresen lehnte ein Gast, der eine Flasche Bier ins schummerige Licht hielt.

»Kann ich helfen, Meister?«, fragte er, als er den Ankömmling bemerkte.

Der Mann war einen Kopf größer als de Jong, hatte einen beachtlichen Bierbauch und trug eine schwarze Lederweste. Seine bloßen Arme waren bunt tätowiert: Ein knallrotes Herz zierte seinen linken Oberarm, darunter stand: *lost my hard.* De Jong überlegte, ob er den Mann auf den Rechtschreibfehler hinweisen sollte, ließ es aber lieber sein. »Wieso heißt der Campingplatz ›Elend‹?«, erkundigte er sich.

»Sieh dich doch mal um, Meister.« Der Tätowierte zuckte mit den Schultern. »Ich mein natürlich draußen. Das ist wie in der Antarktis, nur ohne Schnee. Auf die Dauer hältst du das im Kopf nicht aus.«

»Du bist doch immer noch hier.«

»Scheint nur so. Ich bin so gut wie weg.«

»Kennst du zufällig einen Catweazle?«

Der Mann starrte ihn eine Weile an. Er schien nicht über die Frage nachzudenken, sondern de Jong nur als kleine Abwechslung im täglichen Einerlei zu betrachten – so wie eine Fliege, die rückwärts fliegt.

»Ich kann Ihnen sagen, wieso das hier Elend heißt.« Ein älterer Herr mit Hornbrille war neben de Jong getreten, klein und schmächtig mit einem altmodischen grauen Hut auf dem Kopf, sodass er ihn an Erich Honecker erinnerte. »Das war früher der Flurname für dieses Stückchen Land.«

»Der Flurname?«

»Das ist ein Name für das Flurstück, auf dem wir uns hier befinden. Und unter einem Flurstück verstehen wir ein Stück Land, das mit einem Flurnamen versehen ist. Die meisten sind heutzutage vergessen.« Der Alte schenkte ihm ein sachverständiges Lächeln. »Ich war beim Katasteramt tätig. Seit drei Jahren pensioniert.«

»Na ja, aber man nennt ein Stück Land ja nicht ohne Grund ›Elend‹, nicht wahr?«, vermutete de Jong und nutzte die Gelegenheit: »Was ist mit Ihnen? Sie kennen wohl nicht zufällig einen schrägen Kerl, der sich Catweazle nennt?«

Der Mann, der nicht Honecker war, aber so aussah, überlegte angestrengt. »Tut mir leid«, sagte er schließlich mit gerunzelter Stirn. »Da kann ich Ihnen beim besten Willen nicht weiterhelfen.«

»Tja, vielen Dank jedenfalls«, sagte de Jong und wollte sich wieder auf den Weg machen.

Der Alte hielt ihn zurück: »Wie wär's mit einem Kurzen, so auf die Schnelle?«

»Sonst gern«, sagte de Jong. »Aber jetzt muss ich weiter.«

»Sie meinen doch wohl nicht diesen Spinner von drüben?«, rief ihm der Tätowierte nach, als de Jong schon fast draußen war.

Der Exkommissar drehte sich noch mal um und kam zurück. »Doch, das könnte sein.«

»Der ist nämlich wirklich seltsam drauf, redet ziemlich wirres Zeug. War, glaub ich, ein oder zweimal hier.«

»Und wo ist er jetzt?«

»Drüben auf der Ranch, nehme ich an. Da ist der die ganze Zeit. Wohnt in einem Wohnwagen. Genauso wie wir hier, aber bestimmt schicker.«

»Auf welcher Ranch?«

»Haben Sie nicht gesehen: zwei-, dreihundert Meter die Straße rauf, dann links rein auf der rechten Seite. Ist ein Riesengrundstück, locker zwei Quadratkilometer.«

»Das ist natürlich Privatbesitz«, erklärte der Honeckermann mit einem hohen, dünnen Stimmchen, dass de Jong dachte: Auch das passt.

»Tja, wenn Sie durch die Tür reingehen wollen.« Der Mann mit dem Bier grinste. »Aber ich kann Ihnen zeigen, wo die Löcher im Zaun sind.«

De Jong hatte vergessen zu fragen, deshalb wusste er gar nicht, zu wessen Grundstück er sich unerlaubt Zutritt verschafft hatte. Nachdem er sich durch eine Wand aus Brombeerbüschen hindurchgearbeitet hatte, stand er auf einem Kiesweg, der an eine gut gepflegte Wiese grenzte. Weiter weg glänzte die Oberfläche eines Teichs für einen Augenblick im späten Nachmittagslicht, bis die Sonne von den dunkelgrauen Gewitterwolken verdeckt wurde, die mittlerweile jeden Winkel des Himmels beherrschten. Am schilfbewachsenen Ufer bemerkte de Jong einen Bootssteg. Parklandschaft, so weit das Auge reichte. Nach einem Gebäude suchte es vergebens.

»Tja, das ist schon eine paradiesische Aussicht, was?«

Der Kerl, der plötzlich hinter ihm stand, war klein, hatte eine gedrungene Statur und ließ de Jong an das Rumpelstilzchen aus dem gleichnamigen Märchen denken. Seine grobporiges, faltiges Gesicht erinnerte an die Haut eines Reptils.

De Jong nickte. »Das Elend hätte ich mir jedenfalls anders vorgestellt.«

»Gehört nicht mir, sondern meinem Bruder. Er nennt es seine Ranch. Aber hier gibt's nicht nur Pferde, sondern auch Büffel und seltene Goldfische. Wenn Sie ihn besuchen wollen, haben Sie Pech. Er ist nie da.«

»Mein Name ist Niklas de Jong. Sind Sie Catweazle?«

»Niklas de Jong sagt mir nichts.«

»Ich bin ein Freund von Mickie. Mickie Kelzenberg.«

Der Faltige nickte. »Na ja, dann sind Sie vielleicht auch meiner. Kommen Sie mal mit …«

De Jong folgte dem kleinen Mann auf dem Kiesweg in die andere Richtung, sie entfernten sich von der Wiese und bogen schließlich vom Weg ab. Gelangten auf eine weniger gepflegte Wiese, die mit Obstbäumen bestanden und von Maulwurfshügeln durchsetzt war. Im Schatten eines Kirschbaums duckte sich ein efeubewachsener Bauwagen, der schon Jahrzehnte auf dem Buckel haben musste. Das sieht schon deutlich elender aus, dachte de Jong.

Der Mann mit der Schlangenhaut erreichte den Bauwagen und öffnete die Tür. »Ich kann Ihnen Whisky anbieten. Na, wie klingt das? Sonst habe ich eigentlich nichts im Haus.«

»Warum nicht?«, sagte de Jong.

Der kleine Mann verschwand im Wohnwagen und kehrte mit zwei antiken Klappstühlen zurück. In der anderen Hand hielt er eine Flasche Whisky, auf die er zwei Gläser gestülpt hatte. Die Stühle quietschen beim Ausklappen und ächzten, als sie auf ihnen Platz nahmen.

Catweazle goss ihnen ein. Sie stießen an und tranken. Dann saßen sie eine Weile nebeneinander und schauten auf die Wiese mit den Obstbäumen hinaus. Mücken tanzten, während sich über den Bäumen ein Unwetter zusammenbraute.

»Haben Sie schon mal etwas von einem Linsengericht gehört?«, fragte de Jong.

»Allerdings, mein Freund. In der Bibel gibt es eine Geschichte: Jakob knöpft seinem Bruder Esau das Erstgeborenenrecht gegen ein Linsengericht ab. Das war ganz schön übel. Mit dem Erstgeborenenrecht konnten Sie damals eine Menge anfangen. Das war reines Gold wert.«

»Mickie wollte ein Musikstück schreiben, das so heißt. Mit Ihnen als Hauptfigur.«

»Stimmt.« Catweazle nickte. »Davon hat er gesprochen.«

»Ich kenne das Stück nicht«, sagte de Jong, »aber ich vermute mal, dass Ihr Bruder Ihnen auch etwas abgeknöpft hat.«

Der Mann, der sich Catweazle nannte, kippte seinen Whisky und goss sich nach. »Myglüx.de. Na ja, Sie könnten jetzt sagen: Hören Sie mir auf mit Myglüx, wer gibt sich denn mit einem solchen Kinderkram ab? Und Sie hätten recht. Aber damals – da war ja nicht nur die

Idee mit den Glüxen, man musste sie auch umsetzen, verstehen Sie? Und der gute Cornelius hat keine Ahnung davon, wie man eine Idee umsetzt. Er hält sich für einen Computerfreak, aber das ist er nicht.«

»Und er hat Ihnen die Sache abgekauft?«

»Aber es war nicht gegen ein Linsengericht. Mit Linsen hätte er mich auch nicht rumgekriegt. Bei mir waren es fünf Liter echter, schottischer Whisky. Da hat er mich ganz schön abgezockt.«

»Was haben Sie dann gemacht?«

»Anfangs war ich wütend und wollte, dass er mir was von dem Geld abgibt. Bis mir eines Tages klar wurde, dass er einen Fehler gemacht hat.«

»Einen Fehler?«

»Dass ich wütend werde, genau das wollte er doch. Aber die Kunst ist, Abstand zu gewinnen. Nur so erlangt man Gelassenheit. Wenn die Dinge nicht wichtig sind, dann können Sie Ihnen auch nichts mehr anhaben und Sie werden auch nicht mehr wütend. Im Grunde ist es ganz einfach.«

De Jong nickte und tat so, als hätte er das irgendwie verstanden, während Catweazles breites Lächeln versicherte, dass es wirklich ganz einfach sei.

»Sie haben ihn also damit durchkommen lassen?«, fragte de Jong nach einer Weile.

»Mickie hat das auch so gesagt. Steh auf und zeige mit dem Finger auf ihn, hat er gesagt. Erzähl der ganzen Welt, wie er dich abgezockt hat. Sonst mach ich das. – Noch einen für Sie?«

»Nein danke«, sagte de Jong. »Vielleicht muss ich noch fahren. Er hat wirklich gesagt, ›sonst mach ich das‹?«

»Weil er mir etwas Gutes tun wollte, deshalb. Aber ich hab ihm erklärt, dass man sich nicht befreit, indem man den Kerker verlässt, sondern indem man ihn in das Paradies verwandelt. Verstehen Sie?«

»Ich glaube nicht«, sagte de Jong.

»Er auch nicht, denk ich. Er war davon besessen, dass mein Bruder für seine Untat bezahlen müsse.« Catweazle schüttelte grinsend den Kopf. »Dabei tut er das doch schon.«

»Ach ja? Wie viel bezahlt er Ihnen denn?«

Der kleine Mann aus dem Wohnwagen schenkte ihm ein mildes Lächeln. »Das Leben lebt sich nicht von selbst, verstehst du? Du brauchst was, das dich leben lässt. Und einfach mit einer guten Idee viel Kohle zu machen, damit kommst du auf die Dauer nicht weit …«

»Verstehe«, sagte de Jong, weil er Ähnliches schon einmal gehört hatte.

»Wissen Sie, warum Mickie dieses Musical nicht geschrieben hat? Weil ich ihn drum gebeten habe, deshalb. Alles ist gut so, wie es ist, habe ich gesagt. Und ich glaube, er hat's verstanden.« Der Zwerg hob seine Hand und zeigte mit dem Daumen hinter sich. »Ich habe hier nämlich alles, was ich brauche. Glauben Sie nicht, ist aber so«, er zählte an den Fingern ab: »Lebenslänglich Whisky, ganz wichtig. Ein Restaurant um die Ecke. Hin und wieder netten Besuch.« Er zwinkerte de Jong zu. »Und eine Heizung im Winter, wenn es draußen klirrend kalt ist …« Catweazle griff zur Flasche und drehte sie um. Zwei, drei Tropfen kamen heraus, das war alles. »Ich geh besser mal eine neue holen«, sagte er, erhob sich von seinem quietschenden Campingstuhl und begab sich leicht schwankend in sein enges Zuhause.

»Tja, ich muss dann auch mal wieder los«, sagte de Jong, als er wieder herauskam, in der Hand die neue Flasche, die er schon öffnete. »Schönen Dank für den Whisky.«

»Nicht dafür, mein Freund. Hey, wollen Sie nicht noch einen? Wo wir gerade so schön plauschen. Ich hab hier nämlich nicht jeden Tag Besuch …«

»Vielleicht ein andermal«, sagte de Jong.

»Gebongt?«

»Na schön. Gebongt. Und passen Sie auf sich auf.«

»Das macht er doch schon«, sagte Catweazle mit einem Kopfnicken in die andere Richtung, dorthin, wo jenseits der Wiesen und Teiche irgendwo die Ranch liegen musste. »Und grüßen Sie mir Mickie.«

34. Kapitel

Der Fußweg zum Auto zurück dauerte nur wenige Minuten, aber die nutzte das Unwetter, um auf den schutzlosen de Jong niederzugehen. Völlig durchnässt setzte er sich hinter das Steuer des Karmann Ghia und hörte dem Regen zu, wie er auf das Autodach hämmerte, als versuchte er mit aller Kraft hineinzugelangen.

Wenigstens wusste er jetzt, was Mickie damit gemeint hatte, dass er seine Sache aus Gründen der Mitmenschlichkeit durchziehen wollte.

Er holte sein Handy aus der tropfnassen Hosentasche, versuchte es mit dem Ärmel trockenzuwischen und vermutete schon, dass es seinen Geist aufgegeben hatte. Aber dann meldete es sich mit einem Klingelton zurück, und de Jong ging ran, um es auszuprobieren.

»Wann bringst du mir mein Auto zurück?«, fragte Penny sauer.

»So bald wie möglich«, versprach de Jong. »Wo bist du?«

»Längst wieder in Münster, nachdem du uns einfach so zurückgelassen hast. Hör zu, das ist nicht einfach nur ein Automobil. Es ist ein Liebhaberstück. Also will ich es wiederhaben.«

»Gern, aber dazu müsste die blöde Karre erst mal anspringen. Ich bin hier irgendwo in der Nähe von Ochtrup. Es heißt Elend oder so ähnlich. Hast du zufällig die Nummer von einem Pannendienst?«

»Kein Pannendienst!«, gellte ihre Stimme so laut, dass er zurückzuckte. »Das ist kein Auto, das irgendeine Hinterhofwerkstatt mal eben zusammenflicken kann. Außerdem ist es bisher immer angesprungen.«

»Aber dieses Mal nicht.«

»Du lässt den Wagen da stehen, Niklas, ich hole ihn irgendwie da ab. Willst du Heiner noch sprechen?«

»Du meinst Hauptkommissar Merzenich?«, fragte de Jong überflüssigerweise, nur um des Vorwurfs willen. »Weißt du denn, wo er steckt?«

»Hier. Er macht sich gerade frisch.«

De Jong spürte, wie eine Welle aus Eifersucht heranraste. »Was soll das heißen, er macht sich frisch …«

Aber sie hatte schon weitergegeben. »Haben Sie was Neues für mich, Kollege?«

»Allerdings.« Der Exkommissar atmete durch, ließ die Welle über seinen Kopf hinwegschwappen. »Ich habe wahrscheinlich doch falsch gelegen.«

»Machen Sie sich keine Sorgen, de Jong. So was passiert doch jedem …«

»Nein, ich meine damit falschgelegen, dass ich mich geirrt habe. Ich hatte gedacht, ein Motiv für die Morde gefunden zu haben, das gar keins war. Aber möglicherweise gibt es noch ein anderes.«

»Also halten Sie Wittekind immer noch für den Auftraggeber der Morde?«

»Cornelius hat noch einen Bruder namens Philipp, über den weder er noch seine Schwester sprechen wollen. Wittekind hat mir erzählt, er sei als Dreijähriger an Meningitis gestorben.«

»Und in Wirklichkeit?«

»Lebt er hier auf einer obskuren Ranch und wird offenbar totgeschwiegen.«

»Warum denn das?«

»So wie ich das verstanden habe, ist Philipp der Erfinder und Macher von Myglüx.de. Cornelius hat es ihm irgendwie gestohlen und das große Geld damit gemacht.«

»Und Philipp lässt sich einfach so gefallen, totgeschwiegen zu werden?«

»Im Prinzip ja. Aber das ist eine lange Geschichte.«

»Na gut …« Merzenich schien es plötzlich eilig zu haben. »Wir kommen jetzt zu Ihnen. Wo sind Sie?«

»Irgendwo in der Nähe von Ochtrup …«

»Ochtrup. Okay. Das finde ich. Sobald wir in der Nähe sind, geben Sie uns den genauen Standort durch. Dann reden wir ausführlich, okay?«

»Ja, aber …« Bevor de Jong loswerden konnte, wie er es fand, dass jemand für einen anderen die Arbeit machte, während dieser Andere die Zeit nutzte, um dem Jemand die Freundin abspenstig zu machen – na ja, jedenfalls die Frau, die er als Freundin in Betracht zog –, hatte Merzenich das Gespräch schon beendet.

Dafür sprang der Wagen wieder an. Als wollte das alte Gefährt sich des Vertrauens, das Penny in es gesetzt hatte, als würdig erweisen. De Jong fuhr los, hielt aber nach wenigen Hundert Metern noch einmal an.

Natürlich war es angebracht, Penny zu benachrichtigen, damit sie und ihr Heiner gar nicht erst losfuhren. Aber irgendetwas, wahrscheinlich ein letztes Wallen der Eifersuchtswelle, hinderte de Jong regelrecht, die Nummer zu wählen. Außerdem war ihm ein weiterer Gedanke gekommen: Außer den beiden Geschwistern, die sich die Butter auf dem Brot nicht gönnten, gab es ja noch jemanden, der Philipp Wittekind alias Catweazle mit keinem Wort erwähnt hatte und das, obwohl er lange Jahre am Tisch der Familie gesessen hatte. Kurzentschlossen holte er sich eine Nummer aus dem Nummernspeicher und tippte auf *Anrufen*.

»Dornwald hier«, meldete sich eine hohe Stimme.

»Wie weit sind Sie mit *Wittieleaks*, Dornwald?«

»Herr de Jong? Sind Sie das?«

»Falls Sie noch Material brauchen, dann hätte ich einen Knüller für Sie. Sind Sie interessiert?«

»Jederzeit, Herr de Jong. Das Werk ist beinahe vollendet und ich darf sagen, dass der Zeitpunkt einer Veröffentlichung niemals günstiger war. Wann können wir uns treffen?«

»Mir würde es sofort passen. Sagen Sie mir nur, wohin ich kommen soll.«

35. Kapitel

Einer Legende nach war Albachten aus einem Architekturprojekt der Westfälischen Wilhelmsuniversität Münster entstanden. Man hatte einen Wettbewerb mit dem Titel *Schlafstädtchen, die den Namen verdienen* ausgelobt. Die Aufgabe: nur mit den Mitteln von Playmobil ein Stadtrandgebiet zu erstellen, dessen äußeres – unbedingt überraschungsarmes – Erscheinungsbild den zukünftigen Bewohnern den Schlaf nicht nur erleichtern, sondern ihn sogar aktiv fördern sollte. Das Siedlungsprojekt wurde zunächst aufgrund von Bürgerprotesten gestoppt. Mirko Albach jedoch, der Sieger des Wettbewerbs, klagte auf Verwirklichung und erhielt Recht. Das Ergebnis war Albachten gewesen, ein ungeliebter Stadtteil, den man in Münster am liebsten gar nicht kannte und deshalb weit hinter die nahezu menschenleere Gewerbewüste Mecklenbecks verbannt hatte.

Aber welche Legende erzählt schon die Wahrheit, dachte de Jong, als er in Pennys Lieblingsauto die Wüste verließ und das eingemeindete Dörfchen im goldenen Sommerabendlicht liegen sah, eine friedlich grasende

Herde adretter Doppelhaushälften, westfälisch rot geklinkert die einen, grau die anderen und wieder andere im angesagten Lila, mit Wintergarten, Terracotta-Grill und Carport für den Family-Van.

Eine der Haushälften mit blauen Hochglanzdachziegeln, verglastem Wintergarten und Carport war Dornwalds Zuhause. Kurz vor 19 Uhr klingelte de Jong an der Tür, und der bleiche, rothaarige Mann öffnete.

»Das ging ja schnell«, lobte er.

Der Exkommissar folgte ihm in einen Flur, der mit flauschigem, dunkelgrauem Teppichboden ausgelegt war. Es roch nach einem deftigen Mittagessen – Grünkohl oder Weißkohl. Auf dem Weg zum Wohnzimmer passierten sie einen Baum von Hinweisschildern, der gleich hinter dem Gäste-WC, noch vor der Kellertreppe, installiert war. Hände aus Plastik deuteten in diverse Richtungen: *Schlafzimmer* und *Bad* nach oben, *Küche* nach rechts und *Wellnessbereich* nach unten. Vielleicht war Dornwald selten zu Hause und wollte sich lästige Lauferei ersparen.

»Schön haben Sie's hier«, sagte de Jong aus reiner Höflichkeit.

»Nun ja, eigentlich war das Haus für meine Tochter gedacht«, sagte Dornwald mit einem Lächeln. »Aber da sie jetzt in den Staaten ist, habe ich es mir hier etwas wohnlich gemacht.«

Von wohnlich zu sprechen, fand de Jong etwas übertrieben. Er folgte dem Hausherrn in den gläsernen Wintergarten und nahm auf einem weißen Kunstledersessel Platz. Von hier aus hätte man einen schönen Blick auf die Felder in der Abendsonne haben können, wäre da nicht direkt gegenüber auch ein gläserner Wintergarten gewesen.

Dornwald kam dazu und drängte ihm ein süßliches Heißgetränk auf, das er als Gartenfrüchtetee bezeichnete. »Wissen Sie, dass Sie mich wirklich neugierig gemacht haben?«

De Jong schlürfte den Gartenkräutertee, er schmeckte nach heißem Wasser und hatte eine leicht muffige Note. »Was ich Sie noch fragen wollte: Sie kannten noch den seligen Valdemar Veit Wittekind. Was würde er wohl dazu sagen, was aus seiner Familie geworden ist?«

Dornwald nickte beifällig, als hätte er sich das auch schon oft gefragt. »Manchmal denke ich, er kann froh sein, dass er das nicht mehr miterlebt hat.«

»Dabei hatte er doch Sie, oder nicht? Sie sind zwar kein Familienmitglied, aber er konnte sich trotzdem auf Sie verlassen. Oder vielleicht sogar gerade deshalb?«

»Da sagen Sie was Wahres. Wissen Sie, Herr de Jong, es gibt so etwas Altmodisches wie Familienehre – heutzutage will keiner mehr etwas davon wissen. Aber dann sehen Sie sich diesen Schnösel an, dessen Hände nach Paprikachips riechen, der über Leichen geht und darauf stolz ist. Der gegen seine Schwester intrigiert und nicht davor zurückschreckt, ihren Ehemann für seine Zwecke gegen sie einzuspannen.«

»Und der Ehemann, der einen Privatdetektiv anheuert, um seine Frau auszuspionieren«, fügte de Jong hinzu.

Dornwald runzelte die Stirn. »Ach was, jeder wusste doch, dass sie ein Männermagnet ist, auch Schimmeck. Es war nicht wegen ihr.«

»Eben«, sagte de Jong. »Sie wollten unbedingt wissen, wofür Schimmeck mich bezahlte. Deshalb haben Sie mich angesprochen. Nicht weil Sie ein Buch schreiben wollen, nicht wahr?«

Dornwald grinste säuerlich. »Was soll ich sagen: schuldig im Sinne der Anklage. Aber Sie müssen zugeben, es hat funktioniert.«

»Na ja«, erhob der Exkommissar Einspruch, »da ist aber noch der dritte Bruder.«

Dornwalds linke Augenbraue hob sich fragend.

»Wieso nennt er sich eigentlich Catweazle?«

»Den Namen hat man ihm als Kind verpasst. Wegen seines starren Blicks und weil er immer mit sich selbst geredet hat.«

»Aber er hatte eine Menge auf dem Kasten, nicht wahr? Das soziale Netzwerk, mit dem Cornelius Millionen macht, hat er gebaut.«

»Durchaus möglich.«

»Und Michael Kelzenberg hat ihn zufällig kennengelernt und alles erfahren. Er wollte die Ungerechtigkeit öffentlich machen, aber Catweazle wollte nichts davon wissen. Also hielt Mickie es für ein Gebot der Menschlichkeit, den Schuldigen wenigstens irgendwie für diese Ungerechtigkeit büßen zu lassen.«

»Und weiter?«, fragte Dornwald, als wüsste er nicht längst genau, wie es weiterging.

»Deshalb verfiel er auf das angebliche Wunder von Hiltrup, in das Wittekind verstrickt war. Angeblich ein groß angelegter Versuch der Selbstoptimierungsgesellschaft, die katholische Kirche unter ihren Einfluss zu zwingen.«

»Er kam zu mir«, bestätigte Dornwald, »weil er rausgekriegt hatte, dass ich der GSO kritisch gegenüberstehe. Und ich habe ihm Mut gemacht, weiter zu recherchieren.«

»Na ja«, sagte de Jong. »Die Geschichte war alt und längst bekannt. Und somit völlig ungeeignet, um jemanden wie Wittekind unter Druck zu setzen.«

Der Whistleblower nickte.

»Aber trotzdem wurde Mickie ermordet. Und zwar nicht deswegen, sondern wegen Catweazle, nicht wahr?«

Dornwald stand auf, stopfte die Hände in die Hosentaschen und trat an die Glasfront des Wintergartens. Ein Nachbar verließ das Haus gegenüber, in der Hand eine volle Plastiktüte, die er in eine der Mülltonnen am Straßenrand stopfte. Auf dem Rückweg zum Haus winkte er Dornwald zu, der grüßte zurück. »Cornelius konnte Kelzenberg mit seiner Rachsucht nicht einfach ziehen lassen. Was würde mit seinen Glüxen passieren, wenn das weltweit bekannt würde?«

»Was?«, fragte de Jong.

»Wenn es wirklich so leicht ist, mit Hilfe von Myglüx ein Erfolgsmensch zu werden, wieso ist der Bruder des leibhaftigen Wittekind selbst so ein Versager, der hoffnungslos dem Alkohol verfallen ist? Und was bedeutet Erfolg, wenn er darauf beruht, dass man den eigenen Bruder auf so schändliche Weise über den Tisch zieht? Überlegen Sie doch mal.«

De Jong nippte wieder am Gartenfrüchtetee.

»Das könnte einen Crash zur Folge haben, der die halbe Finanzwelt mit sich in den Abgrund zieht.«

Diese Aussicht fand de Jong leicht übertrieben.

»Noch etwas Tee, Herr de Jong?«, fragte der Hausbesitzer und winkte mit einer braunen Steingutkanne.

»Nein danke, ich habe ja noch.«

»Und jetzt suchen Sie den Mann, der diesen Mord für Wittekind begangen hat, nicht wahr?«

De Jong erhob sich auch und trat neben Dornwald. Er hauchte auf die Glasscheibe und malte mit dem Zeigefinger ein Gesicht auf die beschlagene Stelle. Die Reibung verursachte ein quietschendes Geräusch.

»Das dürfte gar nicht so leicht sein«, meinte Dornwald. »Wittekind ist nicht dumm, er hat dafür gesorgt, dass man ihn nicht mit solchen Dingen in Verbindung bringen kann.«

»Bestimmt, aber da ist ja nicht nur Mickie Kelzenberg«, sagte de Jong. »Auch Monk, Pinkwart und Schimmeck. Ich habe mich viel zu lange mit der Hiltrup-Geschichte aufgehalten, bis ich begriffen habe, was all diese Männer verbindet.«

Hagen Dornwald schien ihm nicht zuzuhören. Er war in die Küche gegangen und kehrte mit einer Rolle Haushaltstücher zurück. »Und das wäre?«, fragte er dann doch.

»Undine«, sagte de Jong. »Es ist viel simpler, als ich dachte. Mickie Kelzenberg fand sie nett, aber er ließ sich nicht von ihrer Botenstoff-Masche einfangen, was sie ihm übel genommen hat. Pinkwart, der eifersüchtige Exlover, der nicht loslassen will. Monk, der edle Ritter, der sie beschützt. Und nicht zu vergessen: Helge Schimmeck, ihr Angetrauter. Ergibt das für Sie irgendeinen Sinn?«

Dornwald betrachtete nachdenklich die Rolle Haushaltstücher in seiner Hand und nickte. »Gar nicht mal so abwegig«, meinte er. Er riss ein Blatt von der Rolle, trat zur Fensterfront und begann, de Jongs Schmierereien zu entfernen. Wieder quietschte es auf dem Glas.

»Wollen Sie wissen, was mich auf die Idee gebracht hat?«, fragte der Exkommissar. »Die Wischereien am Tatort. Der Mörder hat versucht, Blutspritzer zu entfernen. Auf Mickies Kühlschranktür und auf Schimmecks Terrassentür.«

Sein Gastgeber unterbrach die Reinigungsarbeiten und musterte de Jong eingehend. Er wirkte weder alarmiert noch panisch. »Ist das Ihr Ernst, Herr de Jong? Sie bezichtigen mich des Mordes, weil ich auf Sauberkeit Wert lege?«

»Und wenn?«, sagte de Jong.

»Überlegen Sie doch mal. Wie wollen Sie das beweisen?«

»Das wird schon«, behauptete de Jong, was er selbst ein bisschen voreilig fand. »Abgesehen davon besteht ja die Möglichkeit, dass es Sie erleichtert, wenn Sie darüber reden. Man hört immer wieder davon, dass Morde wie eine tonnenschwere Last auf der Seele liegen.«

»Das hört sich so an, als würden Sie aus eigener Erfahrung sprechen«, meinte Dornwald spöttisch.

»Nur theoretisch. Im Gegensatz zu Ihnen.«

Trotzig führte der Hausherr seine Reinigungsaktion zu Ende, dann legte er die Papierrolle zur Seite und nahm wieder Platz. »Sie glauben mir wahrscheinlich nicht, wenn ich Ihnen sage, dass ich im Grunde ein friedliebender Mensch bin.«

»Wahrscheinlich«, sagte de Jong.

»Aber es ist so. Ich verabscheue Gewalt. Und als das mit diesem Kelzenberg passierte, da ist – wie soll ich sagen – eine Art Knoten geplatzt. Sie müssen wissen, dass ich lange Jahre für die Staatssicherheit tätig war, bevor ich für Wittekind arbeitete. Und da habe ich eines gelernt: keine halben Sachen. Kelzenberg hatte ich schon lange im Visier, weil er um Undine herumscharwenzelte, genau wie die anderen. Und dann tauchte Schimmeck auf, dieses Großmaul ohne Arsch in der Hose. Bildete sich ein, Kelzenberg eine Lektion erteilt zu haben, indem er ihn ein bisschen rumgeschubst hat.«

»Also waren Sie es, der ihm den Schädel eingeschlagen hat.«

»Wenn du was machst, mach es richtig, haben wir bei der Stasi gesagt. Und deswegen war mir klar, dass es nicht bei Kelzenberg bleiben konnte. Es wäre quasi unfair ihm gegenüber gewesen, verstehen Sie, was ich meine?«

»Ehrlich gesagt, will ich das gar nicht«, sagte de Jong.

»Die anderen drei stellten ja eine genauso große Gefahr dar. Auch sie wollten Undine nur ausnutzen, sich von ihrem machtgeilen Bruder vor den Karren spannen lassen, weil sie alle nur mit ihr ins Bett wollten.«

»Wie können Sie da so sicher sein?«, sagte de Jong, aber dieser Einwand machte auf sein Gegenüber keinen Eindruck.

»Als Valdemar Wittekind, der alte Herr, mich damals aufgenommen hat, als ich mit nichts als dem, was ich auf dem Leib …«

»Weiß ich doch schon«, unterbrach de Jong unwillig.

»Bevor er diese Welt verließ, hat er zu mir gesagt: ›Dornwald, ich verlasse mich darauf, dass Sie Schaden von meiner Familie fernhalten. Wer könnte das, wenn nicht Sie?‹ – ›Sie haben mein Wort‹, hab ich ihm geantwortet. Und daran halte ich mich.«

»Das mag ja sehr edel sein, aber …«

»Loyalität, Zugehörigkeit, Treue – für euch im Westen mögen das vielleicht nur noch leere Worte sein. Aber wir damals hatten noch eine konkrete Vorstellung davon, wie …«

»Ja, ja.«

»In diesem besonderen Fall allerdings musste ich eines Tages eine Entscheidung treffen: Sollte ich Schaden von Cornelius abwenden, diesem großmäuligen Taugenichts? Oder von Undine, jener zarten weiblichen Seele, deren Einzigartigkeit der Welt komplett entgehen wird, weil ihr lautstarker kindsköpfiger Bruder sie brutal in den Schatten drängt? Deren Körper eine wahre Symphonie der Sinne ist und die nur, weil sie einen betörenden Duft ausströmt, für den sie nichts kann, zum Lustobjekt triebgesteuerter Kerle wird, denen es immer nur um das Eine …«

»Schon gut«, sagte de Jong. »Mir ist klar geworden, was Sie meinen.«

Eine Weile sagte niemand etwas. Vor dem Nachbarhaus hielt ein Auto, eine Mutter mit einer Einkaufstüte an jeder Hand stieg aus, gefolgt von einem kleinen Mädchen und einem bellenden Hund.

»Die Frage ist, wie geht es jetzt weiter?«, sagte Dornwald.

De Jong starrte diesen Haushälftenbesitzer an, der in Wirklichkeit ein Monster war. Das Vortäuschen menschlicher Regungen machte ihn kein bisschen menschlicher, das Monster kam so nur noch authentischer rüber. Er erhob sich und holte sein Handy aus der Tasche. »Da ich selbst nicht mehr aktiv bei der Kripo bin«, erklärte er, »werde ich die Angelegenheit jetzt an die Kollegen weitergeben. Keine Sorge, die wissen schon, wie es weitergeht. Schließlich machen sie das nicht zum ersten Mal.«

Dornwald machte eine wegwerfende Geste. »Aber Herr de Jong, Ihnen muss doch klar sein, dass ich das nicht zulassen kann. Denken Sie denn, wenn Sie noch aktiv bei der Kripo wären, hätte ich Ihnen das alles erzählt?«

»Vielleicht nicht«, gab de Jong zu, fand aber auch nicht, dass er von dem kleinen Mann viel zu befürchten hatte, mochte er noch so sehr mit seiner Stasivergangenheit herumprotzen. »Aber Ihnen muss doch auch klar sein, dass ich mir das nicht alles anhöre und mich dann artig für den eigenartigen Tee bedanke.«

»Eigenartig«, wiederholte Dornwald mit einem säuerlichen Grinsen.

Und dann wurde de Jong von hinten niedergeschlagen.

Er kam zu sich, weil sein Hinterkopf höllisch schmerzte, konnte ihn aber nicht befühlen, weil seine Arme gefesselt waren. Immer noch befand er sich im Wintergarten, auf einem dieser hässlichen Stühle aus Holznachbildung.

»Sie wollten es ja nicht anders«, sagte Dornwald, der ihm gegenübersaß. Und neben ihm saß noch jemand: Undine. In ihren Joggingsachen sah sie jung und sportlich aus, aber ihr Gesicht war zerknirscht, wie das einer Frau, die mit all dem, was hier passierte, ganz und gar nicht einverstanden war. »Warum mussten Sie auch unbedingt meinen kleinen Bruder besuchen?«

»Mickie hat ihn über Sie kennengelernt, nicht wahr?«, vermutete de Jong.

Sie nickte. »Eine bescheuerte Idee von mir, am Wochenende auf die Ranch zu fahren. Normalerweise geht man sich aus dem Weg, reitet ein paar Runden, und Philipp bleibt in seiner Behausung. Aber dann sind sich die beiden über den Weg gelaufen und fanden sich wohl auf Anhieb sympathisch.«

De Jong zerrte an den Kabelbindern, die seine Hand- und Fußgelenke an den Stuhl fesselten. »Sie können aus der Sache noch halbwegs gut herauskommen«, sagte er, »wenn Sie mich losbinden. Bevor ich in dieses Haus kam, habe ich Hauptkommissar Merzenich natürlich Bescheid gesagt. Er dürfte jeden Moment hier sein.«

»Wirklich?«, fragte Undine besorgt, aber der Mann an ihrer Seite schüttelte den Kopf.

»Unsinn«, sagte er. »Die wären längst da. Der Mann blufft.«

Leider stimmte das. De Jong hatte sich einfach zu sicher gefühlt und konnte sich jetzt nicht genug darüber ärgern, aber leider zu spät.

»Jetzt nach dieser Unterhaltung gibt es leider keine andere Möglichkeit mehr«, erklärte Undine Wittekind in leicht vorwurfsvollem Ton, als hätte de Jong sich das selbst zuzuschreiben. »Das alles ist sehr … unschön. Aber Sie wissen doch auch, dass man im Leben manchmal Dinge tun muss, auf die man im Nachhinein nicht stolz ist.« Sie stand auf und trat zu de Jong, und ihr Geruch erinnerte ihn an jenen gemütlichen Abend im *Good Vibrations,* als sie ihm von den Botenstoffen erzählt hatte. Und dann trat auch noch Dornwald zu ihm, und es roch nach Gartenkräutertee.

»Ich werde Ihnen ein Beruhigungsmittel verabreichen«, erklärte er, als wäre dies eine erfreuliche Nachricht. »Dann können wir Sie wesentlich besser transportieren.«

De Jong zappelte, um der Nadel auszuweichen, aber vergeblich.

»Los, wir bringen ihn jetzt weg«, sagte Dornwald zu Undine.

36. Kapitel

Mit vereinten Kräften verfrachteten die beiden de Jong auf den Rücksitz von Pennys Ghia. Natürlich sagte er ihnen nicht, wo der Schlüssel war, aber Undine fischte ihn mit geübtem Griff aus de Jongs Hosentasche. Auch seine letzte Hoffnung, dass die Karre nicht ansprang, erfüllte sich nicht.

»Was habt ihr vor?«, stammelte er mit schwerer Zunge. Das Beruhigungsmittel tat seine Wirkung.

Dornwald, der am Steuer saß, drehte sich nicht um, aber er nahm Blickkontakt über den Rückspiegel auf. »Sehen Sie, Herr de Jong, dass das Blutvergießen ein Ende haben muss, meinte ich wirklich ernst. Und deswegen wollen wir es dieses Mal nicht wieder so machen, dass die Kriminalpolizei eine Leiche auffindet und sich über symbolische Aspekte des Tatortarrangements den Kopf zerbricht.«

»Dieses Mal?«, lallte de Jong. Ihm war schlecht.

»Wenngleich wir uns auch dieses Mal eine gewisse Symbolträchtigkeit nicht verkneifen konnten.«

Sie hatten die Weseler Straße verlassen und fuhren auf der Umgehungsstraße in östlicher Richtung. Dornwald hielt sich streng an die Geschwindigkeitsbegrenzung, und sein Blick blieb weiter auf de Jong gerichtet, so als wartete er darauf, dass sich der Exkommissar nach dem symbolischen Aspekt erkundigte.

»Ist Ihnen die *Stairway to Heaven* ein Begriff?«, plapperte er. »Ein neues Fahrgeschäft in *Pope City*. Es befördert die Menschen in schwindelnde Höhen, um sie von dort oben im freien Fall nach unten sausen zu lassen. Aber eben nicht nur ein Fahrgeschäft, sondern ein Gleichnis für den Rechtschaffenen, welcher mühsam den Weg der Tugend zum Himmel erklommen hat, aber sobald er sich der Sünde ergibt, tief fällt.«

»Na und?«, brummte de Jong.

»Na und?«, meldete sich Undine zu Wort. »Die *Stairway* wird die höchste von ganz Europa. Aber morgen wird der Betonsockel gegossen. Deswegen fahren wir ja hin.«

De Jong tat so, als hätte er keine Ahnung, wovon sie sprach. Der Karmann Ghia nahm Kurs auf Hiltrup.

»Ich verstehe nicht, wieso Sie da mitmachen«, sagte er schließlich in Richtung Undine.

Sie drehte sich auf dem Beifahrersitz zu ihm um. »Ich fand das richtig nett von Ihnen, wie Sie sofort gekommen sind, an diesem schrecklichen Abend, als ich Helge gefunden habe. Bitte, ich möchte, dass Sie das wissen.«

»Also gut«, sagte de Jong.

»Aber später dann habe ich mit Hagen gesprochen und er hat mir alles erklärt.«

»Was denn erklärt?«

»Warum das alles sein musste. Obwohl es schrecklich ist. Aber manchmal muss man eben …«

»So ein Blödsinn, Undine! Merken Sie denn nicht selbst, was für ein Unsinn das ist? Lassen Sie sich das nicht einreden.«

»Was denken Sie von mir? Halten Sie mich für eine strohdumme Blondine, die so naiv ist, dass es wehtut?«

»Nein, natürlich nicht. Aber ...«

»Ich kenne Hagen, seit ich acht Jahre alt bin. Man konnte sich immer auf ihn verlassen. Und dass er das alles für mich getan hat, finde ich einfach auch schmeichelhaft, ich meine, es ist so nett ...«

»Diese Leute«, mischte sich Dornwald ein, »haben deine Krankheit schamlos ausgenutzt. Sie wollten nicht dich, sondern deinen Körper. Und die Macht über das Wittekind-Imperium.«

»Jetzt übertreibst du aber«, widersprach die Frau auf dem Beifahrersitz. »Wie sollten sie die denn bekommen? Mein Bruder hat sich doch alles unter den Nagel gerissen.«

»Fest steht jedenfalls, sie alle wollten dir an die Wäsche.«

Eine Weile sagte niemand etwas. Der Motor dröhnte, hin und wieder klickerte der Blinker und de Jong lag auf dem Rücksitz und stieß bei jeder Bodenunebenheit mit dem Kopf gegen den Türgriff.

»Was Helge angeht, natürlich wollte er mir an die Wäsche«, kam Undine noch einmal auf Hagens Äußerung zurück. »Er war mein Mann, da ist das doch normal.«

»Er war ja nicht der Einzige. Kelzenberg war scharf auf dich, genauso wie dieser Pinkwart, und Monk fand dich zum Anbeißen. Priester oder nicht – er hat dir nur so auf den Hintern gestarrt.«

»Sie konnten nichts dafür«, erklärte Undine gereizt. »Wie oft habe ich dir das erklärt!«

»Und damit waren sie ein Risiko für diese Firma. Für das Werk des alten Herren.«

»Verstehe ich das richtig: Sie haben diese Menschen gar nicht für die Wittekinds ermordet«, sagte de Jong, »sondern alles geschah nur aus billiger Eifersucht und wegen dämlicher Botenstoffe?«

»Eifersucht.« Undine schnaufte verächtlich. »So ein Blödsinn!«

»Nein, nicht ganz, mein Schatz«, widersprach der Mann am Steuer. »In gewisser Weise hat er doch gar nicht so unrecht.«

»Ich bin nicht dein Schatz.«

»Nun ja, vielleicht nicht, aber ...«

»Du hast es für Daddy getan, und Schluss.«

»Ja, das stimmt. Ich hatte es deinem seligen Vater versprochen. Aber auch ein ganz kleines bisschen für dich, mein Schatz.«

»Ich mag es nicht, wenn du mich ›Schatz‹ nennst, das habe ich dir schon so oft gesagt.«

»Warum bist du bloß so garstig zu mir?«

»Ich bin nicht garstig. Aber du fängst dauernd davon an.«

»Wovon denn? Wovon fange ich dauernd an?«

»Du weißt genau, wovon. Dass du mehr als nur mein Freund sein willst.«

»Aber das will ich doch gar nicht, mein Schatz ...«

»Hör endlich auf!«

Inzwischen hatten sie *Pope City* erreicht. Es war schon nach neun und die Vergnügungswelt auf der Kanalinsel lag still im letzten Abendlicht. Dornwald brachte den Wagen vor dem Lieferanteneingang zum Stehen. Er stieg aus, zückte einen Schlüssel und öffnete das Tor.

»Wie kommen Sie denn an einen Schlüssel?«, fragte de Jong, als er wieder einstieg.

»Was denken Sie denn, de Jong. Der Laden gehört uns doch zum größten Teil.«

Zur *Stairway to Heaven* war es nicht weit. Der Wagen fuhr im Schritttempo, während Dornwald und Undine sich bemühten, ihre kleine Meinungsverschiedenheit beizulegen. Es gelang ihnen aber nicht.

An der Baugrube kam der Karmann Ghia zum Stehen. Vor ihnen klaffte ein mindestens zehn Meter tiefes Loch, das einen kleinen See aus Grundwasser enthielt. Morgen würde es mit Beton aufgefüllt werden. Die Reise war hier zu Ende.

Eigentlich war es ein herrlicher Abend. Verständlich, dass de Jong als Mordopfer den Sonnenuntergang über *Pope City* nicht genießen konnte, aber da war er nicht der Einzige. Seine beiden Mörder hatten sich inzwischen richtig in den Haaren. Dornwald beharrte stur darauf, dass er diese Menschen nicht nur ein kleines bisschen für seine Undine umgebracht hatte, sondern sogar ausschließlich für sie, was sie zu entsprechend radikalen Statements veranlasste, dass sie ihn niemals auch nur ansatzweise attraktiv gefunden habe und, so sehr sie seine Fürsorge schätze, die Vorstellung, ihn als Liebhaber zu haben, jedoch geradezu ulkig fände.

Ulkig. Hagen Dornwald war kurz davor, tätlich zu werden, er packte die junge Frau, nutzte dann aber die Gelegenheit, zudringlich zu werden.

De Jong versuchte, sich zu befreien, seine Gliedmaßen fühlten sich schon wieder leichter an, nur bekam er die Kabelbinder nicht auf. Neben dem Auto kämpften die Schöne und das Biest immer erbitterter. Dornwald versuchte, Undine zu küssen, sie entwand sich ihm, er erwischte sie wieder und verlangte, dass sie endlich still sei. STILL! Und dann, nach einem seltsamen, dumpfen Geräusch, war es plötzlich still.

Mit äußerster Anstrengung gelang es de Jong sich aufzurichten. Dornwald konnte er nirgends entdecken. Aber da stand Undine, schwer atmend, in der Hand Merzenichs Radkreuz, und starrte vor sich auf den Boden. Das Werkzeug war blutverschmiert.

»Undine!«, rief de Jong und versuchte, die Tür zu öffnen. »Es war sicher Notwehr, ich kann das bezeugen …!«

Schöner Versuch, aber von Notwehr konnte absolut nicht die Rede sein. Denn Undine erwachte urplötzlich aus ihrer Lähmung und knallte die Fahrertür, die er gerade erst mühsam geöffnet hatte, wieder zu. Sie schleuderte die Mordwaffe in die Grube, dann bückte sie sich. De Jong hörte sie keuchen, und kurz darauf öffnete sie die Beifahrertür und zerrte Dornwalds Leichnam ins Auto. Für eine zerbrechliche Person wie sie war das eine elende Schufterei, aber schließlich hing der tote, ehemalige Stasimann vor de Jong auf dem Beifahrersitz. Sein Kopf war eine einzige klaffende Wunde.

»Undine, was haben Sie vor?«, versuchte de Jong, zu ihr durchzudringen, als sie auf der anderen Seite einstieg und sich ans Steuer setzte. »Was soll das werden?«

Dabei war klar, was das werden sollte: Sie wollte den Wagen in die Grube fahren mit ihm und Dornwald an Bord. »Undine …!«

Sie drehte den Zündschlüssel. Bravo! Endlich hielt die Karre, was sie versprach: Der Anlasser gurgelte verschlafen, und das war's schon.

»Scheiße!«, fluchte Undine. »Scheiße! Scheiße!« Sie startete noch mal und noch mal, das Gurgeln wurde schwächer. Also öffnete sie die Tür, stieg aus und schob.

»Undine, hören Sie auf damit! Helfen Sie mir hier raus!«

Sie dachte nicht daran, sondern stemmte sich mit aller Kraft gegen das Gewicht des Wagens. Und der kam tatsächlich voran, wenn auch langsam. Millimeter für Millimeter rollte er los und näherte sich dem Rand des Kraters …

Dann packte jemand Undine, riss sie vom Auto weg und schleuderte sie zur Seite. Dieses Mal war es nicht Dornwald.

»Verdammt noch mal, der Wagen is jestohlen, also Finger weg!«

37. Kapitel

Malina Kerssenbrock kam noch einmal zurück. Eines Tages saß sie in einer TV-Castingshow, ein schmales, magersüchtiges Etwas, das sich wie Tausende andere weibliche Teenager von den scheinheiligen Lügen der Unterhaltungsindustrie hatte ködern lassen und sich Hoffnungen auf eine Glamourkarriere machte, die es nur in Zeitschriften gibt, welche beim Frisör zum Durchblättern ausliegen. Die Naivität, die sie schon für die heilige Maria zum idealen Erscheinungspartner gemacht hatte, war ihr erhalten geblieben.

Was die Jungfrau und Gottesmutter anging, so stand ihr noch eine wahre Erscheinungsoffensive bevor. Immer öfter erschien sie mitten in *Pope City,* umgeben vom ebenso seltsamen wie typischen Leuchten, sodass diejenigen, denen sie erschien, sie für eine der Attraktionen des Freizeitparks hielten. Aber wie sich eines Tages herausstellte, war sie das Produkt einer christlich-fundamentalistischen Terrorgruppe, die sich *Kampf gegen Sündenbabel* nannte und die Papststadt als Werk des Satans bekämpfte. Das Bistum reagierte, indem es seinerseits eine Maria in die Arena schickte, die sich für Toleranz und einen aufgeschlossenen, zeitgemäßen Katholizismus starkmachte. Beides ließ die Besucherzahlen und damit die Umsätze weiter steigen, bis zu dem Tag, an dem sich beide Marien Aug in Aug gegenüberstanden und fluchend und kreischend aufeinander losgingen. Viele meinen, dass dies nicht nur ein schwarzer Tag für den Glauben gewesen sei, sondern auch der Anfang vom Ende *Pope Citys*. Dabei sollte es noch Jahre dauern, bis auf der Hiltruper Kanalinsel endgültig die Lichter ausgingen.

De Jong konnte von Glück sagen, dass er Penny seine Absicht mitgeteilt hatte, ihr Auto abschleppen zu lassen. Die Angst um das Schicksal ihres vierrädrigen Lieblings hatte ihr Flügel verliehen. In ultimativer Form hatte sie von Merzenich verlangt, einen Dienstwagen zu ordern, dann waren die beiden damit in Richtung Ochtrup gestartet. Noch auf der Umgehungsstraße war ihnen der teure Karmann Ghia entgegengekommen – am Steuer Dornwald auf dem Weg zur Hiltruper Kanalinsel. Mit quietschenden Reifen hatte Merzenich umgehend kehrtgemacht und die Verfolgung aufgenommen. Im Unterschied zu Dornwald verfügte er aber über keinen Schlüssel zum Lieferanteneingang von *Pope City,* sodass kostbare Zeit vergangen war, bis er sich Zutritt verschafft hatte.

Undine Wittekind wurde noch am Tatort festgenommen, blieb aber nicht lange in Haft. De Jong führte das in erster Linie auf die Botenstoffe zurück, die sie äußerst geschickt einzusetzen verstand. Abgesehen davon besorgte ihr angeblich ärgster Feind, Cornelius Wittekind, den sie eine Heuschrecke genannt hatte, die besten Anwälte, Spezialisten für aussichtslose Fälle, die selbst Drogenbosse und Vorstandsvorsitzende der Deutschen Bank auf freien Fuß geklagt hatten. Sie vertraten die Ansicht, dass es sich um einen besonders klaren Fall von Notwehr handele. Hagen Dornwald, ein gewalttätiger Stalker mit bedenklichen Ansichten und pathologischem Kontrollzwang, sei bei der versuchten Vergewaltigung Undines quasi mit dem Hinterkopf in das Radkreuz gefallen, welches sie anschließend aus berechtigter Angst, die Indizien könnten gegen sie sprechen, habe entsorgen wollen. Dass sie zu de Jongs geplanten Ermordung ihren Beitrag geleistet habe, sei freilich nicht abzustreiten, allerdings damit zu erklären und bedingt zu entschuldigen, dass der Exkommissar unter Einfluss eines halluzinogenen Medikaments gestanden habe, welche seine Version der Geschehnisse unter einen gewissen Glaubwürdigkeitsvorbehalt stellten.

De Jong störte das nicht besonders, er wusste schließlich, dass es mit Dornwald wenigstens den Richtigen getroffen hatte. Ebenso wie ihm klar war, dass der treue Beschützer des Wittekind-Clans ein nützlicher Idiot des Chipsessers gewesen war. Cornelius Wittekind, GSO- und Konzernchef in einer Person, brauchte keine weiteren Anwälte. Er besaß selbst mehr als genug.

Die Idee, die schließlich die Sache doch über die Kante des Abgrunds rollen ließ, stammte ausgerechnet von Hauptkommissar Merzenich. Er besuchte das *Good Vibrations* und lud eine Handvoll User zu einem Glüx-Symposion in den *Campertreff* im Ochtruper Elend ein. Wie er es schaffte, Catweazle persönlich als

Gastredner zu gewinnen, bekam de Jong nie heraus, aber bereits zwei Tage nach dem Ende des Symposions tauchten im Netz die ersten Fotos von Catweazle alias Philipp Wittekind auf, dem kleinen, hochbegabten Bruder, von den Eltern verhätschelt und dem älteren Cornelius vorgezogen. Der aber später, statt sich hochzuarbeiten, lieber die Füße hochgelegt und mit dem Trinken angefangen habe. Und der sang- und klanglos aus der Öffentlichkeit verschwand und fortan geradezu totgeschwiegen wurde, obwohl er das eigentliche Genie der Familie war und sein Bruder Cornelius ein habgieriger Krimineller, der vor Mord nicht zurückschreckte.

Atemberaubend, wie schnell das Kartenhaus ins Wanken geriet. Cornelius wurde das Opfer seiner eigenen, großspurigen Geld-zurück-Garantie und steuerte schon wenige Wochen später auf die Insolvenz zu. Catweazles verkorkstes Leben vermochte Myglüx nicht zu stürzen, aber es sorgte dafür, dass es in arge Turbulenzen geriet. Allerdings war Cornelius Wittekind nicht der Typ Käpt'n, der mit seinem sinkenden Schiff unterging. Er verhökerte Myglüx.de rechtzeitig an Facebook und schlug immer noch genug heraus, um sich eine Flirtline zu kaufen und damit wieder neu ins Geschäft einzusteigen.

An irgendeinem Montagabend – soweit de Jong sich erinnerte, war es der Tag, an dem Küppers von seiner Kreuzfahrt zurückkehrte, allein, weil er sich mit Millie gestritten hatte, und sauer auf de Jong, weil der sich weigerte, umgehend nach Everswinkel zu kommen und seine Schulter zum Ausweinen zur Verfügung zu stellen – lud er Penny ins *Monasterion* ein. Nach einer eher durchwachsenen Woche war das endlich wieder ein Abend, der wie geschaffen war zum Draußenessen. Aristoteles hatte seine weißen Plastikmöbel auf den Gehweg gestellt, man saß recht unromantisch zwischen geparkten Fahrrädern, die in dieser Stadt als vorhängeschlossgesicherte, heilige Kühe überall im Weg herumstanden. Das Essen war wieder genießbar, nachdem Aristoteles die niederländische Woche eingestellt und auch Pläne über eine Bayerische Brotzeit aufgegeben hatte.

Sobald der unvermeidliche Willkommens-Raki auf dem Tisch stand, stießen sie an. »Tut mir leid, wie das alles so gelaufen ist mit uns«, sagte de Jong.

Penny sah umwerfend aus. Sie trug ein hauchdünnes, schulterentblößendes Etwas und magische Ohrringe. Um ihre Mundwinkel spielte wieder jener traurige Zug, den er an ihr so mochte. »Das gilt ja auch für mich«, meinte sie und verzog das Gesicht vom Raki. »Weißt du, Niklas, dass es schön ist, sich zu versöhnen? Es hat etwas Besonderes, findest du nicht?«

»Doch, finde ich auch. Wir sollten das feiern.«

»Mit Heiner habe ich mich auch versöhnt.«

»So, habt ihr?« Was gibt es da zu versöhnen, wo ihr wie zwei Turteltäubchen seid, dachte de Jong. Aber seit ihm der Kölner so mannhaft das Leben gerettet hatte, bemühte er sich redlich, seine Eifersucht zu bekämpfen.

»Ja, und er hat vorgeschlagen, dass wir in Urlaub fahren. Rate mal, wohin.« Penny zwinkerte Aristoteles, der gerade vorbeikam, verschwörerisch zu.

»Kreta?«, riet de Jong.

»Deshalb haben wir heute diesen Tisch bekommen«, erzählte sie stolz. »Aristoteles hat dort ein Ferienhäuschen, darin können wir umsonst wohnen. Und die Gegend ist ganz traumhaft, sagt Heiner. Ein weißer Sandstrand, nur für uns …«

»Bestimmt war er noch nie da«, sagte de Jong sauer. »Alles, was er darüber weiß, hat er von mir. Und ich hab es von Aristoteles.«

»Echt?«, heuchelte Penny Neugier.

»Wenn du willst, können auch wir mal hinfahren«, sagte er. »Ich meine, ich kenne mich ein bisschen aus und …«

»Gern. Vielleicht später mal.«

In diesem Moment war er sich fast sicher, dass ihr trauriger Gesichtsausdruck kein bisschen echt war. Sie musste ihn jahrelang vor dem Spiegel eingeübt haben, nur um Romantiker wie ihn zu faszinieren.

»Übrigens weiß ich, was Mickie vorgehabt hat«, sagte de Jong nach einer Weile.

»Was er vorgehabt hat?«

»Er wollte gar nicht neu anfangen. Weder mit dir noch mit Undine.«

Aristoteles servierte das Essen, irgendwas mit Pommes, ohne Soße, dafür mit Zaziki auf einem halb verwelkten Salatblatt. Fettiges Zeug, das dick machte, aber manches davon schmeckte. »Er war es satt, sich musikalisch zu prostituieren, Firmenhymnen zu komponieren. Mickie verstand sich als Künstler. Und er hat jemanden kennengelernt, der weiß, was das bedeutet.«

»Als Künstler.« Sie wiederholte das Wort nicht nur, sondern legte so viel Abschätzigkeit hinein, dass sie auch hätte sagen können: als Schabe.

»Sag über ihn, was du willst, aber er hatte verstanden, dass es im Leben nicht darauf ankommt, ständig irgendetwas hinterherzuhecheln. Wenn es eins werden soll, das man am Ende gern gelebt hat, dann sollte man der sein, der man ist. Davon handelt ja auch *Der Tod macht blau*.«

»Magst du deinen Krautsalat nicht?«, erkundigte sich Penny, und de Jong schob ihr die Schale zu.

»Er träumte davon, sein Musical im Madison Square Garden aufzuführen. Aber als er Catweazle kennenlernte, wusste er, dass das überhaupt nicht das Entscheidende ist. Von da an hatte er nur ein Ziel: ein Unrecht zu sühnen. Was ihm zum Verhängnis wurde …«

Penny schüttelte den Kopf, während sie seinen Krautsalat in sich hineinstopfte. »So ein Blödsinn. Mickie war ein Kindskopf bis zuletzt.«

»Kindskopf – vielleicht«, gab de Jong zu. »Aber er war keiner von denen, die den Hintern nicht hochkriegen. Er wollte seine Musik machen und das nicht nur in Enschede im strömenden Regen.«

»Klar«, meinte Penny. »Kann ich verstehen.«

Genau das konnte sie eben nicht. Sie hatte keine Ahnung von Mickie, weil sie seit über einem Jahrzehnt aufgehört hatte, sich für ihn zu interessieren. »Du kanntest ihn überhaupt nicht«, sagte de Jong.

»Vielleicht nicht. Aber ich hab noch eine ganz andere Bitte an dich«, wechselte sie das Thema. »Könntest du uns deine Strandmuschel leihen?«

»Was für eine Strandmuschel?«

»Aristoteles meint, du hättest eine mit besonders hohem Sonnenschutzfaktor, die außerdem blickdicht ist.«

»Wozu braucht ihr eine blickdichte Strandmuschel?«

»Da, wo wir hinfahren, kann man auch nackt baden, sagt Aristoteles.«

»Was hat das denn damit zu tun?«, blaffte de Jong. »Bloß, weil man nichts anhat, kann die Landschaft doch trotzdem sehenswert sein.« Ihm reichte es. »Ich muss jetzt los.«

»Was hast du denn auf einmal?«, wunderte sich Penny.

Beim Gehen winkte der Exkommissar Aristoteles lustlos zu. Seinetwegen konnte sie bezahlen.

»Heh!«, rief sie ihm nach. »Was ist denn jetzt mit der Muschel?«

38. Kapitel

De Jong wusste, was er Mickie schuldig war. Und er schaffte es auch, seinen *Joe* auf die Bühne zu bringen. Zwar war es nicht der Madison Square Garden, sondern die Freilichtbühne in Tecklenburg. Inszeniert wurde das Spektakel von der westfälischen Kultband Lee Harvey Oswald. Die Show schlug nicht gerade ein wie eine Bombe, was vor allem damit zu tun hatte, dass ein heftiger Wolkenbruch kurz nach Beginn die meisten Zuschauer in die Flucht schlug.

Eine der wenigen, die bis zum Schluss blieben, war Giulia. De Jong hatte ihr eine Freikarte zugeschickt, hatte aber nicht damit gerechnet, dass sie kommen würde. Nach dem Regenguss lud er sie zum Aufwärmen in eins der muffigen Cafés im lauschigen Tecklenburg ein. Ihre dünnen, weißen Sommersachen waren vom Regen ganz durchsichtig geworden, was er ihr aber nicht sagte, einerseits, weil er sie nicht verunsichern und andererseits, weil er den Anblick so lange wie möglich genießen wollte.

Dazu hatte er ausgiebig Gelegenheit, denn Giulia verbrachte die Zeit im Café weniger mit de Jong als mit ihrem Smartphone, weil sie sich nicht erklären konnte, wieso sie Rembert nicht erreichen konnte.

»Wusstest du übrigens«, sagte er, »dass es ernsthafte Forschungen darüber gibt, dass diese Dinger nicht einfach nur Dinger sind, sondern eine neue intelligente Spezies, die dabei ist, sich auf der Welt auszubreiten?«

»Quatsch«, sagte sie kopfschüttelnd. »Das ist ein Gerät, keine Spezies.«

»Hat man zuerst auch gedacht, aber es kommt ja letztlich darauf an, wie man Lebensform definiert, verstehst du? In diesem Fall wäre es keine organische, aber eine parasitäre. Eine, die ein Wirtstier braucht, um sich zu vermehren. Uns.«

Giulia schob das Handy zur Seite und nahm einen Schluck von ihrem Cappuccino.

»Wie läuft's denn mit euch?«, erkundigte er sich.

»Na ja«, sagte sie. »Ich hab dir doch erzählt …«

»Was denn?«

»Er ist so wenig faszinierend. Dann sagt er wieder, dass er mich verstehen kann und sich ändern will.«

»Genauso wie ich damals?«

Giulia nickte. »So ähnlich vielleicht.«

»Dann solltest du Folgendes bedenken: Ich kann mich ändern. Rembert kann sich ändern. Jeder kann das.«

»Man hat herausgefunden«, dämpfte sie de Jongs Optimismus, »dass nur 0,06 Prozent es schaffen, ihr Leben zu ändern.«

»Im Ernst?«, staunte er.

»Überleg doch mal. Ist das Leben nicht zu kurz, um es mit solchen Mätzchen zu verschwenden?«

»Vielleicht«, gab er zu, war aber nicht überzeugt.

Giulia steckte ihr Smartphone ein und rückte den Stuhl zurück. Sie machte sich auf den Weg. »Danke für den Kaffee«, sagte sie.

»Weißt du, was ich mir überlegt habe«, sagte de Jong. »Was, wenn du dein Leben fertig hast und erfährst dann, dass du zu den 0,06 Prozent gehört hättest. Und du hast es gar nicht erst versucht.«

»Was dann?«

»Das wäre ganz schön blöd, oder nicht?«

Sie überlegte eine Weile, dann nickte sie. »Und das bedeutet?«

»Hast du heute Abend schon was vor?« Das war ziemlich direkt, aber sie hatte schließlich davon angefangen, dass das Leben kurz ist.

»Kommt darauf an«, meinte Giulia, sah aber gar nicht abgeneigt aus. »An was hattest du denn so gedacht?«

»Wir versuchen es mal gemeinsam, was hältst du davon?« De Jong grinste zuversichtlich. »0,06 Prozent, das mag nicht viel sein. Aber es ist mehr als nichts.«

»Ich rufe dich an«, sagte Giulia und stand auf. Sie lächelte und winkte ihm zu und er sah ihr noch lange nach, nachdem sie längst hinausgegangen war.

Am Abend begab er sich mit seinem Bier auf das Achterdeck des *Alten Mädchens*. Er wartete die Dunkelheit ab, gespannt darauf, was Mickie dazu sagen würde, dass sein Musical aufgeführt worden war.

Außerdem wollte er ihm unbedingt noch erzählen, dass er, de Jong, nicht nur die Geschichte mit den Silberstücken endlich kapiert hatte, sondern auch, wieso Mickie so darauf herumgeritten war. Dass man umgeben war von Menschen, die mehr aus sich machen wollten. Besessen davon, sich zu optimieren, nicht nur Mensch zu sein, sondern Mensch plus, um mehr Chancen auf dem Karrieremarkt zu haben, auf dem Beziehungsmarkt, dem Existenzmarkt. Alle waren unentwegt damit beschäftigt, mehr aus sich zu machen. Und weil alle es waren, konnte sich langfristig keiner mehr leisten, so zu sein wie er war.

Niklas de Jong und Mickie Kelzenberg, sie hätten so vieles gehabt, über das sie sich heute unterhalten konnten. Aber der Abend verging, in der Nacht kam leichter Wind auf, der die Wasseroberfläche streichelte und das *Alte Mädchen* ein wenig auf- und abschaukeln ließ. Schlechte Sichtbedingungen für Gesichter, die unter der Wasseroberfläche zu einem heraufschauten.

Als es halb zwei vorbei war, dämmerte de Jong endlich, dass er vergeblich gewartet hatte. Mickie würde nicht mehr kommen. Vermutlich hatte er seinen Frieden gefunden.

KBV KRIMINALROMAN

Christoph Güsken
DER TOD FÄHRT RAD

Taschenbuch, 288 Seiten
ISBN 978-3-95441-297-6
10,95 EURO

Münster zittert vor dem »Bikeman«!

In Münster drehen sich munter die Räder, und es dreht sich auch immer wieder alles um Mord. Seit 20 Jahren garantiert Güsken beste schwarzhumorige Unterhaltung.

Die Fahrradstadt Münster ist in ihrem Nerv getroffen: Auf der Promenade ist ein radfahrender Serienmörder unterwegs – nicht nur für den Tourismus ist das ein Desaster.

Obwohl die Kripo alles Menschenmögliche unternimmt, hat sie bis jetzt nicht mal den Ansatz einer Spur. Was Ex-Hauptkommissar Niklas De Jong aber nicht besonders kratzt, denn seit er den Dienst quittiert hat, hat er mit alldem nichts mehr am Hut. Er trauert stattdessen seiner Giulia nach, die der Meinung war, dass der Humor in ihrer Beziehung zu kurz kam, und ihn wegen eines Stand-up-Comedians verlassen hat.

Ausgerechnet De Jong bittet Giulia eines Tages um Hilfe, weil ihr Neuer sich von Drohbriefen belästigt fühlt. Als Ex-Bulle verstehe er schließlich etwas von solchen Dingen. Alles heiße Luft, meint De Jong, aber kurz darauf wird der Komiker ermordet. Ein Opfer des Fahrradkillers, den die Presse *Bikeman* getauft hat? Oder nur ein Trittbrettfahrer? Ob Bulle oder Ex, De Jong muss den Mörder finden. Denn wer auch immer hinter den Morden steckt, scheint noch lange nicht damit aufhören zu wollen ...

KBV MORDLANDSCHAFTEN

Lüpkes / Kehrer (Hg.)

MÖRDERISCHES MÜNSTERLAND

Taschenbuch, 288 Seiten
ISBN 978-3-940077-84-4
10,95 EURO

Lange galt das Land der Wasserschlösser, Pferdezüchter und Pumpernickelesser als pure Idylle. Doch spätestens seit »Wilsberg« und »Tatort« weiß man, dass auch im Münsterland fleißig gemordet wird.

Und nicht nur in der Hauptstadt Münster – zwischen der niederländischen Grenze und dem Teutoburger Wald bleibt kaum ein Ort vom literarischen Verbrechen verschont. Dafür sorgen 20 namhafte Krimiautorinnen und -autoren, die den Spuren von Annette von Droste-Hülshoff und Udo Lindenberg folgen, den Nacktbadern am Dortmund-Ems-Kanal zuschauen und die Untiefen von Güllegruben ausloten.

Ob Norbert Horst, Judith Merchant, Regula Venske, Stefan Holtkötter, Dorothea Puschmann, Georg Veit, Sandra Niermeyer, Michael Bresser, Martin Springenberg, Eva Maaser, Ursula Meyer, Peter Godazgar, Gisa Pauly, André Lütke-Bohmert, Adam Riese, Kathrin Heinrichs, Sabine Deitmer, Ralf Kramp, Sandra Lüpkes oder Jürgen Kehrer – sie alle liefern im neuen Band der Reihe MORDLANDSCHAFTEN Münsterländer Krimiköstlichkeiten vom Feinsten.

»Ein Highlight des Buches ist der gemeinsam geschriebene Krimi der beiden Herausgeber: Kehrers Privatdetektiv Wilsberg trifft auf Lüpkes Ermittlerin Wencke Tydmers. Eine wunderbare Begegnung …« (Westfalen Anzeiger)

Volker Dützer

FREIER FALL

Taschenbuch, 384 Seiten
ISBN 978-3-95441-382-9
11,95 EURO

Absturz ins Bodenlose

Gerade als der Polizist Ben Funke sein Leben wieder in den Griff zu bekommen scheint, geschieht die Katastrophe: Als er am Morgen neben der Frau aufwacht, die ihm neue Hoffnung gegeben hat, ist diese tot – erschossen mit seiner eigenen Dienstwaffe. Funkes Erinnerung an die zurückliegenden Stunden ist restlos ausgelöscht, aber eines ist sicher: Niemals hätte er seine Geliebte getötet!

Auf eigene Faust begibt er sich auf die Suche nach dem Mörder. Auf die Hilfe von Profilerin Helen Stein kann er nicht hoffen, denn die Jagd nach einem Serientäter, auf dessen Konto sechs im Westerwald spurlos verschwundene junge Frauen gehen, fordert ihren vollen Einsatz. Funke ist gefangen in einem Albtraum. Gejagt, verletzt und ohne Aussicht, seine Unschuld beweisen zu können.

Der Westerwald: ein raues Land, wie gemacht für Morde!

KBV KRIMINALROMAN

KBV KRIMINALROMAN

Markus Niebios

WER ZULETZT STIRBT, LEBT AM LÄNGSTEN

Taschenbuch, 288 Seiten
ISBN 978-3-95441-362-1
10,95 EURO

Achterbahnfahrt mit Leichenwagen

Eigentlich sollen Borg und Romanov von der »Detektei Mystica« nur eine Zigeunerin finden, die ein Klient für den angeblich auf ihm lastenden Fluch verantwortlich macht. Als Romanov spurlos verschwindet, dafür aber unverhofft die Leiche der Zigeunerin in der Detektei liegt, gerät Borg in arge Erklärungsnot.

Die Suche nach dem Mörder führt ihn ins Dortmunder Nordstadtghetto, eine Brutstätte absonderlichster Lebensentwürfe. Als Borg in diesem Magnetfeld für Scherereien mit dem König der Nordstadt aneinandergerät, stößt er unerwartet auf die Leiche eines Jesuitenpaters.

Schon bald verdichtet sich sein Verdacht, dass die Strippenzieher hinter den Kulissen auch ihn aus dem Weg räumen würden, um ihre Machenschaften zu vertuschen.

»Borg und Romanov sind das neue Dreamteam des Regionalkrimis«
(Ralf Stiftel, Westfälischer Anzeiger)

Die Krimi-Cops

KNOCK OUT

Taschenbuch, 344 Seiten
ISBN 978-3-95441-258-7
10,90 EURO

Als Kriminalhauptkommissar Pit »Struller« Struhlmann und sein Praktikant Jensen die Reste eines Motorboots durchsuchen, das zuvor mit einem donnernden Krachen im Düsseldorfer Hafen explodiert ist, entdecken sie eine gefesselte Frauenleiche.
Die turbulenten Ermittlungen führen die beiden schlagfertigen Cops diesmal in düstere Altstadtspelunken, in lärmige Partykneipen, an einen Pornofilm-Dreh und schließlich müssen sie sich fragen, ob bei einem durchgeknallten Happening-Künstler Genie und Wahnsinn ein wenig zu fließend ineinander übergehen.
Der Ton wird rauer, die Gangart härter, und ein Knock Out muss nicht mit der geballten Faust, sondern kann auch in einem charmant servierten Cocktail mit Zitronenscheibe daherkommen.

»... ein spannendes Erlebnis, welches trotz der dreihundertvierzig Seiten viel zu schnell vorbeigeht.«

(Detlef Knut, dk-literatur.blogspot)

KBV KRIMINALROMAN